Blo

Ook van Jet van Vuuren:

Zomerdruk
Bloedheet
Zomerzin
Wintergast
Het chateau
Bed & Breakfast
De oppas
Papadag
Misstap
De minnaar
Liegbeest
Basta

Jet van Vuuren

BLOEDHEET

XANDER

Opmaak binnenwerk: ZetSpiegel, Best
Omslagontwerp: blauwblauw-design/bno
Omslagbeeld: © Susan Fox, Trevillion Images

ISBN 978 94 0161 484 9
NUR 305

Met dank aan de Politie Almere

Lauw

I

Toen Mies van Rossum die avond haar Vespa uit het schuurtje haalde, kon ze nooit vermoeden dat dit haar allerlaatste ritje zou worden.

Het was de hele week al spitsuur geweest. Als half Nederland op zijn luie gat aan zee lag, draaide Mies overuren. Ieder jaar kwamen er wel weer een paar klanten bij. 'Mond-op-mondreclame', noemde ze dat in plat Amsterdams, en aangezien haar eigen mond nooit stilstond, merkte ze niet dat sommige klanten stilletjes grinnikten bij die spraakverwarring.

Sinds Mies zeven jaar geleden haar bovenwoning in de Amsterdamse Jordaan verruild had voor een rijtjeshuis in Almere, ging het haar redelijk voor de wind. Als vrouw alleen – mannen hielden het nooit lang bij haar uit – met een wao-uitkering – slechte rug, altijd al gehad, vertelde ze aan iedereen die het maar horen wilde – verdiende ze tijdens de vakantieperiode een aardig zakcentje bij door op katten te passen.

Wat ooit met een paar buren uit de straat begon, breidde zich al snel als een olievlek uit over de stad. Haar klanten zaten overal. Of het nou een gore vrijgezellenflat betrof, een burgerlijke doorzonwoning, vrijstaande villa of twee-onder-een-kap, voor Mies maakte dat geen enkel verschil: alle katten waren haar even lief. Zelfs de meest eenkennige kater of schuwe poes smolt bij het zien van Mies.

'Het is een truc,' sprak ze apetrots als iemand vroeg hoe ze dat toch deed. 'Na de eerste kennismaking met zo'n dier laat ik altijd iets van mezelf achter. Een vest of een sjaaltje, het maakt niet uit wat. Kom ik de keer daarop terug, dan ruiken die dieren gelijk dat het goed zit. Ze herkennen me aan mijn geur, snap je wel?'

Niemand sprak haar tegen.

Ruim twee weken geleden begon de grote uittocht. De stad liep leeg. Volgeladen auto's, al dan niet met vouwwagen of caravan, trokken in zuidelijke richting. Op naar de zon. Goedgemutst namen de kattenbezitters afscheid van Mies.

'Gaan jullie maar, hoor. Ik zorg goed voor jullie lieverds, heus, vertrouw me nou maar,' jankte ze met haar Jordanese accent. En geen mens die aan haar oprechte inborst twijfelde.

Zo raakten tijdens de zomermaanden haar sleutelrekje en haar portemonnee vanzelf vol. Het laatste jaar kon dat Mies niet snel genoeg gaan. Zeker nu ze de veertig gepasseerd was en haar uitkering op de tocht stond, wilde ze haar toekomst veiligstellen. Bovendien, ze had zo haar dromen. Almere mocht dan een verbetering zijn ten opzichte van Amsterdam, de buurt waar ze nu woonde was beslist niet haar einddoel. Sterker nog, vorig jaar was haar oog op een vrijstaand huis gevallen.

Het huis stond al een tijdje leeg. Alles paste binnen haar plan. Een betere buurt, uitzicht over het water, een grote tuin en genoeg uitbreidingsmogelijkheden voor een kattenpension.

Ze had meteen op Funda gekeken. Was een dergelijke woning voor een volksvrouw als Mies normaal gesproken onbereikbaar, met een beetje geluk en doorzettingsvermogen zou haar droomwens wel eens snel in vervulling kunnen gaan. Opnieuw dook ze in haar trukendoos.

Dankzij haar werk als kattenoppas genoot Mies overal gastvrijheid. En geen haar op haar hoofd die er ooit over gepiekerd had die te misbruiken. Toch werd diezelfde gastvrijheid de aanleiding om een stapje verder te gaan. Want wat de meeste kattenbezitters niet wisten, was dat Mies, naast haar warme gevoelens voor katten, een niet-aflatende nieuwsgierigheid bezat naar het wel en wee van hun bazen.

Ze kon er niets tegen doen. De nieuwsgierigheid was zeer sterk, sterker dan zijzelf. En ook al deed ze nog zo haar best er niet aan toe te geven, Mies hield van snuffelen. Geen laatje, klerenkast, rommelhok, kelder, verbouwde zolderkamer of computerbestand was opgewassen tegen haar gesnuffel.

Ze noemde het haar 'zomerzonde', iedereen deed wel eens iets wat niet hoorde, vond ze. Maar haar zonde werd een noodzakelijk kwaad. Zo werd iets wat onschuldig begon, vorig jaar een serieuze zaak. En dan te bedenken dat ik die eerste keer nog had willen bedanken, dacht ze nu.

Het bewuste oppasadres had een stuk buiten haar werkgebied gelegen. Ze was toen nog niet in het gelukkige bezit van een scooter en deed alles op de fiets. Als ze daar nog aan terugdacht. De kattenbezitters hadden niemand anders kunnen vinden en boden haar het dubbele van haar normale tarief. Bijna had ze toen geweigerd om voor die siamezen te zorgen. Haar hele leven was er compleet door veranderd.

Het zaad was gezaaid, de oogst zou niet lang meer uitblijven. Twee zomers en drie scooters verder, stond haar droomhuis nog steeds te koop. Het was zelfs in prijs gedaald. Dat was gunstig voor Mies. Voordat de eerste blaadjes zouden vallen, zou zij kunnen verhuizen.

Vandaag had ze vijf adressen afgewerkt. De zomerse temperaturen maakten het er niet gemakkelijker op, ze was doodmoe. Haar laatste klanten – drie perzen – woonden in de Regenboogbuurt. De arme stakkers zaten opgesloten in een blokhut waarvan slechts één raampje op een kiertje stond. Boris, Snuitje en Topaas hadden de pech tot de wereld van de raskatten te behoren en daarom mochten ze beslist niet naar buiten. Alleen achterblijven in huis was volgens hun bazen ook geen optie, ze zouden de hele boel slopen. Sommige dieren gunde Mies andere bazen.

Ze vinkte haar lijstje af, borg de sleutel op en stapte op haar scooter. Zodra ze thuis was, zou ze zo snel mogelijk haar zwemspullen pakken. Op naar haar favoriete strandje. Het vooruitzicht een frisse plons te kunnen nemen deed haar alles uit het rode gevaarte halen wat erin zat.

Via dreven en dijk reed ze niet veel later tot aan het bospad dat naar het meertje leidde. De Vespa stalde ze bij een boom. Van hieraf was het nog maar een klein stukje lopen.

Bijna niemand kende de plek. Hooguit een paar verdwaalde geile mannen die op zoek waren naar andere mannen. Daar had ze niets van te vrezen. Vanaf dat ze hier woonde, kwam ze hier iedere zomer. Het had haar verbaasd dat er niet meer mensen op deze goddelijke plek vertoefden.

Het strandje, waar de avondzon nog zeker tot acht uur zou schijnen, lag verscholen achter struikgewas. Buiten het gekwetter van een paar dobberende meerkoetjes en een kikkerkoor uit het riet was het er doodstil. Geen zuchtje wind over het water, geen blad aan de boom dat bewoog.

Puffend en steunend sjokte Mies naar haar plekje. De plastic badtas die ze meezeulde, sneed pijnlijk in haar schouder. Zoals gewoonlijk had ze er weer veel te veel in gepropt. Niet het strandlaken, maar de flessen rosé, restjes couscous en koude kip bepaalden het gewicht waaronder ze gebukt ging. 'Nog even volhouden,' sprak ze tegen zichzelf. 'Straks mag alles uit.' Want wat het vooruitzicht op een plons misschien nog wel het aantrekkelijkst maakte, was dat ze hier poedelnaakt kon zwemmen.

Ze gooide haar tas op de grond. En nog voordat ze het strandlaken spreidde, schopte ze haar houten kleppers uit, trok haar goudkleurige hemdje over haar hoofd en schoof de tijgerlegging van haar billen. Het schaarse ondergoed volgde gedwee. Meteen nam ze een sprong in het lauwwarme water. Daar drijvend liet ze haar dromen de vrije loop.

Nog even en wie weet, dacht ze, mannen in overvloed. Geld trekt nou eenmaal aan. Ze lachte, ze dacht aan haar grote voorbeeld: Linda de Mol. Altijd charmant, goedlachs, blond en toch zo helemaal zichzelf. Altijd zo barstensvol energie. O, dacht Mies, als ik toch eens een beetje op haar zou kunnen lijken... Niemand zou me nog lelijk of ordinair vinden. Misschien dat ik een paar kleine ingrepen moet laten doen. Hier wat vet weg, daar wat erbij. Mijn wangen omhoog, mijn kin glad en die nare snor voorgoed aan de wilgen... Ja, ze wist het zeker, ze zou de kerels voor het uitzoeken hebben!

Onbezonnen spetterde ze wild om zich heen, haar schelle lach schalde luid over het water. Het geluid van een naderend motorbootje hoorde ze niet.

2

Hij haatte haar. En niet alleen haar, ook dat gestoorde kattenwijf waar hij dankzij zijn scheiding noodgedwongen naast was komen te wonen. Dat smerige monster met al die stinkkatten. Hoeren waren het. Stuk voor stuk naaiden ze je waar je bij stond.

Net als dat secreet, de moeder van zijn kinderen, die hem met de eerste de beste klojo uit de straat had belazerd. Tijdens een buurtbarbecue nog wel. Goed voor de sociale cohesie heette dat dan. Bullshit!

De hele zomervakantie zat hij nu thuis. Hij moest wel. Die scheiding had hem bijna de kop gekost. Zijn ex – haar naam kon hij niet meer uitspreken – zat nu met hun koters in Toscane. Samen met die lul van de hoek.

Thijs Vleugels schopte met zijn sandaal tegen een lege wijndoos. Goedkope huiswijn had erin gezeten. Veel voor weinig. Vroeger zou hij het bocht genoemd hebben. Ha, vroeger, dacht hij. 'Nog geen jaar geleden!' riep hij ziedend. En weer moest de doos het ontgelden.

Goddank had hij nog net voor het zomerreces een grote opdracht binnengesleept, anders had hij het niet geweten. Hij zat compleet aan de grond. En dat was ooit wel anders geweest.

Als econoom werkte hij al jaren voor de overheid. Eerst als gemeenteambtenaar – de hele dag met een stel van die niksnutten in zo'n bloedheet aquarium zitten dat de naam kantoor droeg – en daarna als freelancer. Dat laatste had hem geen windeieren gelegd. Fraai huis, dure auto's, verre vakanties: het kon niet op.

Totdat de recessie kwam. Het afgelopen jaar was ronduit pet. De crisis had hem het brood uit de mond gestoten. En juist toen hij dacht dat zijn ex het kostwinnerschap wel een tijdje op zich zou nemen, ontmoette ze die eigengereide buurkwal.

De financiële rompslomp die toen volgde – zijn ex bleef met de kinderen in het huis aan het hofje wonen, hij vertrok naar een huurwoning – was nog het minste vergeleken met het leed om zijn kinderen. Twee pubers die heen en weer pendelden tussen school en hun ouders. Eén doffe ellende was het.

'Godverdomme,' vloekte hij. Het was weer zover. Het monster had die klote-tv weer aanstaan.

Via de eettafel – waar een computer, printer, lege koffiekopjes en aangekoekte borden het beeld bepaalden – verplaatste zijn blik zich naar de oude, uitgezakte bank voor de tv. Het grote apparaat domineerde de hele woonkamer.

Hij zou hem ook kunnen aanzetten, op dezelfde zender. Dat hielp, wist hij.

Want hoe moest hij zich op gemeentecijfers concentreren als dat stomme wijf dat ding liet doorjengelen? Zelfs als ze vertrok?!

Hij had haar er laatst op aangesproken. Meewarig had ze hem aangekeken. 'Dit soort huizen is nou eenmaal gehorig,' had ze in plat Amsterdams gezegd. 'Moet u maar in een hutje op de hei gaan wonen.'

En met die scheve, stinkende bek had ze brutaal naar hem gelachen en eraan toegevoegd dat haar schatten nou eenmaal niet zonder geluid konden. 'Dan worden ze onrustig, snapuwel?'

Witheet had hij naar die valse tronie gestaard. Hoe kon iemand zo oerdom en lelijk tegelijk zijn, had hij zich afgevraagd. Nee hoor, met zijn onrust hoefde ze geen rekening te houden. Vloekend had hij zich omgedraaid en zijn voordeur zo hard dichtgesmeten dat het glas trilde in de sponningen.

Niet alleen de geluidsoverlast, maar ook de penetrante ammoniaklucht die in zijn huis bleef hangen dreef hem momenteel tot razernij. In de tuin zitten was onmogelijk. Ramen en deuren openen idem dito. Als die krengen niet voortdurend tegen zijn schutting pisten of jankend de nacht onder zijn slaapkamerraam doorbrachten, slopen ze wel in een onbewaakt ogenblik naar binnen. Hoe vaak had hij ze niet 's ochtends snurkend op zijn bank aangetroffen?

Opgefokt over de uren die hem te wachten stonden, besloot hij haar een lesje te leren. Hij had haar zien wegrijden. Meteen na thuiskomst had ze die spiksplinternieuwe Vespa uit de schuur gehaald. Met een volle boodschappentas om haar vette nek was ze weggereden. Hij wist waar ze heen ging. Eén keer was hij haar gevolgd, zomaar in een opwelling had hij de auto gepakt om haar achterna te rijden. Hij wist van het strandje, hij wist van waaruit ze ging lopen. Hij zou haar krijgen.

3

'Als je niet meegaat, ga ik alleen. Wat moet ik toch met zo'n huismus als jij?' Ans keek streng naar Fleur, die met een pruillip een dode roos afknipte.

'Je weet dat ik mijn tuin niet in de steek kan laten,' antwoordde ze haar vriendin. 'Niet nu. Niet met deze temperaturen, alles zou compleet verdorren.'

'Godallemachtig, dan kunnen we nooit op vakantie! Het wordt iedere zomer erger met jou.' Driftig opende Ans de hordeur, een dikke strontvlieg vloog met haar mee naar binnen.

'We kunnen in de winter naar een warm land. Afrika, Sri Lanka, Suriname of...' riep Fleur haar na. 'Au!'

In haar onoplettendheid had ze een prik van een doorn te pakken. De scherpe punt boorde zich als een vlijmscherp mes door haar gehandschoende hand. Toen ze aan een van de gifgroene plastic vingers trok, werd de pijn nog heviger.

'Ik ga niet in de winter op vakantie!' gilde Ans vanuit de keuken. Fleur hoorde haar de koelkastdeur dichtsmijten. Het geluid van rammelende flesjes overstemde haar gebrul. Een derde bierflesje werd geopend. Met veel kabaal belandde de opener terug in de keukenla.

Kan ze eigenlijk iets zonder lawaai en gebrul doen, vroeg Fleur zich af terwijl ze zorgvuldig haar bebloede duim inspecteerde en hem daarna in haar mond stak. Het gaf haar een kinderlijke uitstraling, wat paste bij haar fragiele verschijning.

Ze pakte haar emmertje met tuinafval, veegde een rode lok uit haar gezicht en schoof voorzichtig de handschoen terug over haar vingers. Ze moest door. Snoeien bevordert de bloei, wist ze.

Haar tuin was haar alles. Het was jammer dat ze dat geluk niet met Ans kon delen. Aan de andere kant, dacht ze, stel dat Ans er net zo in zou opgaan als ik, dan kregen we nog meer bonje. Beter was het haar vriendin niet al te veel tegen te spreken.

Toch zat een zomervakantie er beslist niet in. Misschien een paar dagen, maar dan moesten ze wel een goeie oppas zien te vinden. Iemand die net zo van tuinieren hield als zij.

Ze had het nog niet aan Ans durven vertellen, maar ze had al iemand op het oog. Iemand die ze vorig voorjaar bij een workshop op de kwekerij had ontmoet. Het was een man. En over het algemeen was Ans niet gecharmeerd van mannen. Soms vroeg Fleur zich wel eens af of haar vriendin van nature lesbisch was of door een nare ervaring uit het verleden. Wat haarzelf betrof: zij viel uitsluitend op mannen.

Ja, als ze aan deze man dacht, kreeg ze zelfs vlinders in haar buik. En terwijl ze aan hem dacht, moest ze blozen. O, als hij toch eens... Nee, eerst dat andere.

Ook iets wat ze voorlopig niet met haar vriendin kon delen. Daarvoor was ze nog te afhankelijk van haar. Beter was het om het juiste moment af te wachten. Iets wat haar doorgaans heel goed afging.

Vroeg gewend geraakt aan het leven op internaten, had ze geleerd haar kans af te wachten. Zich als een kameleon te schikken. Flexibel te zijn. Zo ontmoette ze Ans ook.

Ans zat al jaren in het jongerenwerk en had zich opgewerkt tot een van de belangrijkste managers binnen de landelijke jeugdzorg. Tijdens een bezoek aan het internaat van Fleur had ze direct haar oog op de jonge vrouw laten vallen.

De verlegen Fleur voelde feilloos aan dat de aandacht van Ans niet alleen haar intelligentie betrof, maar ook haar uiterlijke schoonheid. Want al vond ze zichzelf maar heel gewoontjes, menigeen had haar gecomplimenteerd om haar klassieke gelaatstrekken. Haar tere blanke huid in combinatie met de felrode haren, haar volle boezem boven het ranke lijfje, ze gaven haar iets van een Keltische godin. Hoe noemde Ans haar toen? 'Als een frisse zeewind tijdens een bloedhete zomer.' Ook toen had Fleur moeten blozen.

Ruim één week na die opmerking kon ze bij Ans op kamers komen wonen. Ans bood haar de kans om te studeren. En omdat Fleur zo van tuinieren hield, werd het smalle, donkere huis in de binnenstad al snel verruild voor dit geschakelde huis met tuin. Niet bepaald de eerste keus van Ans, die steeds 'over mijn lijk' riep als het over Almere ging, maar een dergelijke woning in Amsterdam was zelfs met haar inkomen onbetaalbaar.

Zonder er doekjes om te winden liet Ans Fleur kennismaken met haar vriendinnen en veroveringen. Ze kwamen en gingen, de vrouwen in Ans' leven. Ze aten mee, bleven slapen en sommigen brachten hele zomers door in het grote huis aan het water.

Fleur zorgde voor de nodige afleiding. Een intelligente, mooie jonge vrouw die haar plaats wist, was prima gezelschap voor de oudere dames. Fleur had menigeen bemoedigend naar Ans zien knipogen. Zo'n pupil wenste je al je zusters toe.

Dat was vier zomers terug.

Het afgelopen jaar kwam de klad erin. De vriendinnen bleven weg. De zomervakantie werd elders doorgebracht. Het vrouwelijke bezoek bleek opeens niet langer gecharmeerd van deze nieuwe stad, die naar hun smaak te weinig vertier bood.

Almere beschikte dan wel over een heerlijk gezonde polderlucht, het uitgaansleven – zeker voor de vrouwenliefde – ervoeren ze als dor en dood. Alles draaide hier om sportieve, jonge gezinnen. Niets voor deze dames.

Fleur merkte dat het humeur van haar vriendin eronder te lijden had. Steeds sneller verloor Ans haar geduld. Ze dronk meer dan goed voor haar was, en vaker dan ooit raakte ze in het bijzijn van Fleur geprikkeld om niets.

Wil ik deze tuin en dit huis, waar ik zo van ben gaan houden, voorlopig als de mijne blijven beschouwen, dan zal ik wat toeschietelijker moeten zijn, dacht ze peinzend.

IJverig snoeide ze door. Ze geloofde er heilig in dat alles goed zou komen. Sinds ze vorige maand haar drieëntwintigste verjaardag had gevierd, kriebelde het bij haar vanbinnen. Alsof er iets groots stond te gebeuren. En onwillekeurig moest ze weer aan de man denken die haar hoofd op hol had gebracht.

'Waar loop je nu weer over te dromen, kind?' Onder veel kabaal kwam Ans naar buiten gestiefeld. Met grote passen denderde ze over het vlonderterras langs Fleur. De krant onder haar arm, een glas in haar ene hand en een extra flesje bier in de andere. Haar brede heupen zwiepten heen en weer in de veel te strakke korte broek. Uit alle macht probeerde ze haar dronkenschap te maskeren. Wankelend greep ze zich vast aan de tuinbank. Met haar zo typische, cynische Ans-lachje keek ze even om naar Fleur.

Plotseling, alsof de grond zich onder haar voeten opende, belandde ze midden in de border. Als lucifershoutjes knapten een voor een de stelen van de tuingeraniums, alle tere, paarse bloempjes werden in één keer onder het zware gewicht van Ans geplet.

Geschokt keek Fleur naar de vernieling van haar groene leven. Een rilling liep over haar rug. Het deed haar aan iets denken. Snel drukte ze die gedachte weg. Trillend draaide ze zich om en keek op haar horloge. Het was tijd.

'Ik ben de siamezen voeren,' riep ze zonder om te kijken op weg naar de schuur. Er kwam geen reactie. Toen ze haar fiets had gepakt en hem naar buiten reed, zag ze dat Ans op de bank in slaap was gesukkeld. De krant lag over haar buik. Haar mond hing wagenwijd open. Boven haar hoofd krijste een spreeuw in de perenboom.

4

Het noodweer van gisteren had praktisch het hele gebied rondom hun vakantiehuis in één keer blank gezet. De komende dagen zou het niet beter worden. Hevige slagregens deden rivieren buiten hun oevers treden. Een paar bruggen stonden al op instorten. Voor Joop en Gonnie was het genoeg. Ze besloten vervroegd huiswaarts te keren.

Terwijl de thuisblijvers en collega's van het ziekenhuis onder een steeds toenemende warmte gebukt gingen, probeerden zij heelhuids het door modder overspoelde Frankrijk uit te komen.

'Het komt allemaal door die klimaatsverandering,' verzuchtte Gonnie. Ze tuurde in het spiegeltje van de zonneklep. Rondom haar neus, ter hoogte van haar linkerjukbeen, had zich een ellendige pigmentvlek gevormd. Iedere zomervakantie leken het er meer te worden.

'Mam, de dvd-speler doet het niet,' klonk het klaaglijk vanaf de achterbank. Een van de jongens zat wild te morrelen aan de rugleuning van haar stoel.

'Dan kijken jullie maar even geen film!' gromde Joop geërgerd achterom. 'We zullen eerst hier moeten zien weg te komen!'

Modderpoelen en diepe kuilen in de bergweg die naar hun vakantiehuis leidde, bemoeilijkten hem het rijden. Ternauwernood kon Joop de volgeladen Volvo op koers houden. Tot twee keer toe slipte hij. Iedere haarspeldbocht in de steile weg leek veranderd in een glijbaan. Brokstukken gebergte kletterden als confetti tegen de lak van de auto. De ruitenwissers konden de waterstroom maar amper aan. 'Shit, shit, shit!' brulde hij.

Gonnie keek van opzij naar haar vloekende man. Een zenuwtic trok aan zijn mondhoeken. Achter de kleine brillenglazen blikten zijn ogen verkrampt op de weg. Zweetdruppels parelden op zijn gebruinde voorhoofd. Zo ongedurig had ze haar man niet eerder meegemaakt.

Vanaf hun aankomst was hij al zo goed als niet aanspreekbaar geweest. Aanvankelijk weet ze het aan werkstress. Als hij eenmaal een paar dagen op vakantie was, trok het vaak vanzelf wel bij, wist ze. De druk van zijn baan in het ziekenhuis zou verdwijnen. Een paar wandelingen door hun geliefde gebied, een dagje vissen of kanoën met de jongens, en haar man was weer de oude.

Deze vakantie gedroeg hij zich anders. Bleef hij gestrest. Ze had hem nog nooit zo snel uit zijn humeur gezien als nu, het paste niet bij hem. Ook de jongens werden naar haar idee te snel afgesnauwd. Oké, de drie puberzonen konden er tegenwoordig ook wat van, maar de chagrijnigheid van hun vader overtrof dit jaar alles.

Twee avonden terug had ze geprobeerd erover te praten. De jongens waren gaan zwemmen in de rivier en de warme, drukkende avond – die toen al niet veel goeds voorspelde – had hen na het avondeten loom in hun stoel doen hangen. Het was nog veel te heet voor een wandeling met de hond. Halfdood had ook die zich in de schaduw van de cipressen verscholen.

Toen Joop zwijgend en afwezig een tweede fles ijskoude landwijn opentrok, vroeg ze wat hem scheelde.

Als door een wesp gestoken keek hij haar aan. Waar ze het over had? Of ze weer op haar psychologenstoel zat? Dat deed ze maar bij haar patiënten, vond hij, niet bij hem. Vroeger zou zo'n opmerking haar geraakt hebben. Tegenwoordig nam ze veel meer afstand.

Zij op haar beurt had hem verbaasd aangestaard. Dat was nou precies het verschil tussen hen, had ze gezegd. Zodra zij dieper wilde ingaan op een kwestie werd ze meteen met haar professie geconfronteerd, terwijl hij zich als neuroloog nooit de mond liet snoeren. Integendeel. Alles werd uitentreuren door zijn niet-aflatende ratio verklaard.

Ze was opgestaan, had haar boek gepakt en al lezend was ze in slaap gedommeld. Toen ze wakker werd, hoorde ze aan het gekibbel in de badkamer dat de jongens terug waren. Joop was naar zijn kamer vertrokken. Het oude huis met de dikke muren en luiken bood hem genoeg koelte om daar de rest van de avond achter zijn laptop door te brengen.

De avond viel en een zwoel windje zorgde voor enige verkoeling. Heel langzaam had de hitte van de dag plaatsgemaakt voor een dichttrekkende lucht. Vliegende herten scheerden laag over het terras. Hagedissen voegden zich als cement tussen de scheuren in de muur.

Gonnie had de jongens tot kalmte gemaand. Terwijl Joop op zijn kamer bleef, had zij met hen sla, vis en frietjes gegeten. Ze babbelden over games en school, af en toe was er een naam van een meisje voorbijgekomen. Dan verkocht de een de ander een stomp of werd er stoer gegrinnikt. Vertederd had ze naar haar kroost gekeken, nog even en ze zouden niet meer meegaan naar dit vakantiehuis.

Toen de eerste spetters vielen en het geluid van de krekels verstomde, riep ze hun oude hond. Samen wandelden ze het bospad af naar het dal, waar niet veel later de vertrouwde geur van ozon zich als kerstslingers over de naaldbomen had verspreid. Hoe zou het met de siamezen zijn, had ze zich afgevraagd.

Roos: 'Hoe oud ben jij?'

Bella: '15.'

Roos: 'Echt?'

Bella: 'Bijna dan en jij?'

Roos: '14.'

Bella: 'Ik ben eigenlijk 13, maar dat zie je niet.'

Roos: 'Wat niet?'

Bella: 'Je weet wel.'

Roos: 'Nee?'

Bella: 'Nou, ik ben al heel volwassen.'

Roos: 'Waar dan?'

Bella: 'Overal.'

Roos: 'Is dat zo? Gaaf!'

Bella: 'Jij niet?'

Roos: 'Gaat wel. Laat eens zien dan?'

Bella: 'Doe jij het ook?'

Roos: 'Tuurlijk, maar eerst jij... wauw! Ik vind je mooi!'

Bella: 'Echt?'

Roos: 'Ja! Durf je ook bloot?'

Bella: 'Als jij het ook doet.'

Roos: 'Straks, eerst jij.'

Joop typte door, zoemde in en trok zich af. Het plezier van zijn orgasme ging voor een groot deel verloren toen om hem heen plotseling alles donker werd. Beeldscherm dood, lamp uit, vrijwel meteen gevolgd door een daverende klap. Een van de zijluiken werd door een slagwind getroffen. Met een rotklap kletterde het gevaarte tegen het open raamgat. Felle hagelstenen sloegen naar binnen. Een oorverdovend onweer barstte los.

De hond sloeg aan. Gonnie gilde naar boven. Vlug hees hij zich in zijn korte broek en liep de donkere gang op van de overloop. De stroom was weer eens uitgevallen. Automatisch zocht zijn hand naar de lichtschakelaar naast de deur, er schoot ritselend iets weg. Een hagedis of schorpioen, wist Joop. Alles bleef donker.

Op de tast liep hij de oude, krakende trap af. Beneden hoorde hij Gonnie in de weer met lucifers en kaarsen. De jongens sliepen.

'Lukt het?' riep hij naar de keuken.

Er kwam geen antwoord. Een lichtflits verlichtte de hal. Net lang genoeg om zonder struikelen de woonkeuken te bereiken. Weer klonk de donder.

'Zijn er nog kaarsen in de kelderkast?' Gonnie stond met een kaars in haar hand boven het aanrechtblad.

'Geen idee, ik kijk wel even.' Als een speer schoot Joop weg. In het schijnsel van de kaars had hij het gezicht van zijn vrouw gezien. Dat beloofde niet veel goeds. Na haar mislukte pogingen een gesprek met hem te voeren, had ze het al heel snel opgegeven. Voorlopig wordt er niets meer uitgewisseld, zei haar gezicht. Alleen het hoognodige.

Aan de ene kant luchtte hem dat op, niet langer haar freudiaanse gepeuter in zijn ziel te hoeven ondergaan, aan de andere kant zou hij toch een keer open kaart moeten spelen.

Hij had gehoopt zijn ellende hier even te kunnen ontvluchten. Struisvogelpolitiek was dat. Er moest een oplossing komen voor zijn probleem. Als Gonnie al niet iets van zijn verslaving vermoedde, dan zou dat nog de minste weerstand opleveren. Zeker aan iemand als Gonnie, die beroepshalve precies wist hoe ze moest omgaan met verslaafde patiënten, zou hij alles kunnen opbiechten.

Moeilijker zou zijn verhaal worden over het geld. Aangezien ze beiden genoeg verdienden, had ze tot nog toe niks gemerkt. Maar nu de bedragen steeds groter werden en hij vorige maand zelfs zijn extra pensioenpotje had moeten aanspreken, kon hij dat onmogelijk langer voor haar verbergen. Er stond zo veel op het spel. Zijn goeie naam als arts, zijn huwelijk, zijn gezin… Het loeder.

Hij wilde naar huis. Het slechte weer hier kwam hem goed uit. Eerst thuis orde op zaken stellen, dacht hij. Nog voordat ik weer aan de slag ga in het ziekenhuis moet ik een definitieve oplossing bedacht hebben voor dat kreng.

5

Via het bos fietste Fleur naar huis. Ze moest zich haasten. Ze was laat. Ans zou zich afvragen waar ze bleef. Ze hoorde haar al mopperen. Het was een heerlijke zomeravond en als ze niet had moeten koken, dan was ze nog veel verder omgefietst.

Dat zij de zorg voor het huishouden op zich had genomen, was vanaf dag één al een ongeschreven wet. Koken, wassen, poetsen, Ans had er de schurft aan. Nooit had ze zich afgevraagd wat Fleur daarvan vond. 'Je hebt kost en inwoning, schat,' had ze een keer geroepen toen Fleur erover begon.

Een paar studiegenootjes vroegen haar laatst waarom ze toch bij die vreemde vrouw bleef wonen. Of ze niet ergens anders een kamer kon vinden, dichter bij de universiteit.

Maar Fleur was te veel gehecht geraakt aan haar ruime kamers met dakterras en de riante tuin. Die paar huishoudelijke klusjes nam ze voor lief. Als ze op zichzelf zou wonen, had ze die ook. En als ze geen biologiestudente was geweest, had ze misschien wel voor een leven in de stad gekozen; nu was ze blij dat de drukte die daarbij hoorde aan haar voorbijging. Bovendien was Ans haar enige 'familie'. Zonder haar was het leven dat ze nu leidde vrijwel onmogelijk geweest. Ze was haar dan ook zeer dankbaar. Dan maar een huissloof, dacht ze gniffelend en onwillekeurig moest ze bij dat woord aan haar moeder denken.

Ze zette de versnelling nog een tandje hoger. Ze moest nu flink doortrappen. Haar doorweekte T-shirt plakte tegen haar ranke lijfje. Het zomerse rokje dat ze eronder droeg waaide speels omhoog. Op haar roomblanke wangen verscheen een vurige blos. En haar vuurrode lokken speelden hun duivelse spel met de wind. Als een toverkol op haar bezemsteel jakkerde ze voort.

Als ze me nu eens zouden zien, dacht ze treurig. Het gebeurde niet vaak dat ze aan haar ouders terugdacht. Liever wilde ze nooit meer aan hen herinnerd worden. Dan wenste ze dat het nooit gebeurd was. Dat akelige ongeluk.

Amper zeven jaar was ze toen het plaatsvond. Ze had zo veel mogelijk geprobeerd het te verdringen. Het enige wat haar nog helder voor de geest stond, waren de sterke armen die haar optilden. Ze waren van die man in dat uniform. Het was net zo'n uniform als dat van pappie. Vriendelijk had de man haar toegesproken. Daarna was er het geluid van sirenes. Haar beer mocht mee, verder niets. Ze had er heel lang niet meer aan gedacht.

Automatisch trapte ze harder en harder op de pedalen, vlak voor een bocht remde ze af. Nog één zijpad en dan naar rechts; een smal weggetje in langs de vaart.

Juist op het moment dat ze afsloeg, hoorde ze achter zich het geluid van een auto. De auto naderde snel, alsof de bestuurder haast had. Wat wil die gek, vroeg Fleur zich verschrikt af.

Het weggetje was veel te smal om haar te kunnen passeren. Er was niet genoeg ruimte om aan de kant gaan, waar moest ze heen? De steil aflopende berm was geen optie, één kleine misrekening en ze zou de vaart in schieten. Nog harder trapte ze door.

Het geronk van de motor klonk nu vervaarlijk dichtbij, de auto hing pal achter haar wiel, het leek alsof die idioot haar van de weg wilde rijden. Achteromkijken had geen zin. Voor haar lag het kale asfalt. Sneller en sneller zoefde haar fiets langs de rij met wilgen.

Niemand zou haar hier vinden. Het was vakantietijd. Geen mens in de hele wijde omgeving te zien. Straks werd het donker. Zou Ans haar gaan zoeken?

Haar hart bonkte in haar keel. Terwijl haar handen het stuur steviger omklemden, trapten haar op hol geslagen benen door. Met samengeknepen ogen focuste ze zich op de verte. Over een paar honderd meter was er een bruggetje, dat móést ze zien te halen.

Maar vlak voor de brug zwol de motor van de auto nog meer aan. De wielen slipten door de droge berm. Wilgentakken schuurden over het dak. Het geluid van krakend hout. De bestuurder, die zijn best deed haar niet te raken, schoot vol gas langs haar heen. Fleur kneep in haar remmen. Haar fiets maakte een zwieper, haar buik sloeg tegen het stuur en in één keer stond ze stil. Ze smakte tegen de grond.

Toen ze opkeek, zag ze de remlichten van de kleine auto oplichten. Snel krabbelde ze overeind. De bestuurder nam haar op in zijn spiegel. Het was een stevige man. Hij had halflang donker haar en hij droeg een zonnebril.

6

Thijs parkeerde de Fiat 500 onder de carport van zijn oude huis. Meteen nadat hij was uitgestapt zag hij de venijnige krassen op het glimmende dak. Als een vlijmscherpe guts hadden de wilgentakken zich door de spierwitte lak getrokken. Allejezus, dat ook nog, dacht hij nerveus. Hoe ga ik dit nu weer aan mijn ex uitleggen?

Hij wist nog dat hij de auto voor haar kocht. Een van de nieuwste 'rugzakjes', zo uit Italië en helemaal retro. Opnieuw proefde hij haar blije tandpastalach toen ze hem er verrukt voor bedankte met een zoen. Voor zijn gevoel nog maar zo kort geleden.

Schichtig keek hij om zich heen. In tegenstelling tot die achterbuurtstraat waar hij nu woonde, lag het keurige hofje er proper en opgeruimd bij. Geen kip op straat. Dat is mazzel, dacht hij en vlug stapte hij over het hekje naar de voordeur.

Het was de afspraak geweest. Zij kon er blijven wonen, maar hij behield een sleutel. Altijd handig voor als er iets met de kinderen is, hadden ze tegen elkaar gezegd. Hij had beloofd er geen misbruik van te maken. Waarom zou hij? Ha, hij keek wel uit. Die slijmbal van de hoek tegenkomen zeker. Eerst bellen, hadden ze ook afgesproken. Uiteraard, altijd.

Wat een geluk, dacht hij opnieuw. Als zij niet op vakantie was geweest, had hij het niet geweten. Nu kon hij zich hier mooi verschuilen. Waar moest hij anders heen? Morgenochtend zou hij thuis wat spullen halen. Nu eerst bijkomen. Nadenken over wat hij verder moest doen.

'Dat takkewijf is dood,' mompelde hij zenuwachtig voor zich uit toen hij de ruime, koele hal betrad. Gespannen staarde hij in de spiegel naar zijn bezwete gezicht. Onder zijn donkere ogen lagen even donkere modderstrepen. Zijn halflange piekhaar plakte in zijn nek. Ze is dood, hartstikke dood, hamerde het door zijn hoofd.

Bevend betastte hij zijn kleren. Zijn overhemd was doorweekt van het klamme zweet. Op zijn kaki broek zaten verse bloedspetters, net als tussen zijn tenen. Stik, hij had in die plas met bloed gestaan. Vol afkeer trok hij aan het bandje van de sandalen en hij liep met zijn schoeisel naar de bijkeuken; daar verdween het meteen in de kliko. Wanneer werd die bak ook alweer geleegd, vroeg hij zich gehaast af. In dezelfde haast trok hij zijn kleren uit. Ze belandden in de wasmachine. Daarna vloog hij de trap op.

Niet veel later gutste het lauwe water van de verkwikkende douche over zijn nog steeds trillende lijf. Beetje bij beetje durfde hij te ontspannen. Heel langzaam nam het heftige bonzen van zijn hart af.

'Relax, man, laat je niet gek maken. Denk na,' probeerde hij zichzelf tot kalmte te manen. 'Je blijft hier. Voorlopig zijn ze nog niet terug, Marga en de kinderen... Fuck!' Hij had haar naam uitgesproken.

Loodzwaar voelden zijn armen. Net als zijn benen en voeten leken ze opeens niet meer van hem. Hij had daar gestaan, vlak naast haar. Het was zo snel gegaan. Wezenloos had hij naar die messteken in haar rug gestaard. Het duurde slechts kort, maar lang genoeg om nu vertwijfeld met zijn hoofd tegen het glas van de douchedeur te bonken. 'Nee!' schreeuwde hij.

De beelden wilden niet van zijn netvlies wijken. Zelfs niet toen hij een uur later op een van de ligbanken op het terras zijn derde glas bier wegdronk. Weer zag hij haar voor zich, dat naakte lichaam drijvend in het bloed. 'Het is niet waar,' mompelde hij.

De zomerse tuin lag er vredig bij. Niets dat aan dood of verderf deed denken. Bijen vlogen ijverig boven de vlinderstruiken die de grens met de buren markeerden. Een zwoel briesje liet de berkenblaadjes ritselen. Achter de gele tuinmuren aan de overkant van de straat kleurde de ondergaande zon de daken rood.

'Ik kan het ontkennen. Niemand heeft me gezien. Ik was al die tijd hier. De tuin moest worden gesproeid. Ik had de auto van Marga geleend en...'

Verschrikt schoot hij overeind. Bier klotste over zijn buik. Allejezus: de Fiat! Opeens zag hij zichzelf weer terugrijden. Het smalle pad langs de vaart. Veel te smal voor een auto, laat staan om te passeren. Hij was in paniek, daarom had hij het gedaan. Die wilgentakken. Wederom hoorde hij ze schuren, vlak boven zijn hoofd. Ze had hem gezien! Een jonge vrouw op een fiets.

7

'Waar kom jij vandaan?' Ans opende een blik met kippensoep. Geërgerd draaide ze zich om toen ze Fleur hoorde binnenkomen.

'Ik was naar de siamezen.'

'Zo lang? Had je niet kunnen bellen? Heb je gezien hoe laat het is?'

'Je sliep. Ik dacht: ik fiets een stukje om, het is zulk mooi weer. Waarom fiets je niet eens mee?'

Ans begon te schateren. 'Kind, zie je mij op een fiets? Doe me een lol en ga koken, ik rammel.' Ze mikte de inhoud van het blik in een pan. 'Kijk, ik heb al een beginnetje gemaakt,' zei ze terwijl ze de pan op de kookplaat schoof en de knop op de hoogste stand draaide. In no time zou de soep gaan koken, wist Fleur, maar ze had geen zin om zich daar nu druk over te maken. Ze had wel iets anders aan haar hoofd. De confrontatie met die auto langs de vaart zat nog in haar lijf.

'Kan ik me eerst even douchen?' vroeg ze terwijl ze haar T-shirt uittrok. Haar smalle schouders staken knokig af bij haar volle, ronde borsten. Alles was kleverig en vuil. Ze voelde zich vies, veel te vies om te gaan koken.

Ans keek verlekkerd naar het meisjesachtige lichaam met de vrouwelijke rondingen.

'Nou goed, hoor, ik neem wel een snackje, maar haast je wat, ik heb echt trek.' En terwijl ze naar de keukenkast liep om een familiezak paprikachips te pakken, nam ze er het zoveelste biertje bij en slofte op haar slippers naar de tv. Toen Fleur boven was, hoorde ze het achtuurjournaal door de kamer schallen. Vlug nam ze een douche, om daarna nog snel even naar haar kamer te schieten en haar e-mail te checken. Teleurgesteld moest ze constateren dat er niets was binnengekomen in haar inbox. Hij had haar al in geen dagen geschreven. Terwijl hij beloofd had te zullen schrijven. Raar, dacht ze. Zou er wat gebeurd zijn? Tot nog toe was het bij drie mailtjes gebleven. Ze wist dat hij tijdens de vakantie minder in de gelegenheid was, maar ze hadden daar toch wifi?

Zuchtend klapte ze haar laptop dicht. Ze hoopte vanavond. Wie weet. Ze wilde hem het nieuws vertellen. Zou ze dat durven? Per mail? Beter kon ze wachten tot hij thuis was. Nog een paar dagen…

'Zeg, hallo daar! Hoe staat het?' De norse stem van Ans bulderde door het trapgat.

'Ja, ja, ik kom al!' riep Fleur terug.

Ze aten buiten. Tegelijk met de schemering verschenen de eerste muggen. Zoemend zochten de aan het oog onttrokken insecten zich een weg over ontblote lichaamsdelen. Ans gebruikte haar krant als wapen. Wild mepte ze om zich heen. Het opgevouwen papier raakte Fleurs knie onder de tafel. De knie die na de valpartij met de fiets behoorlijk was geschaafd. In een reflex trok ze haar been weg. Ze probeerde zich te concentreren op een artikel over genetische afwijkingen bij naaktslakken. Maar hoe ze ook haar best deed, haar gedachten dwaalden telkens af. Ze sloeg haar ogen op naar Ans, wier leesbril scheef op haar neus stond. Haar volle boezem ging flink op en neer, ze ademde zwaar. Het bord dat voor haar stond, was leeg, terwijl dat van Fleur nog zo goed als onaangeroerd was. Ze had nauwelijks een hap door haar keel kunnen krijgen. De drukkende warmte en een akelig gevoel rond haar maagstreek benamen haar de eetlust.

'Wanneer komen ze eigenlijk terug?' vroeg Ans ineens zonder van de krant op te kijken.

'Wie?' Fleur had geen zin om over 'ze' te praten, ze vermoedde over wie het ging.

'Gonnie en de kinderen,' zei Ans.

Zoals gewoonlijk deed Ans net of Joop er niet bij hoorde. Dat alleen al stoorde Fleur. Gonnie was Ans' laatste project. Ze kenden elkaar uit de eerstelijnszorg. Ans had al heel wat geflipte adolescenten naar haar doorverwezen.

Ondanks het feit dat Gonnie getrouwd was, drie zonen had en er wat Fleur betrof superhetero uitzag, koesterde Ans duidelijk warme gevoelens voor haar. Ze was een heel speciale vriendin, zoals ze dat zelf noemde.

'Het is momenteel noodweer daar.' Een van de gebakken aardappelen die nog restten in de schaal, verdween in de mond van Ans.

Ze lijkt op een hamster met longproblemen, dacht Fleur inwendig grinnikend toen ze naar de hangwangen boven de amechtig hijgende boezem van haar vette vriendin staarde.

'O ja?' antwoordde ze, waarbij ze haar stem zo neutraal mogelijk probeerde te laten klinken. Ze had het zich niet gerealiseerd, maar dat was de reden waarom hij niet schreef. En een gevoel van ongekende blijdschap overviel haar.

'Heel Zuid-Frankrijk staat blank,' ging Ans smakkend verder.

Waarop Fleur zich ontspande. Gelukkig, het heeft niets met mij te maken, dacht ze. Het is het weer.

8

Hoe noordelijker ze kwamen, hoe blauwer de lucht werd. Joop lag te dutten naast Gonnie. Vlak voorbij Lyon werd de *route du soleil* weer wat ze beloofde te zijn. De stortbuien lagen achter hen, een waterig zonnetje brak door. Gonnie had bij de laatste stop het stuur van haar echtgenoot overgenomen. De versgebakken stokbroodjes en croissants, de geitenkaasjes en pruimen, alles was genuttigd. Nog even en deze vertrouwde Franse hapjes lagen ook achter hen. De jongens hadden het voorbeeld van hun vader gevolgd. Slaperig hingen ze over de achterbank.

Gonnie reed stevig door, ze raasde langs het verkeer. Ze dacht aan thuis. Aan de siamezen. Haar lievelingen.

Ze hadden een nieuwe oppas. Het was Joops idee geweest. Waarom de vorige niet voldeed, had ze niet begrepen, eigenlijk was dat een zeer geschikt mens, vond ze. Een tikkeltje ordinair misschien, maar heel goed voor de katten. Ze moest in zichzelf lachen nu ze aan de vrouw dacht. Ja, het was een best mens. Ze hadden haar precies twee jaar gehad. Ook tijdens hun weekendjes weg was ze langsgekomen.

Bij thuiskomst lag er altijd een briefje dat volgeplakt zat met kattenplaatjes. Iedere zin die ze erop had gezet begon met 'en'. *En we hebben het heel fijn gehad. En we hebben goed gegeten. En we hebben lekker gekroeld. En we zijn heel blij dat jullie weer thuis zijn. En veel liefs, Mies.*

Nu was er dat meisje. Ze had haar misschien twee keer bij Ans ontmoet. Een verlegen, bijna schuchter kind dat meteen naar boven afdroop toen ze zich aan elkaar hadden voorgesteld. Voor zover ze begreep, woonde ze bij Ans op kamers. Maar het kon net zo goed een van Ans haar vriendinnetjes zijn.

'Vraag haar,' had Joop geopperd toen ze over de zomervakantie begon. 'Ze doet het vast gratis,' had hij eraan toegevoegd. Alsof geld opeens een rol zou spelen, dacht Gonnie. Maar ze had het te druk gehad met haar werk om hem tegen te spreken; een oppas is een oppas, had ze gedacht.

Steeds vaker koos ze de weg van de minste weerstand. Haar huwelijk was op een punt beland dat strijd leveren nog maar weinig zin had. Heel soms vroeg ze zich af of het dooie gevoel dat daarmee samenhing, alleen haar betrof.

Sinds de echtelieden apart sliepen – zogenaamd omdat hij snurkte en zij de volgende dag vroeg op moest; of het andere excuus: hun slaapritme, hij werkte laat door, zij zat soms om tien uur 's avonds al te knikkebollen – was elke opwinding uit hun relatie gesleten. Had ze zich vroeger nog druk gemaakt over zijn niet-aflatende hunkering naar bepaalde seksuele escapades, tegenwoordig deed ze haar best zich niet af te vragen waar hij zijn bevrediging in zocht.

Nu ze hieraan dacht, moest ze weer terugdenken aan eergisteravond. Vlak nadat het licht was uitgevallen en het noodweer losbrak. Ze had hem in het schijnsel van de kaarsen gezien. Half ontbloot stond hij voor haar. Hij had die speciale blik in zijn ogen. Ze kende die blik, ze gruwde ervan.

Ondanks alles zou erover gepraat moeten worden. Nog voordat school en werk weer zouden aanvangen en zij weer zou worden opgeslokt door de alledaagse beslommeringen, wilde Gonnie dat Joop en zij de koppen bij elkaar staken om te kijken of er nog een toekomst voor hen samen in zat.

Ze minderde vaart, het bord met PÉAGE kwam dichterbij. Toen ze terugschakelde en aansloot in de rij zonder caravans, wierp ze even een blik op het slapende lichaam naast haar.

De BlackBerry van Joop was tussen zijn benen door gegleden. Het zwarte ding lag naast zijn voeten te glimmen in de zon. De pieptoon van een nieuw berichtje klonk. Hij merkte het niet. Gonnie keek in haar spiegel naar de achterbank, ook de jongens waren ver weg. Zal ik even… dacht ze. Ach, waarom ook niet? De slome toestand waarin haar medereizigers zich bevonden, de gelegenheid die een dief maakt, er waren genoeg excuses voor de handeling waar ze doorgaans nooit aan toegaf. Terwijl ze verveeld naar de grijze auto voor zich staarde, tastte haar hand naar het apparaat op de grond. Toen ze het oppakte en op zoek ging naar de mailbox viel haar oog op iets anders. Een roze app met daarin het woordje 'sugababes' nam alle aandacht voor de rest weg.

9

Het eerste wat Thijs opviel toen hij in alle vroegte zijn huurwoning binnenging, was de aangename stilte. Vanuit de naastgelegen woning kwam geen enkel geluid. Alsof niet alleen die kattenheks was geveld, maar ook meteen al het leven uit haar omgeving was verdwenen.

Aarzelend liep hij de woonkamer in. Voordat hij zijn oor tegen de muur legde – wat hij onmiddellijk als idioot ervoer, want de bonkende, tot waanzin drijvende tv-dreun van gisteren had er nog gewoon moeten zijn – sloot hij de gordijnen. Niemand mocht hem zien. Hij begreep er niets van. Hij moest toch echt constateren dat het in het naastgelegen huis akelig stil was. Was daar iemand die dat kloteapparaat had uitgezet? Had iemand inmiddels het lijk gevonden? Zou de politie gealarmeerd zijn en wachtte die hem daar nu op?

Hier was hij niet op voorbereid. Wat moest hij doen? Hij kwam alleen zijn laptop halen, wat kleren, scheerspullen, geld, hij zou meteen weer weggaan. Dat was zijn plan geweest.

Wat als daar iemand was en hem zou horen? Opnieuw spitste hij zijn oren. Niets. De vreemde stilte wakkerde zijn nieuwsgierigheid aan. Hij kon heel stiekem, even...

Op zijn tenen sloop hij naar de tuindeur. Door een spleet van de luxaflex wierp hij een blik op de kale tuin achter het huis. Geen enkel spoor van die kattenkrengen.

Voorzichtig draaide hij de sleutel om in het slot. Weer wierp hij een blik naar buiten. Nog steeds niets. Hij durfde een stap verder te gaan. Behoedzaam drukte hij het handvat naar beneden en zette de deur op een kier. Een warme luchtstroom woei naar binnen, vrijwel meteen gevolgd door een lawine van katten die over de lage schutting in de richting van de deur stoven. Thijs trok meteen aan de deur. Te laat. Hevig miauwend schuurden de katten langs zijn benen het huis in.

Vloekend trapte hij in de richting van de krioelende beesten. De deur viel open. Nog drie harige en hongerige scharminkels volgden hun voorgangers. Krijsend dromden ze nu voor het keukenblok. Dit kon maar één ding betekenen, dacht Thijs, in het huis naast hem viel niets meer te halen. Hoe die klere-tv was uitgegaan en of er iemand in haar huis was geweest, het zou hem een worst wezen. Hij moest nu zo snel mogelijk handelen. Die katten moesten zijn huis uit.

Hij stapte naar buiten, greep een bezem, liep terug naar de keuken en mepte op de dieren in. Blazend stoven ze uiteen. Haardotten vlogen door de lucht toen Thijs in zijn woede de laatste kat naar buiten zwiepte en de deur achter het beest dichtsloeg.

Opgelucht haalde hij adem. Dit incident had hij ook weer overleefd. Voorlopig liet hij zich hier niet meer zien. Ik pas op het huis van mijn ex, dacht hij en hij had zich al helemaal met die rol vereenzelvigd. Wat zich hier gisteren en vandaag had afgespeeld hoefde niemand te weten.

Gisteren, dat leek nog maar een uur geleden. De hele nacht had het akelige voorval door zijn hoofd gespookt. Waarom was hij toch zo stom en overmoedig geweest om haar te achtervolgen? Waarom ben ik niet gewoon doorgereden toen ik die rode Vespa naast die boom zag staan, peinsde hij nu. Als een rode lap op een stier had die scooter op hem gewerkt.

Kon hij de klok maar terugdraaien. Was hij maar niet zo heetgebakerd. Hoe noemde Marga hem vroeger? Lomp! Oké, hij gaf het toe, soms kon hij driftig worden. Zodra hij aan die brommer dacht, zag hij dat kankerwijf erop zitten. Dan hoorde hij die snerpende lach uit die brutale bek met scheve tanden rollen. Dan zag hij die harde haren uit die puntige kin steken en rook hij die smerige adem of die misselijkmakende, goedkope parfum die de lucht van haar okselzweet moest verbloemen. Ja, iedere molecule in zijn lijf walgde zo van haar dat hij zonder na te denken was gestopt. Hij had haar een lesje willen leren, meer niet.

10

Britt van Dijk had alles mee. Ze was bijna dertig, blond, single en dankzij haar favoriete sporten judo en hardlopen had ze bovendien een perfect figuurtje. Ondanks dat was ze haar grote liefde nog steeds niet tegengekomen. Tot nog toe waren de meeste mannen tijdelijk in haar geïnteresseerd. Niet dat zij nou stond te popelen om zich te binden, maar toch, haar biologische klok tikte door. Steeds vaker betrapte ze zichzelf erop dat een nieuwe vlam als potentiële vader werd gekeurd. En nog vaker vroeg ze zich af of die mannen die onbewuste keuring konden ruiken. De een na de ander ging er met een rotsmoes vandoor.

Precies één maand woonde ze nu boven de Hema. Haar zonnige etage lag op loopafstand van haar werk. Vanuit haar woonkamer keek ze links op een knots van een bibliotheek, rechts op het ziekenhuis en recht vooruit op de befaamde Filmwijk van Almere. 'Met een beetje fantasie waan je je in New York,' had ze tegen haar Amsterdamse vrienden gezegd, die het maar niks vonden dat ze zich verplicht had gevoeld te verhuizen. 'Klotedienders,' was hun antwoord als ze over haar nieuwe baan begon. Zelf begreep ze het wel. Amsterdam was nog net even een te groot jasje voor een jonge vrouw als zij.

Als een komeet was ze omhooggeschoten. Amper klaar met de politieacademie, belandde ze meteen op het hoofdbureau. Door haar tomeloze inzet duurde het niet lang of ze groeide door naar de functie van hoofdagent, en voor ze het wist kon ze zichzelf rechercheur noemen.

Het leven was gul. Iedereen gunde het haar. Behalve de hoofdinspecteur. Een seksist in hart en nieren die de pik had op vrouwen die het beter deden dan hij. Maar ga dat maar eens hardmaken in een mannenbolwerk als het politiekorps.

Oké, misschien had ze het dan aan zichzelf te danken en kwam het door dat ene incident; die keer dat ze zonder haar Walther de deur uit vloog. Wapenstok, pepperspray, portofoon, alles had ze bij zich, behalve haar pistool. Nóóit zonder pistool de deur uit, was de vuistregel, ze had het kunnen weten. Ze hing.

Diezelfde week nog werd ze in de 'gouden gang' verwacht. De bollebozengang. Waar de met goud en lauwerkrans behangen uniformen de dienst op het bureau uitmaakten. Ze kreeg een berisping. Bij herhaling volgde ontslag. Waarom keek ze niet uit naar een andere werkplek? Almere misschien? Om ervaring op te doen, werd er gezegd.

'Kunnen jullie van elkaar leren,' zei die kalende lul van een korpschef. 'Bij een jonge, criminele stad past een chick zoals jij,' voegde hij er nog smalend aan toe. Aan zijn zenuwachtige grijns had Britt meteen gezien dat hij blij was van haar verlost te zijn.

Zo kalm mogelijk had ze de collega's ingelicht en haar bureauladen geleegd. Na de afscheidsborrel bij café De Eland was ze aangeslagen naar huis gefietst. Daar gaf ze zich over aan de tranen.

Maar Britt zou Britt niet zijn als ze bij de pakken was gaan neerzitten. Haar etage verhuurde ze aan een vriendin. De schaarse meubels die ze bezat, gingen op een aanhanger van een vriendje, en vol goede moed verhuisde ze naar de Vinex-stad.

Het was zondagochtend. Haar vaste rondje Vondelpark had ze verruild voor een rondje Weerwater, iets waar ze zeer van genoot. Na een paar weken merkte ze al verschil, trainen was hier beslist anders. De frisse polderlucht en de uitgestrekte paden langs de grote plas – genoemd naar het moment waarop de IJsselmeerpolder werd uitgegraven en weer water werd – maakten het hardlopen zeer aangenaam.

Ja, als ze de prettige chaos van Amsterdam, haar vrienden en de cafés niet zo miste, dan zou ze hier wel eens haar stekkie gevonden kunnen hebben.

De binnenstad van Almere lag er stil en verlaten bij. Het grijze marmer van de straat dat langs haar flat omhoog glooide, blonk oogverblindend fel in de opkomende zon. Met deze temperaturen was de stad compleet uitgestorven. Hoewel de winkelstraten heel ruim van opzet waren, werden ze voornamelijk gedomineerd door bekende winkelketens, schoenenzaken en de kledingbranche. Niet dat Britt van shoppen hield, integendeel zelfs – haar versleten jeans en T-shirts behoorden al jaren tot haar vertrouwde outfit, net als haar All-Stars of sneakers – maar zelfs voor iemand zonder shopambitie viel hier weinig spannends te beleven. Almere moest het van zijn architectuur en natuurlijke omgeving hebben. Net als vandaag, een dag waarop iedereen de omliggende strandjes opzocht.

Britt had begrepen dat hier volop in de natuur gezwommen kon worden. Er was het ruige natuurgebied bij de Oostvaardersplassen, de uitgestrekte fietsdijk naar Lelystad en diverse stranden rondom het Gooimeer. Genoeg te ontdekken dus. De hele zomer lag nog voor haar. Vakantie zat er voorlopig niet in. Van het kleine team waarvan de meeste collega's nu met hun gezin elders vertoefden, waren er maar een paar achtergebleven op het bureau. Met hen zou ze de komende weken het kantoor moeten bemannen.

Ook dit weekend had ze dienst. Haar trimrondje was letterlijk uitgelopen. Snel dronk ze haar verse jus, tikte onderwijl een sms'je naar een van haar vriendinnen voor een eetafspraak, en schoot daarna in haar spijkerbroek. Voordat ze de deur uit vloog, moffelde ze nog gauw haar breiwerk in haar tas. Ze had het breien nog niet zo lang geleden ontdekt, en soms voelde ze zich supertruttig, maar het gaf haar rust, ze kon er uitstekend bij nadenken.

Op het bureau wachtten haar een berg papierwerk en een volgeschreven whiteboard. Naast een dodelijke aanrijding onder invloed op de A6 en een uit de hand gelopen burenruzie waren er voornamelijk meldingen van inbraken. Niet veel nieuws onder de zon, dacht Britt.

Ze rekte zich uit. Een echte zaak, daar had ze zin in. Zo eentje waar ze tot nog toe maar één keer aan had mogen meewerken. Het ging om een moord met voorbedachten rade. Ook toen werd haar betrokkenheid niet op prijs gesteld. 'Iemand die niet van wapens houdt, hoort hier niet,' had diezelfde kalende chef tegen haar gezegd.

Terwijl ze een blik op het dienstwapen naast haar wierp, moest ze nu toegeven dat hij misschien wel gelijk had. Kogels leg je niet in de houdgreep, wist ze nu. Misschien was politiewerk toch niet echt haar ding. Verstrooid schoof ze haar stoel naar achteren, en net toen ze wilde opstaan om naar de koffiemachine te lopen, rinkelde haar telefoon. Het was een collega. Er was geklaagd over stankoverlast in de Regenboogbuurt. Alsof er een lijk lag te rotten.

11

'Kind, wat ben je onrustig!' Ans had zich aan de ontbijttafel achter de weekendkrant verschanst. Ze slurpte van haar koffie. Fleur liep al een tijdje druk om haar heen te ijsberen. Tuin in, tuin uit, gieters vullend en legend en ondertussen nerveus fluitend. Ans werd er gek van. 'Laat die verdomde planten toch met rust!' siste ze.

Maar Fleur was alweer weg. Weg in haar eigen wereld. Ze had geen oor voor haar vriendin. Nu even niet. Hij had gebeld!

Hij was op weg naar huis, had hij gezegd. Hoewel het om een uiterst kort telefoontje ging – zo kort dat het bijna leek alsof ze het gedroomd had – deed het haar trillen van opwinding. Zijn lieve stem te horen. Hij was haar niet vergeten. Hoe had ze daaraan kunnen twijfelen? De komende tijd werd heel belangrijk. Zorgvuldig moest ze alles tegen elkaar afwegen. Ze had er de laatste dagen veel over nagedacht. Het voelde als de voorbereiding op een tentamen. Wat wel en wat niet, hoofd- en bijzaken weten te scheiden. Ook daar was ze goed in.

Ze mocht hem er niet mee overvallen. Stap voor stap zou ze te werk gaan. Als ze te hard van stapel zou lopen, kon hij op de vlucht slaan. Daarvoor was hun liefde nog te broos. Het was net als met haar plantjes. Gaf je het zaad in het begin te veel water, dan verzoop het. Dan ontkiemde er niets.

'Hé, luister je wel?' Geërgerd stond Ans op. Net iets te driftig schoof ze haar stoel naar achteren. Met veel kabaal kletterde het aluminium ding tegen de stenen keukenvloer. Fleur keek verschrikt op. Water klotste uit haar volle gieter.

'Sorry?'

'Ik vraag je waarom je zo gestrest bent. En kijk nou eens wat je doet!' Ans wees op de plas voor haar voeten. 'Dweil je het zelf op?'

'Huh? O, ja, tuurlijk, sorry.' Bedrukt staarde Fleur naar Ans, die zuchtend en steunend en met een overdreven gebaar van inspanning over de plas stapte.

'Ik denk dat ik een paar dagen wegga,' sprak ze terwijl ze het espressoapparaat liet stomen en nog een croissantje in haar mond stak.

Fleur volgde zwijgend de handelingen van Ans, wier volle lichaam nu alle ruimte voor het aanrecht had ingenomen en daardoor Fleur de mogelijkheid ontnam een dweil te pakken.

'O?' antwoordde Fleur flets.

'Ik heb contact gehad met Gonnie. Ze komen eerder naar huis vanwege het slechte weer.'

'O, ja?' Opnieuw probeerde Fleur zo vlak mogelijk te reageren.

'Ze heeft nog een week vakantie. Ik heb voorgesteld naar Bergen te gaan.'

'Oké. En haar man dan?'

'Die schijnt zo zijn eigen sores te hebben. Zoals al die kerels. Als ik Gonnie goed begrepen heb, heeft ze het even helemaal gehad met die lapzwans,' sprak Ans smakkend. Ze had zich nu omgedraaid naar Fleur. Peinzend likte ze langs het espressokopje, ze staarde in de verte. Voordat ze van de koffie nipte, verscheen er een vals lachje rond haar lippen en lichtten haar priemende ogen even op alsof ze ineens een geweldige inval kreeg.

Fleur vroeg zich af wat die vreemde blik betekende. Heeft het met mij te maken, vroeg ze zich bezorgd af. Maar gezien de licht ontvlambare stemming waarin haar gezette vriendin zich die ochtend bevond, besloot ze daar niet naar te vragen.

'Oké, leuk voor jullie. Wanneer gaat het gebeuren?' vroeg ze. Haar hart maakte een sprongetje bij het vooruitzicht het rijk alleen te hebben. Wat een ongekende mazzel viel haar ten deel!

Dit kwam zo goed uit met haar eigen plannen. Ze zou hem hier kunnen uitnodigen. Voor hem koken en hem haar nieuws vertellen. Ze zou met hem slapen en...

'Hoe lang gaan jullie?' riep ze haar vriendin achterna toen die, nog steeds in gedachten, de trap op waggelde.

Verbaasd keek Ans achterom naar Fleur. Haar blik verried een zeker wantrouwen. Fleur baalde dat ze zichzelf zo snel had verraden. 'Ik bedoel...' haperde ze.

'Kind, ik gun je een weekje zonder mij, heus, ik ben niet gek. Misschien wordt het zelfs tijd dat je binnenkort eens je vleugels uitslaat en mij verlaat,' sprak Ans gluiperig en stommelend vervolgde ze haar weg naar boven.

Even later hoorde Fleur de badkamerdeur dichtslaan. Geschokt staarde ze voor zich uit. Een vreemde angst bekroop haar. Zo snel kon Ans niet van haar af willen. Nog niet. Niet nu. De situatie was er momenteel niet naar om dit huis, met al zijn veiligheid, kwijt te raken. Waar moest ze heen? Des te groter werd de noodzaak met hem te praten. Hij zou haar helpen, ze wist het zeker.

12

De straffe zuidwester die het vlakke polderland doorgaans van enige verkoeling voorzag, blies als een warme föhnwind door Britts blonde haren. Kromgebogen en doorweekt van het trappen hing ze over het stuur van haar dienstfiets.

Het kale fietspad langs de spoorbaan, waar de zon de hele dag al op had staan branden, werkte niet bepaald mee. Aan dat eindeloze asfaltpad leek maar geen einde te komen. Glad en heet kronkelde het pad zich als een sidderende slang langs de monotone betonnen geraamten van nieuwbouw. Nergens was een spatje schaduw.

Ook de vergeelde grasveldjes, met hier en daar een jong, dor boompje dat de suggestie moest wekken van een toekomstig park, lagen er uitgeblust bij. Eenzame wipkippen en lege klimrekken vervolmaakten het beeld van een spookstad.

In de zeven kilometer die ze er nu op had zitten, was ze nog maar één keer een andere fietser tegengekomen. En alsof het treintraject naar Lelystad sinds vandaag uit de dienstregeling was genomen, was geen trein haar tot nog toe gepasseerd. Ja, zelfs op de parkeerplaats bij de immer drukbezochte Albert Heijn, viel vandaag geen auto te bekennen. Iedereen was op vakantie.

Zou ze even stoppen? Had ze nog genoeg in huis? Haar hoofd stond niet bepaald naar avondeten. De hitte en het bezoekje aan de Regenboogbuurt droegen daar beslist aan bij. Tot nog toe was ze nooit misselijk geworden tijdens haar werk. Maar dit keer was haar maag gaan draaien.

Omwonenden hadden geklaagd. In hun achtertuinen hing sinds gisteren een ondraaglijke stank. De paar thuisblijvers die buiten zaten, waren stuk voor stuk naar binnen gevlucht. Of er een agent wilde gaan kijken.

'Waarschijnlijk een vriezer die de geest heeft gegeven,' had een van haar nieuwe collega's uit de meldkamer gesuggereerd. 'Dat krijg je bij deze temperaturen.'

Ze hadden getost wie er zou gaan. Britt won. Eindelijk verlost van haar bureauwerk.

'Nee, ik ga wel alleen,' had ze gezegd toen een van de jongens wilde meegaan. Maar eenmaal op de plaats van bestemming, kreeg ze onmiddellijk spijt.

Woedende buren begonnen meteen te schelden bij het zien van de tengere vrouw in burger. Waarom er geen vent kwam kijken. Of ze niks beters hadden bij de politie. Betaalden ze daar nou belasting voor?

Een paar lachten haar uit en maakten seksistische opmerkingen over haar blonde paardenstaartje. Hoe ze dacht daar naar binnen te komen? Toen Britt hun blik volgde, kon ze nog net het rode puntdak van een blokhut onderscheiden dat achter een metershoge schutting lag. En toen ze de begroeiing van de schutting zag, zakte de moed haar compleet in de schoenen. Woekerende klimplanten, waarvan de bramenstruiken er het vervaarlijkst uitzagen, moesten iedere dief buiten de deur houden.

Een vlezige man wiens bierbuik over zijn zwembroek puilde, sprong meteen bereidwillig op haar af. 'Kontje?' vroeg hij met een klapperend kunstgebit.

Britt haalde diep adem. 'Nee, bedankt,' zei ze kordaat. Nu niet aarzelen, dacht ze. Vlug zette ze haar sneakers tussen de hedera. Het was een voordeel dat de planken van de schutting horizontaal lagen, hierdoor kon ze zich behendig omhoogtrekken. Eenmaal aan de andere kant hoorde ze tot haar verbazing de buurtbewoners applaudisseren. Tja, dacht ze gniffelend, opeens blijkt dat kleine wijfie toch meer in haar mars te hebben dan jullie konden vermoeden.

Vlug worstelde ze zich door de struiken en stak het grasveld over naar de blokhut. Daar werd ze verwelkomd door een penetrante doodsgeur. Ook de rode geraniums die de hut blijkbaar een Oostenrijks karakter moesten geven, waren in hun bakken bezweken. Dorre stelen, met hier en daar een opgedroogd bloemetje, staken levenloos uit de kurkdroge grond.

De deur van de hut zat op slot. Een van de raampjes stond op een kier. Langs het glas bewoog zich een zwarte waas van vliegen. Britt probeerde langs de zoemende massa te turen. Niets te zien. Wel bereikte haar de stank van stront en pis vermengd met rottend vlees. In een reflex deinsde ze achteruit. Ze sloeg haar hand voor haar mond. Wat zou ze daarbinnen aantreffen? Nu niet gaan kotsen, dacht ze toen ze haar maag omhoog voelde komen. Ze moest handelen. Daarvoor was ze hier.

Ze spiedde de tuin af naar een voorwerp om het raam van de deur in te slaan. Haar oog viel op een berg met klinkers. Eén steen zou volstaan. Vlug trok ze haar latex handschoenen aan, greep een van de klinkers en sloeg het raam aan diggelen. Nog meer stank woei naar buiten. Happend naar adem dook Britt in elkaar. 'Doorgaan nu,' sprak ze zichzelf moed in. 'Voor je het weet is het voorbij.'

Ze greep de sponning, trok zich omhoog en stapte door het gat naar binnen. Meteen zocht haar hand naar een lichtschakelaar, maar de lamp bleek kapot. Ze aarzelde. Zou ze eerst een collega bellen? Onzin, ze kon het gemakkelijk alleen. Eenmaal aan de duisternis gewend, probeerde ze zo snel mogelijk de situatie in te schatten.

En terwijl ze zich langs een soort sculptuur met diverse plateaus wurmde, probeerde ze de andere kant van de hut te bereiken. Onder haar sneaker voelde ze iets zachts. In het schijnsel van haar kleine zaklampje ontdekte ze dat het stront was. Snel veegde ze met haar voet over een droog stuk vloer. En hoewel de geur van dood zich hier onmiskenbaar had genesteld, ontdekte ze nergens een lichaam.

Een lichte paniek maakte zich van haar meester. Haar maag zou het niet lang meer houden, net als haar hoofd, dat steeds draaieriger werd in deze hete, bedompte ruimte.

Balend draaide ze zich om. Ze had absoluut versterking nodig. Ze reikte naar haar portofoon, haar voeten schuifelden in de richting van de deur. Halverwege stuitten ze op iets wat leek op een baal vodden. Zonder zich te verroeren scheen ze op het voorwerp dat haar de weg versperde. Een wollige, harige massa was alles wat ze kon onderscheiden. Lag daar een deken? Zat er een lijk in? Haar handen tastten naar de grond. Toen ze het voorwerp voorzichtig optilde, zag ze dat het om een dooie kat ging. Enigszins opgelucht dat het 'slechts' om een dier ging, nam ze het verstijfde beestje mee naar buiten. Ze pakte haar portofoon.

'90-22 hier. Ik heb een dierenambulance nodig op het Lilaplantsoen, herhaling: 90-22...'

Niet veel later sleepte een medewerker van de dierenambulance nog twee kattenlijken uit de hut. De drie perzen, kennelijk achtergelaten zonder eten of drinken, hadden alle het loodje gelegd.

Het was nu halfvijf. Nog een uurtje en dan zit mijn dienst erop, dacht Britt toen ze door de verstikkende gang van het bureau naar haar kamer liep. Na dit kattenavontuur snakte haar lijf nog meer naar een douche en schone kleren. Ze zag zichzelf al met een ijskoud pilsje op haar balkon zitten. Vooruitblikkend op dit genot opende ze monter de deur van haar kamer. Verschrikt bleef ze staan. Voor haar bureau zat een jong Marokkaans stel. Het gezicht van het meisje ging half verborgen onder een witte hoofddoek met zilveren lovertjes. Onder haar wijde, zwabberende broekspijpen piepten twee vrolijk geborduurde puntslippertjes uit. De jongen droeg een zonnebril op zijn zo goed als kaalgeschoren hoofd. Zijn hand streelde die van het meisje. Zo te zien waren ze smoorverliefd.

Verbaasd keek Britt naar het stel. 'Wat...' vroeg ze. Verder kwam ze niet. Een van haar collega's, die opeens pal achter haar was komen staan, duwde haar ruw naar binnen. 'Ze hebben een lichaam gevonden,' snauwde hij vlak naast haar oor.

13

'Ik ga een paar dagen weg.' Gonnie stopte de schone was in de droger, terwijl Joop langs haar heen manoeuvreerde met de lege koffers.

Meteen na thuiskomst hadden ze alle vakantiespullen uitgepakt. Net zoals voorgaande jaren. Orde en regelmaat, dat was Gonnies slogan, het bood haar houvast en overzicht. Joop had zich aangepast, net als de jongens.

'O?' Verbaasd keek Joop zijn echtgenote aan. Hij kon zich niet herinneren dat ze hierover gesproken hadden.

'Laat mijn rode koffertje dus maar staan.' Zonder naar hem te kijken propte ze de laatste handdoeken in de volle trommel.

'Waar ga je heen?'

'Naar Bergen.'

'Alleen?'

'Nee, met Ans.'

'Ans?!' herhaalde Joop stomverbaasd. Terwijl hij zijn bril omhoogschoof vulde de blik achter de glazen zich met afkeer. 'Met die pot?'

'Ja, waarom niet? Ze heeft me uitgenodigd en ik ben wel toe aan een verzetje,' sprak Gonnie koel.

Met geen woord werd er meer over de ergernissen van de afgelopen vakantie gesproken. Ook daar was de familie goed in. Zo veel mogelijk conflictvermijdend langs elkaar heen leven. Zodra iedereen thuis het gewone leven weer oppakte, leken de botsingen en ongemakken van de vakantie minder urgent. En hoewel Gonnie zich had voorgenomen bij thuiskomst zo snel mogelijk met Joop rond de tafel te gaan zitten om over hun toekomstplannen te praten, na het telefoontje van Ans leek het haar toch verstandiger dat moment nog even uit te stellen.

Daar kwam nog bij dat haar een enorme bende in huis wachtte. De siamezen hadden er een vreselijke puinhoop van gemaakt. Dat was voorgaande jaren wel anders geweest. Die nieuwe oppas, dat zogenaamde pleegkind van Ans, had er ronduit een potje van gemaakt. Niet alleen de kattenbak puilde uit, ook het vloerkleed had eraan moeten geloven. Een harde koek van kots met haarballen had zich vastgezet tussen de hoge polen. Los van de zure lucht die daarmee gepaard ging, leken de arme dieren compleet uitgehongerd. En toen Gonnie tot haar verbazing ook nog eens ontdekte dat er van de voorraad kattenvoer nauwelijks iets was aangebroken, begreep ze meteen waarom haar schatten zo snel op hun schotels afrenden. Oké, haar lievelingen mochten dan kieskeurig zijn, en bij hun lichaamsbouw hoorde beslist een slank postuurtje, maar haar schatten waren nu magerder dan ooit. Volgende keer wordt het weer gewoon Mies, had ze berouwvol gedacht.

'Nou ja, geen probleem, hoor. Ik vermaak me ook wel alleen met de jongens,' zei Joop quasionverschillig, waarop hij prompt het rode koffertje uit zijn handen liet vallen. Met een plof belandde het ding op de stoffige vlieringvloer.

'Dat lijkt me ook,' antwoordde Gonnie, en het lag op het puntje van haar tong om te zeggen: Of bedoel je 'met de meisjes'? Maar snel slikte ze die laatste woorden in.

Ze schoof de lege wasmand op de droger en tilde daarna het rode koffertje op. Zorgvuldig klopte ze het stof eraf. Gelaten liep ze achter haar man aan naar beneden.

'Zeg, als je mij niet meer nodig hebt, dan ga ik nog even wat werken,' sprak hij vanaf de overloop. En zonder haar antwoord af te wachten verdween hij in de richting van zijn kamer. Gonnie keek hem na. Ja, ja, werken, dacht ze cynisch.

14

Hoewel de jongen beter Nederlands sprak dan het meisje, bleef het voor Britt moeilijk te achterhalen wat er nou precies was gebeurd. Het meisje knikte toen Britt haar vroeg of ze wat water wilde. Dat is tenminste iets, dacht Britt terwijl ze een bekertje onder het kraantje van de zo goed als lege blauwe tank plaatste. Het borrelende geluid van de waterbelletjes doorbrak de pijnlijke stilte. Halverwege de ondervraging was het meisje gaan huilen. Tot nog toe was bijna iedere vraag ontkennend beantwoord.

Nee, ze wisten niet waar het lichaam lag, ja, ze wisten wel dat het ergens bij een strandje was. De jongen deed met tegenzin zijn verhaal. Waarschijnlijk had het meisje hem ertoe aangezet om naar het bureau te gaan. Bevend pakten haar hennakleurige handen het waterbekertje aan, terwijl haar betraande ogen bleven rusten op haar schoot.

'Kun je dan misschien de plek aanwijzen?' vroeg Britt aan de nerveuze jongen. Ze wees op de plattegrond van de stad. Weer schudde hij zijn hoofd.

'Dan zullen jullie met ons mee moeten,' zei Britts collega nors.

Britt vermoedde dat hij de twee niet geloofde. Ze kende haar collega nu een maand en ze had deze machodiender nog geen enkele keer kunnen betrappen op een vriendelijk woord jegens allochtonen. Driftig greep hij naar zijn autosleutels en pet, trok zijn jasje aan en vervolgde op barse toon: 'Nou? Waar wachten we op?!'

'Jullie hoeven alleen maar met ons mee te gaan om te vertellen waar jullie geweest zijn,' zei Britt vriendelijk terwijl ze het bekertje uit de trillende handen van het meisje aannam. Uit de woorden van de jongen had Britt begrepen dat het stel die middag een boottochtje had gemaakt en op een strandje was beland. Daar hadden ze het lichaam gevonden.

Druk gebarend ging de jongen voor het meisje staan. Hij brabbelde iets onverstaanbaars. Met grote angstogen keek het meisje op naar de jongen. Ze stootte eveneens een paar keelklanken uit en veegde onder haar zwartomlijnde ogen.

Daar gaat mijn vrije avond, dacht Britt zuchtend.

'Wij zijn bang. Straks hun denken dat wij het zijn,' zei de jongen toen hij Britts geërgerde blik opving.

'Wie dan?' vroeg Britt.

Hij haalde zijn schouders op en keek van haar weg, frommelde in zijn broekzak en haalde er een mobieltje uit tevoorschijn. Vlug wierp hij er een blik op, meteen drukte hij de beller weg en stopte het ding weer terug. Opnieuw keek hij naar het meisje. Hij probeerde haar te kalmeren. Verlegen sloeg ze haar ogen neer en terwijl ze haar hoofddoek verder over haar voorhoofd trok, stond ze op. Toen pas viel het Britt op dat ze een kop groter was dan de jongen.

'Wij komen mee,' sprak de jongen nu op zelfverzekerde toon.

Even later waren ze op weg naar de plek des onheils. In haar eigen oude Opel Corsa reed Britt achter de politiewagen aan. Ze tuurde naar het stel op de achterbank. Zo dicht tegen elkaar aan gedrukt leken ze nog het meest op een stel dat ging trouwen. De witte sluier met de vele lovertjes glinsterde prachtig naast het donkere opgeschoren haar van de jongen.

Wat zullen we daar aantreffen, peinsde Britt. De jongen had het over een naakte vrouw. Hij had daarbij zo'n vies gezicht getrokken dat de herinnering hem blijkbaar nog steeds parten speelde.

Na een klein kwartiertje rijden waren ze op de plaats van bestemming. Het meisje stribbelde tegen toen Britts collega haar dwong uit de auto te stappen.

'Laat haar maar, John,' zei Britt tegen de agent. 'We weten niet wat we daar aantreffen, als de jongen alleen meegaat, is dat toch ook goed?'

'Ja, maar als zij...' gromde Britts collega opstandig alsof hij een zware crimineel zonder bewaking in zijn auto moest achterlaten.

Dankbaar blikte het meisje naar Britt, die haar een knipoog van verstandhouding gaf. Geïrriteerd richtte John zich nu op de jongen. Terwijl hij hem een duw in de rug gaf, vroeg hij waar hij nog op wachtte. De jongen wees aarzelend naar een pad door de brandnetels. Moedig stapte hij op de dichte begroeiing af en liep in de richting van het water. Nog voordat ze bij het strandje aankwamen, was er de geur van dood.

Tot Britts verbazing ging John opeens pal voor de jongen staan en greep hem bij zijn schouders. 'Stop! Jij blijft hier!' riep hij.

Timide, ja, haast opgelucht, keek de jongen van de agent naar Britt, die haastig mompelde dat het vermoedelijk niet lang zou duren.

De verweekte korte benen van de vrouw dobberden lieflijk op en neer in het water. Haar gezicht lag tegen het zand gedrukt. Als er niet die ondraaglijke geur van ontbinding hing en als er niet al die vliegen waren, zou ze net zo goed kunnen liggen zonnen, dacht Britt. Ze probeerde zichzelf moed in te praten om overeind te blijven. Voor de tweede keer vandaag voelde ze haar maag omhoogkomen en voor de tweede keer probeerde ze al die irritante vliegen van zich af te slaan. Toen ze de spottende blik van haar collega opving, vermande ze zichzelf door hem bars te gebieden de technische recherche te bellen.

Vlug inspecteerde ze de omgeving van het lijk. De vrouw lag in een plas van opgedroogd bloed. De messteken waarmee ze was omgebracht, stonden in een keurige rechte rij in haar rug. Maden vraten zich een weg door de wonden.

Met een zekere gestoorde precisie had de moordenaar toegeslagen. Kennelijk had hij de vrouw tegen de grond gedrukt om haar daarna de vijf steken toe te dienen.

Welke gek doet zoiets, vroeg Britt zich walgend af.

In de verte klonk het geluid van naderende busjes en sirenes, nog even en haar collega's van de technische recherche zouden hier staan. Ze moest snel zijn. Spiedend liet ze haar blik over de omgeving dwalen. Haar oog viel op een plastic schoudertas. Half verborgen lag hij onder een badlaken. Britt sloeg het badlaken weg en stak haar handen in de tas. Buiten de rottende etensresten en krioelende maden was de tas helemaal leeg. Er was niets waarmee ze de vrouw zou kunnen identificeren.

'Laat je alles wel intact?' hoorde ze John vanaf de wallenkant roepen. Hij zwaaide naar de drie vacuüm verpakte collega's die op hun blauwe plastic sokjes kwamen aanstiefelen. Tijd om te vertrekken, dacht Britt toen er een grote witte tent rondom het slachtoffer werd opgezet. Met deze temperaturen bleef ze daar liever buiten. Vrolijk zwaaide ze terug.

'Fijne avond!' riep ze naar de mannen in het wit en ze draaide zich om. 'Eindelijk naar huis,' verzuchtte ze.

Halverwege het brandnetelpad moest ze opeens aan de jongen en het meisje denken. Ze kon ze een lift aanbieden. Maar toen ze eenmaal bij de weg arriveerde, bleek er tot haar verbazing van het stel geen spoor meer.

15

Vanaf het moment dat Gonnie bij Ans in de auto stapte, dook Joop in zijn archief. Dat zijn vrouw met die dragonder vakantie ging houden kwam hem prima uit. Dat gaf hem mooi de tijd om schoon schip te maken op zijn computer. Ieder spoor dat zou leiden naar zijn verslaving, moest voorgoed worden uitgewist.

Hoe kon hij verder leven als dit uitkwam? Hij zou vervolgd worden. Ze zouden hem in ieder geval ontslaan. Een baan als arts kon hij daarna voorgoed op zijn buik schrijven. O, god, waarom ben ik toch zo slordig geweest, vervloekte hij zichzelf. Waarom heb ik dat vreselijke mens vertrouwd?

Ze had er oerstom uitgezien. Hoe had hij zich zo kunnen vergissen in dat ordinaire schepsel met die mond die maar doorlulde. Hoe had hij die stomme briefjes vol taalfouten zo kunnen onderschatten? Nooit had hij kunnen vermoeden dat iemand als zij in staat zou zijn tot afpersing. De gore lef!

Hij had haar toen meteen moeten aanpakken, maar hoe? Vlak voor de vakantie was bij hem het idee ontstaan het uit handen te geven. Iemand anders moest het klusje maar klaren. Ook al was hij er de man niet naar – hij schuwde geweld – het was de enige uitweg. Het ging hem geld kosten, daar was hij zich van bewust, maar dit kostte hem ook geld.

Het belangrijkste was dat hij van haar verlost zou zijn. En met haar ook van al die andere spanningen die hem nu al meer dan een jaar teisterden. Zelfs zijn echtgenote maakte steeds vaker toespelingen op zijn 'afwezigheid'. Hoeveel vermoedde zij inmiddels? Had dat kreng haar misschien op de hoogte gebracht van zijn uit de hand gelopen hobby? Hij kon het niet geloven. Het was zo vanzelf gegaan. Een beetje surfen over het internet. Onschuldig was het. Welke gezonde kerel deed dat niet? Andere collega's zopen. Het werk was zwaar. Avonddiensten, weekenddiensten, mondige patiënten die steeds veeleisender werden.

'U gaat mij opereren, dokter. Ik voel dat ik een tumor in mijn hoofd heb en die gaat u eruit halen!'

Hoe vaak had hij dat soort achterlijke opmerkingen niet moeten aanhoren?

'O ja, en waar zit die tumor dan volgens u?' had hij dan zo kalm mogelijk gevraagd.

'Ja, hoe moet ik dat weten?' brulden die apen dan terug. 'Dat weet u, daar bent u dokter voor!' Stelletje malloten. Geen enkel respect voor zijn vak. Het was zo logisch dat hij een escape nodig had.

Hyves, Facebook, Stardoll, een beetje chatten op Sugababes, vrienden maken, niks bijzonders. Iedereen deed dat. Waarom hij dan niet? Hij kon er niks aan doen: hij hield van jong. Wie niet? Mooie strakke lijfjes, ontluikende schoonheid. Stoute koppies, een tikkeltje brutaal en toch heel kwetsbaar. Nooit jonger dan achttien, zeiden ze. De webcam loog niet. Zij wel. Hij ook.

Zo gleed hij af naar jonger, spannender, meer. Och, ze waren zo lief en onbevangen. Zo heel anders dan zijn zonen. Hij gaf het toe, hij had een zwak voor heel jonge kuikentjes. Tot nog toe had hij daar geen enkel kwaad in gezien. Tot die kattenheks in zijn leven kwam.

Vorig voorjaar was het begonnen. Ze waren net terug van een tussendoorvakantie in Frankrijk. Na een paar heerlijke weken in hun huis daar zou hij de hectiek van het ziekenhuis weer aankunnen. Bruinverbrand en ontspannen hadden ze hun koffers uitgepakt. De jongens waren naar vrienden, Gonnie ruimde het huis op en hij zette zijn pc aan. Meteen was zijn oog op het briefje naast zijn toetsenbord gevallen. In dezelfde hanenpoten als het 'welkom thuis'-kattenbelletje, maar dit keer was het alleen aan hem gericht.

En ik weet dat het niet mag wat ik gedaan heb. En ja, het is zondig, maar het gebeurde per ongeluk. En ik hoef niet veel te hebben, maar als u mijn usb-stick wil, dan moet ik daar wat voor terugkrijgen.

Hij schrok zich rot. Hij had de venijnige woorden wel vijf keer opnieuw gelezen. Vol ongeloof had hij zitten staren naar het sleuteltje dat aan het briefje zat vastgeplakt. Het kluisje had een makkelijk te onthouden nummer: 100 stond erop. *Denk maar dat u nodig moet,* had er tot zijn stomme verbazing bij gestaan.

Toen hij daarna zijn mailbox opende, vond hij nogmaals een verwijzing naar haar vondst en het adres waar de kluisjes zich bevonden.

Per ongeluk! Het wijf had doodleuk in zijn bestanden zitten neuzen. Ze had de gore moed gehad hem erop te wijzen dat hij ze beter had moeten beveiligen. Iemand als zij, met wat digitale basiskennis zoals ze dat noemde, had zomaar weten te achterhalen waar hij zich mee bezighield. Het was illegaal. Het hoorde niet. Zeker niet bij een dokter, schreef ze hem.

Vanaf dat moment was zijn leven in een stroomversnelling geraakt. Hij was met de enveloppe met geld naar de locker gegaan en trillend had hij de stick eruit weggenomen. Hij had gehoopt dat het daarna voorbij was. Hoe dom. Een maand later was er weer een briefje. Of hij het kluisje nog wist te vinden en het sleuteltje niet kwijt was. Er was nog een stick. Het geldbedrag was verdubbeld.

16

Britt slaakte een kreet van verbazing toen ze de volgende ochtend haar werkkamer binnenging en tegen een paar versleten zolen aankeek. De schoenmaat loog er niet om. Net als de lengte van de jeansbenen die bij de laarzen hoorden.

Een lange, gespierde man zat achter haar bureau. Een dossiermap verborg zijn gezicht. Slechts het puntje van een donkerblond kuifje stak er speels boven uit.

'Sorry?!' riep Britt. Ze had een zware nacht achter de rug. De warmte in haar flat en het niet-aflatende zoemende gezelschap van een mug hadden haar tot vier uur vanochtend uit haar slaap gehouden. Het laatste waar ze nu zin in had, was een verdwaalde collega.

Traag liet de man de dossiermap zakken. Twee helblauwe ogen namen Britt van top tot teen op. Een grijns van goedkeuring verscheen rond zijn mond.

'Hi, baas,' sprak hij luid. Een rij gave witte tanden straalde Britt toe.

'Baas?' vroeg Britt, die er steeds minder van begreep. Wat doet die knul hier in mijn kamer, dacht ze.

Ze zag hoe hij zijn lange stelten lenig in de lucht gooide en soepeltjes overeind veerde. Met een sprong belandde hij vlak voor Britts neus.

'Ronnie Zeegers,' zei hij, terwijl hij zijn hand uitstak. 'Maar voor vrienden Ron!'

Aarzelend legde Britt haar hand in zijn ijzeren greep. Met een pijnlijk gezicht trok ze haar vingers terug.

'Hulpsheriff,' ging hij verder. 'Oftewel rechercheur in opleiding. Ze hebben jou voor mij uitgekozen om op te oefenen.' Hij tikte tegen een denkbeeldige pet en klakte overdreven met zijn laarzen. Verwonderd keek Britt naar de lange verschijning voor haar. Wat moest ze met deze knaap?

'Eh, sorry, maar ik denk niet dat...' begon ze. Snel zette ze haar koffie op het bureau en haalde haar rinkelende mobiel tevoorschijn. Toen ze hem opnam, hoorde ze de krakerige stem van de hoofdinspecteur. Waar ze bleef. De briefing was al begonnen. Iedereen wachtte op haar. Ze stamelde een verontschuldiging, keek op haar horloge en draaide zich vliegensvlug om. Voordat ze de gang op liep, bleef haar blik nog even rusten op de man met het kuifje. 'Straks kom jij,' zei ze streng toen hij grijnzend in haar kielzog volgde.

Een klein halfuurtje later wist ze dat ze voorlopig nog niet van deze jonge collega verlost zou zijn. Vanaf vandaag moesten ze samenwerken.

Ron was 22, geboren en getogen in Almere Haven en politieagent in hart en nieren. In zijn vrije tijd bezocht hij graag de sportschool – gezien zijn biceps was dat een overbodige opmerking – en hield hij zich bezig met het africhten van politiehonden. Binnen vijf jaar wilde hij 'uit het uniform', zoals hij dat noemde, en haar baantje overnemen. En toen hij dat zei, keek hij haar even geringschattend aan.

'Vrouwen horen zich niet met geweld en misdrijven bezig te houden,' sprak hij zonder een spoor van twijfel.

In dat opzicht was hij net zo'n haantje als haar Amsterdamse collega's, dacht Britt. Maar lang stond ze daar niet bij stil, er moest een moord worden opgelost. Het onderzoek zou nogal wat papierwerk vergen. Kijken of deze stoere bink net zo veel hersens heeft als spieren, dacht ze. En nu was zij degene die hem spottend opnam.

Ze had plaatsgenomen achter haar bureau. Ron haalde koffie

terwijl zij de muis van haar pc bewoog om op de link van het forensisch onderzoek te klikken. Haar gedachten gingen uit naar de dode vrouw aan het strandje. Wie was zij en waarom was ze vermoord? Er was nog geen identiteit bekend. Haar tas was, buiten de etensresten, helemaal leeg geweest. Als er al een portemonnee in had gezeten, dan was die door de dader meegenomen. Wel waren er bandensporen van een brommer gevonden, maar bij het uitkammen van de omgeving was het voertuig nergens te vinden.

Toen Ronnie terugkwam met de koffie, klikte Britt net de volgende foto van het stoffelijk overschot aan.

'Hoe zullen we hem noemen?' vroeg hij. Opzichtig trok hij aan de korte mouwtjes van zijn blauw-witte T-shirt.

'Hem?' Britt keek naar de jonge kerel voor haar bureau. Het T-shirt dat hij droeg, leek een paar maten te klein of te heet gewassen. Vanonder de rechtermouw staken twee vette lijnen van een tatoeage uit. Als hij niet zo'n leuke jongensachtige kop en onnozele uitstraling had, zou ik het een griezel vinden, dacht Britt.

'Onze dader,' zei hij opgewekt en hij stak een stuk kauwgom in zijn mond. 'Verzin je nooit naampjes voor je verdachten?'

Met een sprong plofte hij op het bureau. Even viel het beeld op de pc weg. Een pen vloog door de lucht en de bovenste papieren van de technische recherche waaiden van hun stapeltje.

'Hé! Bedaar een beetje!' riep Britt. Even schrok ze van haar eigen stemgeluid. Maar wat haar betrof, moest ze deze wildebras meteen duidelijk maken wie hier de baas was.

Het had effect. Ron leek even van zijn stuk. Schuldbewust liet hij zich van het bureau glijden, pakte zijn koffie en ging zwijgend in de stoel tegenover haar zitten.

'Ik wil dat jij uitzoekt wie ons slachtoffer is,' ging Britt streng verder. 'Vooralsnog hebben we geen idee wie zij is, en zolang we nog geen uitsluitsel hebben van het FO, zullen we moeten kijken of er iemand als vermist is opgegeven. Oké?'

Zuchtend stond Ronnie op. Britt merkte dat hij wilde tegensputteren, maar door de rinkelende telefoon op te pakken en van hem weg te kijken, schonk ze daar meteen geen aandacht aan. Het was de meldkamer.

Er waren opnieuw twee meldingen van dooie katten. Dit keer betrof het een familie uit de Kruidenwijk en eentje in Haven. Bij thuiskomst van vakantie hadden ze hun arme viervoeters dood aangetroffen. Toen ze de kattenoppas belden, bleek die met de noorderzon vertrokken.

17

'Waarom ga je niet bij hem weg?' Ans boog zich over haar koffer, waaruit ze een paars gewaad tevoorschijn toverde. Haar slappe bovenarmen klotsten zachtjes heen en weer toen ze met het ding voor Gonnie ging staan. Ze was op weg naar de badkamer. Gonnie glimlachte naar haar vriendin. 'Ga jij nou maar douchen, dan kan ik ook zo,' zei ze en ze maakte een puffend geluid.

Het appartement dat Ans gehuurd had, was licht en ruim. Hoewel het sober was ingericht met veel nepdesign, voelden de bedden hard en fris en lag het complex op een steenworp afstand van zee.

Gonnie trok de blouse uit haar zomerrokje. Ze wilde zich nog niet helemaal uitkleden, zo vertrouwd was ze nou ook weer niet met Ans. Ze was al ver genoeg gegaan door op weg hiernaartoe haar hart te luchten. Blijkbaar zat het haar behoorlijk dwars, die onzekerheid over haar huwelijk. Zozeer dat ze al haar twijfels er spontaan uit had gegooid.

Ans had haar laten uitrazen. Begripvol had ze geknikt. Af en toe zei ze 'Ja, ja', of 'Wat naar voor je'. Gonnie had zich door de aandacht van Ans aangemoedigd gevoeld en meer over Joop verteld dan ze ooit voor mogelijk had gehouden. Nu had ze spijt. Waarom had ze zich zo laten gaan? Meestal was het andersom en liet zij haar cliënten uitrazen.

Ze schoof de terrasdeur open en liep naar buiten. De laatste woorden van Ans bonkten door haar hoofd. Moest ze bij Joop weg?

Terwijl de zoele zeewind door haar haren speelde, hoorde ze het bekende geluid van brekende golven. Over het fietspad dat langs hun complex liep, reden strandgangers af en aan naar zee. Vrolijke stemmen weerkaatsten tegen de witgestuukte muur van het terras.

God, waar ben ik mee bezig, vroeg ze zich af toen ze uitgeput plaatsnam op een van de terrasstoelen. Haar benen plakten aan het skai van de bekleding. Een verschoten parasol, waarschijnlijk ooit donkerblauw geweest, stak door de plastic tuintafel. Hij draaide mee met de wind. Gonnie staarde naar de rafels aan de rand; gehavend, zo voelde ze zich.

De vanzelfsprekendheid van haar huwelijksleven wilde ze eigenlijk niet opgeven. De etentjes met vrienden, de familievakanties, kerst, en natuurlijk hun gemeenschappelijke geschiedenis. Joop en zij waren al zoveel jaar samen, ze was de tel kwijtgeraakt. Gonnie hield van zekerheid. Voor haar geen plotselinge veranderingen. Daarom had ze zijn seksuele uitlaatklep op de pc nooit als een bedreiging gezien. Hij keek nou eenmaal graag naar porno, wist ze.

Zij had ook zo haar dingen. Ze was een regeltante, ze hield van orde, heel soms kon ze zichzelf op een zekere smetvrees betrappen. Als doorgewinterde *shrink* wist ze maar al te goed waar het mentaal aan schortte. Ze kon het hanteren, wist er goed mee om te gaan. Maar nu, na die laatste vakantie met Joop, moest ze zichzelf in de gaten houden en niet gek laten maken.

Het was prima om er even tussenuit te zijn. Weg uit de sfeer van thuis. Hier kon ze nadenken over wat ze straks moest gaan doen. Hoe ze het met haar gezin ging aanpakken. Ze slaakte een zucht, Ans was op het juiste moment gekomen.

'Zo, ben je er klaar voor?'

Gonnie schrok op uit haar dagdroom. Ans was plotseling achter haar komen staan. Toen Gonnie omkeek, moest ze lachen. Ans trok zich van de hele wereld geen bal aan. Moet je haar daar nu zien staan, dacht ze, en bijna vertederd keek ze naar de paarse tent waarin Ans zich had gehuld. Ja, het was echt goed dat ze even weg was van huis. Ans zou haar helpen haar zinnen te verzetten.

18

'Jij gaat eerst naar de Kruidenwijk en daarna naar Haven, misschien is er wel een verband tussen die verdwenen kattenoppas en ons lijk,' sprak Britt tegen Ronnie. 'Ik wil weten wie het is, oké?'

'Goed, hoor,' antwoordde Ronnie schouderophalend. 'Maar dat zou wel erg toevallig zijn, denk je niet?' Hij keek naar de stapel papieren op het bureau van Britt.

'Zou je niet liever willen dat ik hier blijf en je help met het wegwerken van dat stapeltje?'

Afwezig tuurde Britt van het beeldscherm naar Ronnie. Ze had net de laatste foto's doorgestuurd gekregen waarop het verweekte gezicht van de dode vrouw te zien was. De vrouw was beslist niet moeders mooiste geweest. Opnieuw peinsde Britt over de identiteit van het slachtoffer. Weer vroeg ze zich af waarom ze daar bloot had gelegen. Uit het rapport bleek dat ze niet verkracht was. Ook waren er geen sporen van een worsteling. Ze moest overvallen zijn in haar slaap. De dader had in één keer toegeslagen. Waarschijnlijk had hij met de eerste messteek al een vitaal deel geraakt en was het daardoor een koud kunstje geweest om haar met de overige steken voorgoed uit te schakelen.

'Baas?' Ronnie boog zijn hoofd naar Britt. Zijn kuifje raakte bijna haar voorhoofd. Verstrooid keek ze op. Opeens werd ze zich bewust van zijn aanwezigheid.

'Hé! Wat doe jij hier nog? Wil je zo snel mogelijk wegwezen

hier?!' riep ze opgewonden. Met een vaart rolde ze haar stoel achteruit. 'Weg!' riep ze opnieuw.

'Maar, baas...'

'Weg!' Britt voelde nu hoe haar bloed begon te koken. 'En noem me geen BAAS! Ik heet Britt!'

'Oké, oké.' Ronnie salueerde nog even, maar droop bij het zien van de ernst op Britts gezicht meteen af. Met een klap smeet ze de deur achter hem dicht. Driftig stapte ze op haar bureau af en gaf onderwijl een schop tegen de prullenbak. Het halflege plastic ding vloog met een rotvaart door de kamer en belandde tegen een verwarmingsbuis.

'Waarom heb ik dit?!' verzuchtte ze stampvoetend. Ze balde haar vuisten. 'Waarom zit uitgesproken ík hier in mijn nieuwe baan met deze eikel opgescheept?' Grommend nam ze plaats achter haar bureau.

Gealarmeerd door het lawaai klopte er iemand op de deur.

'Kaat het aallemaal koed hier?' Een van Britts vrouwelijke collega's stak haar hoofd om de hoek van de deur.

'Ja, hoor, sorry, ik moest me even afreageren,' zei Britt verontschuldigend en ze voelde zich direct een stuk rustiger worden bij het zien van de vrolijke kop van Ania. Deze jonge agente met haar stralende, blonde krullenkop riep bij de grootste chagrijn nog een glimlach op. Haar schelle Poolse accent en vreemde zinsconstructies waren bovendien zo confronterend dat elke potentiële misdadiger zich wel gedeisd hield bij het horen van haar scherpe stemgeluid. Britt had haar vanaf de eerste werkdag hier meteen gemogen.

'Wiel jij koffie?' vroeg Ania.

'Nou graag,' antwoordde Britt gretig en meteen vroeg ze of Ania de meldingen van vermiste personen wilde meenemen.

Kon ik maar met háár samenwerken, dacht ze toen de vrouw zonder tegensputteren de deur zachtjes achter zich dichttrok. En niet met die halvegare spierballenman. Maar zodra haar beeldscherm oplichtte en ze opnieuw in het gezicht van de dode vrouw staarde, verdween Ronnie alweer naar de achtergrond. Waarom deze vrouw vermoord was, werd de belangrijkste gedachte die Britt vanaf nu zou bezighouden.

19

Fleur sloot haar ogen om het gezellige mussengetjilp goed in zich te kunnen opnemen. Alles om haar heen ademde een natuurlijke rust. Geen heipalen aan de horizon, geen bladblazers of klussende buren met hogedrukspuiten, maar slechts het aangename geluid van de natuur. Nog een halfuurtje en dan zou hij komen. Ze had alles goed voorbereid. Vanaf vanochtend vroeg was ze al in touw.

Meteen nadat Ans met veel bombarie de auto had ingeladen en Fleur haar had uitgezwaaid – 'Doe de groeten aan Gonnie en ga er lekker van genieten!' had ze haar zo opgewekt mogelijk nageroepen – was ze op de fiets gesprongen.

Boodschappen doen, barbecue naar buiten slepen, tuinkussens opschudden, tafelkleed vervangen en daarna een verkwikkende douche. Pas toen ze haar kledingkast opende, werd het lastig. Tot wel vijf keer toe kleedde ze zich om. Ze kreeg het er zo warm van dat ze bijna voor de derde keer een douche wilde nemen.

Bij het vrolijke flodderrokje had ze geen geschikte schoenen kunnen vinden, onder de turkooizen tuniek stond de kleur legging voor geen meter en die zomerse halterjurk was weer net iets te bloot. Een jeans was veel te warm, en die linnen broek van vorig jaar zat opeens veel te strak: haar ronde billen puilden erin uit. Uiteindelijk werd het een spierwit, mouwloos katoenen jurkje.

Goedkeurend nam ze zichzelf op in de spiegel. De jurk stak

mooi af bij haar gevlekte teint. Alsof de zon haar huid door een zeef had gekleurd, zo uitbundig waren de sproeten.

Het dikke rode haar stak ze op in een knoet. Een klein beetje mascara op haar wimpers deed haar blauwe ogen meteen stralen. Nog een vleugje parfum in haar hals en ze was klaar. Zo kon ze haar geliefde ontvangen.

Hoe zal de avond verlopen, vroeg ze zich zenuwachtig af. Eindelijk hadden ze alle tijd voor elkaar, tot nog toe was alles in het geniep gegaan. Haastig ook. Maar dat gaf niet, vond ze. Want ze was heel blij met hem. Hij was zo lief voor haar.

Vanaf het moment dat voor hem duidelijk werd dat zij ook verliefd op hem was, gingen alle remmen los. Hij moest haar hebben, had hij gezegd. Zo vaak als de tijd dat maar toestond. En die tijd was schaars. Soms deden ze het in zijn spreekkamer, snel tussen een paar patiënten door, of stiekem op de achterbank van zijn stationwagen, en sinds kort, als de temperatuur het toeliet, gebeurde het vaker en vaker in de open lucht.

'Strandjes zat,' had hij zelfverzekerd gezegd toen hij haar aan het begin van de zomer met een bootje was komen halen. Die keer was het goddelijker dan ooit. Onder de sterrenhemel aan het water, tussen de lage begroeiing verscholen, had hij haar de belofte gedaan van zijn vrouw te zullen scheiden.

Zijn huwelijk stelde niets meer voor, zei hij. Zijn vrouw en hij waren uit elkaar gegroeid, zoals dat wel vaker ging bij mensen die al zo lang samen waren. En hij had haar gekust en beloofd dat ze niet lang meer hoefde te wachten. Die zoete woorden hadden haar oren gestreeld. Verrukt had zich opnieuw aan hem gegeven. Dit keer met nog meer passie.

Alles ging goed, totdat opeens die schaduw over hun prille geluk viel. Die akelige vrouw, dat ordinaire mens dat voor hun siamezen had gezorgd, zij gooide plotseling roet in het eten. Als zij er niet was geweest, wie weet, dacht Fleur, dan waren we nu al voor altijd samen.

Ongemerkt pinkte ze een traan weg. Ze wilde niet bang zijn, alles zou goed komen, ze hoefde alleen maar op hem te vertrouwen. Hij was zo goed, zo oprecht, zo helemaal van haar. Niemand die hem van haar afnam.

20

Joop legde de telefoon neer. Hij had Gonnie gebeld. Hij wist dat ze dat zou appreciëren. Hij had haar laten weten dat thuis alles goed was. De jongens waren met vrienden op zeilkamp, de hond snurkte in zijn mand en de katten lagen verzadigd languit op de keukenvloer.

Ze had koeltjes gereageerd. Beter om even afstand van elkaar te nemen, had ze gezegd toen hij vroeg wat eraan schortte. Hij vermoedde dat die vette koe in de buurt was. Hij had haar een fijne avond gewenst en beloofd morgen opnieuw te bellen.

Het was stil in huis. Het enige geluid dat door de openstaande deuren naar binnen kwam, was dat van voorbijvarende motorbootjes.

Sinds kort hadden zij ook een boot. Hij had hem een paar maanden geleden gekocht. Eigenlijk voor de jongens. Maar die hadden er pas een paar keer mee gevaren. Zijn kinderen waren snel uitgekeken op hun spullen. Nu draaide alles weer om games en zaten ze de hele dag achter hun pc.

Hij kon er moeilijk wat van zeggen. Een vader die zelf het grootste deel van zijn vrije tijd op zijn werkkamer achter een pc doorbracht, mocht niet klagen over het computergedrag van zijn kinderen.

Misschien was Gonnie hem daarom wel gesmeerd, dacht hij. Ze had er natuurlijk genoeg van om een huis te delen met mannen die alleen maar naar een beeldscherm staarden. En hij moest toegeven dat hij afgelopen vakantie extra afwezig was geweest.

Dat zou binnenkort zijn opgelost. Tot nog toe had hij hard gewerkt. De meeste bestanden die hem de kop konden kosten, waren van de harde schijf gewist. Hij had ze gekopieerd naar sticks en zorgvuldig opgeborgen. Geen hond die ze vond.

Hij was trots. Alles verliep zoals hij verwachtte. Een man zoals hij, met uitstraling en gezag, iemand die maling had aan wat anderen van hem vonden, zou over een tijdje weer helemaal de oude zijn. Dan zou ook de rust in huis zijn weergekeerd. En was het afgelopen met die achterlijke chantage. Hoewel hij dat tegenover Fleur zo lang mogelijk wilde verzwijgen. Zij hoefde niet te weten dat hij maatregelen had genomen. Sterker nog, het kwam hem wel goed uit dat ze niet beter wist of hij had momenteel nauwelijks geld om te scheiden.

Voor hem was ze slechts een lekker geil ding. Een leuk speeltje voor tussendoor. Ze mocht dan, zoals ze zei, hoogbegaafd zijn, van mannen had ze beslist geen kaas gegeten. En dat was nou juist iets wat hem zo aantrok in haar. Die maagdelijke onnozelheid.

Hij had haar de allereerste keer tijdens die snoeiworkshop al willen nemen. God, wat een heerlijk schepseltje, had hij toen gedacht. Zo bloedmooi dat je bijna niet kon geloven dat zoiets echt bestond. Die roomblanke huid, dat fijne neusje, die kinderlijke blauwe ogen en dat vuurrode haar, *christ*! Om over die boezem nog maar te zwijgen. Terwijl hij aan haar dacht, begon het bloed in zijn pik te kloppen. Blozend van verlegenheid had ze hem laten merken op hem te vallen. Hij had zijn charmespel gespeeld en haar het idee gegeven dat zij zijn hart had veroverd.

Grijnzend tuurde hij op de klok. Een uur geleden had hij bij haar zullen zijn. Dan werd het nu langzamerhand tijd om op te stappen. Hij genoot van zijn eigen pestgedrag. Het was heerlijk haar te sarren en in spanning te houden. Op hem te laten wachten; naar hem te doen hunkeren. 'Yes!' riep hij en hij gooide trots zijn hoofd naar achteren.

Bij binnenkomst zou ze hem nerveus om zijn hals vallen en

nog hartstochtelijker zou ze hem beminnen. Hij slaakte een diepe zucht, het zou een heerlijke, lange zomeravond worden. Nee, hij zou haar beslist niets vertellen over zijn plannen met dat kattenwijf. Integendeel. Hij zou haar vertellen dat hij zo laat was omdat hij eerst nog geld had moeten wegbrengen.

21

Als niet een van de twee ventilatoren op haar bureau halverwege de middag de geest had gegeven, had Britt het misschien niet zo snel voor gezien gehouden. Nu kreeg ze het gevoel dat ze in een sauna zat. Haar werkkamer, die op het zuidwesten lag en slechts voorzien was van een ultradun rolgordijntje, was zo snikheet geworden dat zelfs een wietplantage er nog prima zou gedijen.

Klimaatbeheersing noemden ze dat. Ze had begrepen dat de meeste gebouwen in deze stad het zonder airco moesten doen. Dat zou beter zijn voor het milieu. Maar al puffend vroeg Britt zich nu af of die architecten ook rekening hadden gehouden met het menselijke milieu.

Ze luisterde naar haar portofoon. Nog steeds geen bericht van Ronnie. Hij zou toch allang op die paar kattenadressen geweest moeten zijn, dacht ze. En terwijl ze zichzelf koelte toewaaide, ging ze op zoek naar zijn telefoonnummer. Dat was nergens te vinden. Waarom zit ik toch met deze wilde diender opgescheept, vroeg ze zich voor de zoveelste keer af. Ze had geen zin om bij de meldkamer naar zijn nummer te vragen. Hij hoort mij te bellen, dacht ze geërgerd. De groeten, ze was het zat. Ze vertrok.

Haar waterfles, fietssleutel en mobiel verdwenen in haar rugzakje. Zo snel mogelijk ging ze ervandoor. Ze zou wel alleen op onderzoek uitgaan. Dan was ze meteen van die bedompte kamer verlost. Zonder iets te zeggen zwaaide ze naar Ania, die haar lachend nakeek. 'Mannen ook,' mopperde ze in zichzelf en haastig verliet ze het gebouw.

Eenmaal buiten zorgde een stevig zomerbriesje voor enige verkoeling. Meteen reed ze in de richting van het bos, naar de plek waar de vrouw was gevonden. En hoe verder ze de stad achter zich liet, hoe relaxter ze werd. Het heeft geen enkele zin om me over die jonge hond op te winden, dacht ze. Wie weet, ben ik binnen een maand klaar met mijn puppytraining en krijg ik weer een andere hulpsheriff toegewezen. Ze kon nu ook om dat woord 'hulpsheriff' grinniken, het klonk wel stoer. In dat opzicht heeft hij wel iets humoristisch, moest ze toegeven. Ook dat was ze al heel lang niet tegengekomen in het doorgaans humorloze korps. Laat ik hem nou maar als een welkome afwisseling zien na al die jaren knokken in Mokum, dacht ze, en mild gestemd vervolgde ze haar weg.

Toen ze een zijweggetje langs de vaart insloeg, hoorde ze het verkeer op de snelweg naar Amsterdam voorbijrazen. Hoewel ze haar vrienden miste, kon de grote stad haar met deze temperaturen gestolen worden. Ze was hier nog helemaal niet zo slecht af. De bosrijke omgeving deed haar goed. Gesterkt door die gedachte trapte ze stevig door.

Ze was er een stuk sneller dan de vorige keer met de auto. Ook dat ervoer ze als een prettige bijkomstigheid van deze polderplek. Doodstille fietspaden waar geen auto kon komen, brachten je op de mooiste plekjes. Britt had in geen tijden door zo'n bosrijke omgeving gefietst. Terwijl alles hier toch door planologen was bedacht, verbaasde ze zich over de verlatenheid op nog geen steenworp afstand van de stad. Het gaf haar een gevoel van ruimte en rust.

Dat vond die vrouw natuurlijk ook, dacht ze toen ze even later het pad afliep naar het water. Misschien dat ze daarom hier was gaan zwemmen in haar eentje.

Het verborgen strandje was schoon en verlaten. In de verte klonk een koekoek, hij leek in gesprek met een specht. Om de beurt lieten de vogels hun zo typische eigen geluid horen. Britt glimlachte. Toen ze dichter bij het water kwam, schitterde het uitnodigend in de zon. En als er niet een stuk rood-wit gestreept politielint was achtergebleven, leek het alsof hier nooit een misdrijf was gepleegd.

Britt keek om zich heen. Het was warm en stil. Zou ze even? Ze was hier dan wel met een taak, maar ach, het was vandaag zo warm. Na een kleine verkoeling zou ze veel scherper kunnen denken. Ze trok aan het elastiekje van haar plakkerige staartje en schudde haar haren los. Nog steeds niets of iemand te bespeuren. Snel liet ze haar jeans naar beneden glijden en trok haar T-shirt over haar hoofd. Samen met de sneakers stopte ze de kleren in het rugzakje. Zorgvuldig, aan het oog onttrokken, legde ze het tussen de struiken. Stel je voor, dacht ze, iemand gaat er met mijn spullen vandoor. Was die vrouw niet hetzelfde overkomen? Was ze daarom naakt?

Eenmaal in het water losten alle vragen over de moord in één keer op. Het water was verrukkelijk. Hoe lang geleden was het dat ze zomaar in natuurwater had gezwommen? De laatste keer moest in de Waal geweest zijn, vlak bij haar geboortedorp Zaltbommel.

Het leek een eeuwigheid geleden. Ze zou binnenkort haar ouders weer eens opzoeken. Meestal belden ze elkaar. Ze wisten dat hun dochter werd opgeslokt door haar werk, maar de paar keer per jaar dat ze zich nu liet zien, was in de ogen van haar moeder veel te weinig. Misschien als ik klaar ben met deze zaak, dacht ze. Ze ademde diep in, sloot haar ogen en nam een duik onder water.

Toen ze weer bovenkwam, hoorde ze een motorbootje naderen. Help, dacht ze, ik kan me zo niet vertonen, denkend aan het piepkleine slipje dat als enige kledingstuk haar tengere lijf bedekte. Vlug zwom ze naar de oever om zich onder de begroeiing te verstoppen.

Het bootje naderde snel. Op volle snelheid voer het langs

Britt. Ze kon nog net een paar hoofden met petjes onderscheiden. De hoofden hingen boven een rood object. Het ding nam praktisch de hele boot in beslag. Britt kon het niet goed zien, maar de vorm deed haar vermoeden dat het om een scooter ging.

22

Hij was te laat. Veel te laat! Al meer dan een halfuur ijsbeerde Fleur zenuwachtig door de woonkamer. Ze had al drie keer haar mail en sms gecheckt. Alles bleef leeg. Toen ze zijn nummer intoetste, drukte ze dat meteen weer weg. Ze werd gek van zichzelf. Ze wilde niet te hunkerend overkomen en toch, ze baalde dat hij niets liet horen. Waar bleef hij toch?

Tegelijkertijd zei ze tegen zichzelf: kalm aan, misschien is er wat gebeurd. Zit hij vast in het verkeer of heeft hij geen bereik; autopech kon ook nog: hij reed tenslotte in een oude Volvo. Het ding had net een gigantische vakantierit achter de rug. Alles was denkbaar.

Haar witte zomerjurkje was plakkerig, haar knoet hing uit het lood en de hitte van de dag begon haar op te breken. Stel je voor dat hij me laat zitten? Hij maakt het uit of hij wil niets meer met me te maken hebben. Ze kon het niet geloven. Nee, zoiets zou niet gebeuren. Weer sprak ze zichzelf moed in. Kalmeer! Anders word je gek.

Dorstig liep ze de tuin in. De tuintafel was gedekt. In de wijnkoeler stond een fles met water. Ze schonk zichzelf een glas in en staarde naar de barbecue, die klaarstond, net als het tweezitsbankje onder de wijnranken. Waarom was ze toch zo gespannen? Ze wilde niet onzeker zijn.

Het was vreemd, maar op een moment als dit – waarop ze dacht haar verstand te verliezen – doemden alle herinneringen aan vroeger haarscherp voor haar op. De herinneringen aan de tijd vóór het internaat. De tijd van het ongeluk. Toen haar ouders ruzieden. Ze hadden wel vaker onenigheid. Dat was heel gewoon. Dan hoorde ze hoe ze tegen elkaar schreeuwden. De eerste keer – hoe oud zou ze geweest zijn, vijf? – had dat haar vreselijk beangstigd. Snikkend en over haar toeren had ze in haar ledikantje om haar moeder geroepen. Later – toen het met een zekere regelmaat gebeurde – werd ze er voornamelijk stil en verdrietig van. Een van hen, meestal haar vader, troostte haar dan. Hij nam haar in zijn armen en streelde haar over haar bol. Hij beloofde steevast dat het voorbij zou gaan. Tot die ene keer.

Ze had net haar zevende verjaardag gevierd. Ze had een nieuwe teddybeer gekregen. Het was hoogzomer, net als nu.

Moeder had zich luchtig gekleed. Fleur wist het nog, bewonderend had ze naar moeders jurk gekeken. Het was een zachtgele jurk met oranje rozen. Ze droeg er hoge hakken bij, en haar blote armen en benen waren glad en bruin. Moeder was heel mooi.

Vader had het vaak gezegd: 'Je lijkt in alles op je moeder, behalve de kleur van je haar en je huid, die heb je van mij.'

Die avond mocht ze langer opblijven. Ze had schoolvakantie en de hitte was zo ondraaglijk geweest dat slapen geen enkele zin had. In de schaduw van het zonnescherm had ze stil zitten spelen. Opeens klonk de bel. Het was een collega van vader. Hij kwam wel vaker langs. Vader en hij praatten dan druk over hun werk bij de politie. Moeder kookte, schonk wijn en moest vaak giechelen. Ook dat herinnerde Fleur zich goed.

Vader was die avond nog maar net thuis. Zijn pistool had hij op tafel gelegd. Stemmen vanuit de hal klonken door tot in de tuin. Moeders gegiechel en vaders zware bromstem zwollen al heel snel aan. Ook hoorde Fleur de stem van vaders collega. Maar dit keer klonk hij luider dan anders. Later begreep Fleur dat hij dronken was geweest.

Met gespitste oren en haar teddybeer dicht tegen zich aan gedrukt luisterde ze naar het rumoer uit de hal. Moeder riep dat het niet waar was toen vader brulde waarom hij het nooit had geweten. De collega van vader schreeuwde dat hij niet langer wilde liegen. Toen gilde moeder dat hij moest stoppen. Daarna viel het woord 'huissloof' – iets wat moeder vaker riep als er ruzie was – en het daaropvolgende moment klonk er glasgerinkel. Vader sloeg een vaas kapot.

Hoewel het indringende geluid van de ruzie Fleur beangstigde, wist ze ook dat ze iets moest doen. Zonder te huilen stapte ze op de volwassenen af. De collega van vader had haar glazig aangestaard, en moeder had geprobeerd haar bij hem weg te trekken. Maar de wankelende man boog zich brutaal over haar heen en brabbelde iets onverstaanbaars. Moeders gezicht was bleek. Met grote angstogen staarde ze naar Fleur. Vader kookte van woede. Er was iets vreemds aan de hand. Het had met vaders collega te maken, voelde Fleur. Ze was bang dat hij een van haar ouders zou meenemen. Misschien wel allebei. Dat was het laatste wat ze wilde. Niemand pakte haar ouders af.

Trillend op haar beentjes had ze naar vaders pistool gestaard. Nog niet zo lang geleden had vader haar leren schieten. Stiekem, omdat moeder het niet mocht weten, oefenden ze samen in het weitje achter het huis. Dan schoten ze op lege bierflesjes of een zelfgemaakte schietschijf van karton. Soms werd er een konijn gedood, maar dat gebeurde heel sporadisch.

Ze wist hoe het moest. Ze kon het. 'Altijd met twee handen, Fleur', had vader vaak gezegd. Ze was het niet vergeten. Misschien dat ze daarom wel in een flits naar zijn wapen greep, haar ogen dichtkneep en schoot. Alles ging razendsnel. Bijna viel ze om toen de kogels werden afgevuurd. En al die tijd dat het schieten maar doorging, hield ze haar ogen stijf dicht. Net zolang totdat ze de 'klik' hoorde. Toen wist ze dat het voorbij was en durfde ze haar ogen weer te openen.

Alle geluid was in één keer verstomd. Moeder lag op de grond. Haar gele jurk was rood van het bloed. Vader lag vlak naast moeder, zijn gezicht lag in haar schoot. Onbeweeglijk lagen ze daar, en overal om hen heen was bloed. Heel veel bloed. De collega van vader zat tegen de muur, terwijl hij iets in zijn portofoon murmelde, staarden zijn ogen doodsbang naar Fleur.

Toen pas had Fleur moeten huilen.

23

Ronnie gaf zijn ijzeren ros de sporen alsof hij een knol bereed. Behendig manoeuvreerde hij zijn dienstfiets langs het rollerskatende publiek, de bezwete joggers en de razendsnelle skelters die het Beatrixpark bevolkten.

Hij had een paar moeilijke uurtjes achter de rug. Het gesprek met de familie in de Kruidenwijk was niet bepaald van een leien dakje gegaan.

Een zondoorbakken vrouw, dik, van middelbare leeftijd en met een betraand gezicht, deed open nog voordat hij aanbelde. Toen hij zich langs een scootmobiel had geworsteld om de waggelende vrouw naar de woonkamer te volgen, trof hij daar een eveneens wat oudere, gebruinde man aan. Terneergeslagen staarde de man voor zich uit. De begrafenisstemming werd pas echt compleet toen de vrouw zwijgend op een laag kastje naast de bank wees. Een serie foto's van katten – twee grijs gevlekte, een vuurrode en een zwarte met gele ogen – stond daar als adellijke familieportretten uitgestald. Alle dieren keken met zo'n typische, eigengereide 'laat me met rust'-kattenblik.

Ronnie hield niet van katten. Hij was een echte hondengek. Sinds kort trainde hij politiehonden. Machtig vond hij dat. Zo'n dier helemaal je eigen wil op te leggen, commando's te geven en te straffen als het niet deed wat je eiste; ja, hij kon gerust zeggen dat hem dat een kick gaf.

Toen Ronnie de vrouw eenmaal aan het praten kreeg, bleek de spraakwaterval niet meer te stoppen. Meteen werd duidelijk dat deze twee diepbedroefde kattenbezitters bij thuiskomst uit Spanje hun viervoeters dood hadden aangetroffen.

'Toen ik haar vorige week vanaf ons vakantieadres maar niet te pakken kreeg, voelde ik al nattigheid,' ratelde de vrouw. 'Ik had toen niet naar je moeten luisteren.'

Ze wierp een verwijtende blik op haar man. Hij knikte kort, keek even op, en liet daarna zijn hoofd weer hangen. Ronnie ving nog net een glimp op van zijn snor. Het was een snor als van een walrus. Praktisch de hele bovenlip van de man ging eronder schuil.

'Hij luistert nooit naar me als ik iets aanvoel. Meestal zegt ie dan dat ik me aanstel. Ik voel namelijk dingen, weet u.' De vrouw wees naar het plafond, alsof daar boven iemand was die haar uitspraak zou bevestigen.

Ronnie had begripvol naar haar geknikt. Nogmaals had hij gevraagd of ze wist hoe het kwam dat de kattenoppas zomaar opeens was verdwenen.

'Ik denk dat ze een kerel is tegengekomen!' sprak de vrouw kordaat, waarbij ze haar armen over elkaar legde en tegen haar boezem drukte. 'Ze had het de laatste keer al zo hoog in haar bol. Weet je dat nog?!'

Weer probeerde ze haar man bij het gesprek te betrekken. Die was duidelijk niet van plan te antwoorden, integendeel, hij verkoos de houding van zoutzak als bescherming voor haar spervuur aan verwijten. Geef hem eens ongelijk, dacht Ronnie.

'Ze had het over een nieuw leven gehad. Komend jaar zou ze stoppen met de kattenoppasdienst. Ze had héél andere plannen. Maar toen ik doorvroeg, wilde ze daar niets over kwijt. Ze deed zo eigenaardig, mijn hemel, had ik toen maar naar die innerlijke stem geluisterd.' Opnieuw wees de vrouw naar het plafond en ze begon hartverscheurend te snikken.

Dat was voor Ronnie de druppel. De benauwde kamer met de onmiskenbare kattenpislucht maakte het er niet beter op. Toch zou zijn tijdelijke baas geen genoegen nemen met een summier verhaal over een paar dooie katten. Had ze er zelf dit weekend ook al niet een paar uit een schuur gesleept?

'Weet u waar die oppas woont?' had hij gevraagd.

'Weet jij het?' vroeg de vrouw aan haar man, terwijl ze de tranen van haar wangen veegde. 'Ze kwam altijd op een brommer langs. Eerst haalde ze hier dan de sleutel. Weet u, we hadden haar via zo'n briefje bij de dierenarts, misschien weet hij...'

'Achter de moskee,' bromde de man opeens vanachter zijn snor.

'Wat?' riep de vrouw in de richting van de man. 'Waar heb je het over?'

'Ze woont achter de moskee. Ik heb een keer de sleutel bij haar afgegeven.'

Ronnie zag dat de man achter zijn walrussnor een voortand miste. Een zwart gat schemerde donker tussen de lange snorharen.

Zou ze vanwege die snor op hem zijn gevallen, vroeg Ronnie zich af. Zelf had hij nog nooit een baard of snor laten staan. Hij wilde zo glad mogelijk overkomen bij de dames.

'Kunt u mij dat adres geven?' Terwijl hij het vroeg, was hij daadkrachtig op het lage kastje afgebeend. Om de vrouw tegemoet te komen in haar ellende had hij gevraagd of hij een van de kattenfoto's mocht meenemen.

'Ja, ja natuurlijk,' antwoordde de vrouw blij verrast, waarop ze meteen een van de laatjes in het kastje opende. Een berg foto's floepte tevoorschijn. 'Kiest u maar,' sprak ze apetrots.

Ronnie had een foto uit de voorgehouden waaier getrokken zoals hij een kaart kon trekken bij een goochelaar. 'Deze dan maar,' had hij gezegd, wetend dat het plaatje toch niets zou opleveren in zijn zoektocht naar de kattenoppas.

Ondertussen had de man een telefoonklapper gepakt. Opengeslagen hield hij hem voor Ronnie omhoog. Kennelijk kon de man zonder bril niet lezen. Zijn vinger wees op een naam in het boekje. 'Hierzo,' sliste hij.

Toen Ronnie daarna zo snel mogelijk met het adres en de foto op zak in de richting van de voordeur liep, hield de vrouw hem tegen.

'Als u haar vindt, wordt ze dan wel flink gestraft?' vroeg ze met een meedogenloze blik in haar ogen. 'Het is moord, weet u. Pure moord! Ook dieren hebben recht op leven! Wat denkt u!' En bij ieder woord dat ze uitsprak blubberden haar vette onderkinnen heen en weer.

'We doen ons best,' had Ronnie gezegd en hij had zich langs de scootmobiel naar buiten gewurmd. Daar ontdekte hij hoe laat het was. Hij was zich rot geschrokken. Wilde hij nog naar Haven fietsen, dan kon hij de sportschool wel op zijn buik schrijven. Tja, als hij die middag niet zo lang bij het Boathouse was blijven hangen, dan had hij nu beide adressen keurig afgewerkt. Weifelend had hij zich afgevraagd hoe hij dat nu weer ging oplossen. Hij moest het slim aanpakken en iets doortastends verzinnen.

Maar toen hij Britt belde en het hem niet lukte om haar te bereiken, werd hij zenuwachtig. 'Barst, waar zit die trut?' vloekte hij binnensmonds toen ze niet op zijn oproep reageerde.

24

Kut, ze is gevonden! Thijs richtte de afstandsbediening op de tv. Meteen schalde de stem van de nieuwslezer twee keer zo luid door de woonkamer. '... iedereen die deze vrouw heeft gekend, of aanwijzingen kan geven rondom haar dood, zich in verbinding te stellen met de politie Flevoland ...'

Het was zover. Trillend drukte Thijs de tv uit. De stilte overviel hem als de genadeloze waarheid. Nog een week voordat zijn gezin terugkwam. Sinds gisteren had hij zich nog nauwelijks op zijn werk kunnen concentreren. Telkens wanneer hij aan zijn huurhuis dacht, kwam dat kattenwijf in zijn hoofd voorbijspoken. Dan zag hij haar weer liggen, dan rook hij de geur van bloed.

Hoe lang zou het duren voordat de politie in die buurt poolshoogte ging nemen? Bij hem aanbelde? Alle vragen die ze hem zouden kunnen stellen, had hij de revue laten passeren.

'Hebt u de laatste dagen nog contact gehad met uw buurvrouw? Hoe goed kent u haar? Had ze vijanden, denkt u?'

Hij zou alles ontkennen, alles! Hij was op zijn vakantieadres geweest. Hoe vaak had hij dit nu niet gerepeteerd? Waarover was hij dan zo schijterig? Dat bleke grietje op die fiets? Het was gek, maar hij meende haar vanochtend te hebben gezien. Terwijl hij er toen absoluut zeker van was, begon hij nu alweer te twijfelen. Misschien had hij het zich wel verbeeld. Was het gewoon iemand die op haar leek. Hoewel? Juist nu het zo stil was in de stad, vielen die paar achterblijvers extra op.

Het was bij Albert Heijn. Doorgaans kon hij tegenwoordig

nog wel eens treuzelen. Sinds zijn scheiding lette hij beter op. Juist bij de supermarkt scheen je ze tegen te kunnen komen. Vrouwen die net als hij alleen waren.

Je herkende ze aan hun karretjes. Geen grote winkelwagen vol kiloknallers, bierkratten of pampers die ze voor zich uit duwden, maar zo'n klein, blauw ding op wieltjes dat ze kittig achter zich aan trokken. Eén kant-en-klaarmaaltijd, één of twee flesjes huiswijn, een paar appelen of kiwi's en je wist vrijwel zeker dat het om een eenpersoonshuishouden ging. Heel soms stak er een pak hondenbrokken boven uit. Dan zat er nog zo'n keffer thuis. Daar moest Thijs niets van hebben.

Ook het tijdstip speelde een rol. Tussen vijf en zes kon je scoren. Uit hun werk gingen de vrouwtjes meteen door naar de supermarkt. En hun 'weer met een bord op schoot voor de tv'-gezicht sprak boekdelen. Ja, als hij zelf niet in zo'n hopeloze situatie zat, was hij misschien allang op eentje afgestapt.

Vandaag wilde hij snel zijn. Niet treuzelen. Zo onopvallend mogelijk zijn boodschappen doen en vooral geen bekenden tegenkomen. Zijn baseballpetje had hij diep over zijn bezwete voorhoofd getrokken. Achter zijn zonnebril spiedden zijn ogen nerveus de winkel af. De kust was veilig. De ijskoude airco bracht meteen verademing. Kalm zocht hij zijn weg langs de vele schappen. Tot aan de kaasafdeling ging alles goed. Een roodharige vrouw stond voorovergebogen naar de schimmelkaasjes te staren. Een voor een werden ze door haar betast en vergeleken. Thijs herkende haar meteen. Haar frêle verschijning met die bleke sproetenhuid, ja, zoiets vergeet je niet snel als man. Ze had niet door dat hij naar haar stond te gluren. Ook niet toen hij haar naar buiten volgde.

Iets dreef hem om haar achterna te gaan. Misschien kwam het doordat ze in dezelfde richting fietste als hij, misschien omdat hij wilde weten waar ze woonde. Net als bij dat kattenkreng dreef iets hem om haar te volgen.

Het fietspad, dat naar een fietstunneltje leidde, kronkelde naar links. Aan het einde moest hij rechtdoor. Vlak voor het tunneltje sloeg ze een weg in naar rechts. Even blikte ze achterom. Thijs dook in elkaar, snel fietste hij door. Onder het tunneltje hield hij in, daar wachtte hij even en keerde toen om. Op gepaste afstand volgde hij haar tot aan de rand van de Filmwijk. Pas toen hij zeker wist waar ze woonde, reed hij terug.

Ze kan me nooit herkend hebben, dacht hij nu. Hoewel? Weer die twijfel.

Hij liep naar de koelkast, nam een yoghurtje en staarde voor zich uit naar het stille, zonnige hofje. Nog een week te gaan. Nog nooit had hij zich zo ongelooflijk ellendig gevoeld. Zijn leven stond in één keer op zijn kop. Het had allemaal met die klotescheiding te maken. Daarom was hij zo driftig geworden en veel te ver gegaan.

Waarom had hij niet aan die twijfel toegegeven toen hij naar het huis van zijn ex fietste om haar auto op te halen? Het had hem zo slim geleken niet met zijn eigen auto te gaan, dan zou niemand hem verdenken. Hij pijnigde zijn hersens, woedend smeet hij het yoghurtbakje in de gootsteen. Waarom was hij zo stom geweest?

25

Met moeite hees Britt zichzelf uit het struikgewas omhoog. Half in het water, half op de oever groeide een aantal venijnige takken. Als vlijmscherpe messen hadden ze zich door haar been gereten. Ze beet op haar lip om niet te gillen van pijn. Zo stil mogelijk wachtte ze af. Bewegingsloos spiedend – bang dat ze haar zouden ontdekken – probeerde ze een glimp van de opvarenden van het bootje op te vangen.

Op nog geen vijf meter afstand van waar zij nu zat, meerde het motorbootje aan. Ze zag nu dat het om drie jongens ging. Allen droegen een afgezakte jeansbroek en een wijdvallend shirt. Hun gezichten gingen schuil achter een zonnebril en een petje. Onrustig blikten ze om zich heen. Twee sprongen van boord. Ze riepen aanwijzingen naar elkaar in een onverstaanbare taal en sjorden aan het rode ding in de boot. Britt zag een stuur van een scooter tevoorschijn komen. Het was een knalrode Vespa.

Wat moeten ze hier met dat ding, vroeg ze zich af. En toen de jongens driftig tegen elkaar begonnen te gebaren en te schelden, voelde ze onmiddellijk dat het niet pluis was.

Had de FO tijdens het onderzoek hier geen bandensporen gevonden? Zou dat om deze scooter gaan? Nog beter probeerde ze het schouwspel te kunnen volgen, maar toen ze haar voet verzette om zich te verplaatsen, schoot er zo'n hevige pijnscheut door haar been dat ze het opnieuw bijna uitgilde van pijn. Nog net op tijd wist ze zich vast te grijpen aan het riet. Haar hart bonkte in haar keel. Roerloos en met ingehouden adem wachtte ze af.

Het leek alsof een van de jongens haar had gehoord. Hij wees naar het struikgewas waarachter Britt verscholen zat. De anderen reageerden niet. Ze wezen in de richting van het pad dat naar de weg liep. Weer ontstond er onenigheid. Opnieuw stootten ze woeste klanken uit. Britt moest meteen aan het stel van gistermiddag denken. Ook zij hadden zo tegen elkaar gepraat. Zou die jongen erbij zitten? Had hij dan toch iets met de moord op de vrouw te maken? Ze kon het nauwelijks geloven.

De jongens bleven ruziën, totdat een van hen, een wat lange en stevige jongen, de leiding nam. Hij gebaarde naar het water. Waar ze vervolgens gedrieën de scooter naar toe trokken. De lange jongen ging voorop. Verder en verder trok hij het rode vehikel naar het midden van de plas. En toen het laatste puntje rood bubbelend onder water verdween, leek er nooit een scooter te zijn geweest.

Weer probeerde Britt zich staande te houden. De pijnscheuten in haar kuit verplaatsten zich langzaam omhoog, langs haar knie, naar haar dijbeen, tot in haar lies. Ze tuurde naar de jongens. Er moest nu heel snel een einde komen aan haar benarde positie. Dit hield ze niet langer vol. Nu ze die scooter hadden gedumpt, zouden ze hopelijk snel verdwijnen.

Haar gebed werd verhoord. Haastig sprongen de jongens terug in de boot. Goddank, dacht Britt en ze slaakte een zucht van verlichting. Eindelijk zou ze haar schuilplaats kunnen verlaten. Maar juist toen het bootje het water op dreef en de lange jongen zich als laatste aan boord hees, klonk er vanuit de struiken een heldere beltoon. Het was de ringtoon van Britts mobiel.

Ook de jongens hoorden het doordringende belletje. Geschrokken schoten hun hoofden in de richting van de struiken, niemand reageerde. Zelfs de lange jongen niet. Terwijl de telefoon vrolijk doorjengelde, leek dat het teken voor de kleinste van de groep om met een ruk aan de buitenboordmotor te trekken. Een blauwe walm en een knetterend geronk verspreidden zich over het water. Met een rotvaart voeren ze weg over de plas.

Meteen daarop werd het stil. De mobiel zweeg en het zachte ruisen van de bomen was weer hoorbaar. Alsof er nooit een bootje had gevaren en nooit een scooter was gedumpt.

Behoedzaam liet Britt zich terug in het water glijden. Voorzichtig peddelde ze naar het strandje. Haar been gloeide, haar voeten brandden. Strompelend liet ze zich op het warme zand vallen. Nu pas zag ze hoe diep de wond in haar been was. Haar onderbeen lag tot bloedens toe open, alsof iemand met een kaasschaaf een hap uit haar kuit had genomen. Terwijl ze op haar lip beet van de pijn en zich afvroeg hoe ze hier weg moest komen, rinkelde vanuit de struiken opnieuw haar telefoon.

26

Voldaan grommend rolde Joop met zijn bezwete lichaam van Fleur af. Meteen bij binnenkomst had hij haar naar de slaapkamer geleid. Zonder tegenstribbelen had ze zich laten meevoeren. Zenuwachtig, met een betraand gezicht, had ze de deur voor hem geopend. Haar toch al bleke teint was wit weggetrokken en haar trillende lippen vroegen om een kus. Teder had hij het kleine bibbermeisje in zijn armen genomen en tegen zich aan gedrukt. Juist die verlegen, grote, wegkijkende ogen en haar aan angst grenzende onzekerheid maakten hem compleet gek van verlangen.

Starend naar het plafond vroeg hij zich nu af hoe lang het nog zou duren voordat ook zij haar eisen ging stellen. Uiteindelijk waren alle vrouwen gelijk. Eerst lief blozend, giechelend en kirrend tegen hem opkijken, daarna humeurig zeurend om meer. 'Wanneer ga je bij je vrouw weg?' Hij hoorde het haar al vragen.

Stuk voor stuk wilden ze het gemak van zijn geld. Om hun eigen status te verhogen wilden ze delen in zijn aanzien als arts. En met een flamboyante persoonlijkheid als hij wilde iedereen wel gezien worden.

Tot nog toe had hij steeds op tijd de benen weten te nemen. Dit keer gold beslist als een uitzondering. Ditmaal duurde het al langer dan een jaar. Dat was uitzonderlijk. Tja, een jong veulentje als dit te mogen berijden... Joop blikte opzij naar Fleur. Welke man zou daar nou niet zo lang mogelijk van willen genieten?

Hij had het haar toen niet gevraagd, maar hij wist bijna zeker dat ze nog maagd was. Blozend had ze iets gemompeld over haar menstruatie en zich verontschuldigd over de bekleding van zijn autostoel. O, wat een goddelijk diertje, had hij toen gedacht. Dat hem zoiets nog was overkomen. Ze paste zo helemaal bij zijn wensen. Zijn wens naar strak en jong. Neem het me eens kwalijk dat ik haar niet wil loslaten, dacht hij terwijl hij Fleurs intieme geur van zijn vingers opsnoof. Neem het me eens kwalijk dat ik die verdomde heks heb ingezet als excuus. Vanaf het moment dat zij hem begon te chanteren, hoefde hij zijn liefje maar de halve waarheid te vertellen.

'Als je wilt, kun je blijven slapen.' Fleurs hand streelde zacht over zijn borsthaar. Haar hoofd lag tegen zijn buik gevlijd. Joop kuste haar vuurrode lokken. Een geur van viooltjes bereikte zijn neusgaten. 'Laten we eerst maar eens wat op dat barbecuerooster gooien,' sprak hij gesmoord. 'Ik heb een geweldige trek van jou gekregen.'

De daad bij het woord voegend stond hij op en stiefelde naar de badkamer. Hij voelde hoe haar blik zijn naakte lichaam volgde. Hij was goed gebouwd, vond hij zelf. Ook al had hij nooit aan sport gedaan, zijn sterke lijf was nog steeds hard en stevig. En met zijn lengte en grijzende lokken imponeerde hij nog menige vrouw.

'Hm, heerlijk,' mompelde hij gedachteloos voor zich uit toen hij het warme water langs zijn bezwete nek voelde lopen.

Meteen nadat hij de kraan had dichtgedraaid, voelde hij een zachte handdoek om zijn schouders vallen. Fleurs handen wreven hem droog. Verbaasd keek hij in de spiegel. Glimlachend staarde ze hem aan. Hij voelde hoe ze haar volle borsten tegen zijn blote rug perste. De harde tepels bezorgden hem opnieuw een erectie. Haar vingers gleden in de richting van zijn onderbuik. Hij sloot zijn ogen en kreunde zacht. 'Hm, schatje, toch,' bromde hij gewillig toen haar lippen zijn rug beroerden.

'Waarom was je te laat?' Haar plotselinge vraag klonk helder.

Geschrokken opende hij zijn ogen. Hij staarde naar haar spiegelbeeld. Als mokerslagen belandden de woorden een voor een op zijn hoofd. Resoneerden door de rest van zijn lijf. Hij probeerde haar blik te begrijpen.

Haar grote kinderlijke ogen hadden zich tot spleetjes vernauwd. De greep van haar vingers verslapte, zijn lid verschrompelde. Geschokt staarde hij in de spiegel naar het meisje achter hem, dat wachtte op zijn antwoord. Wat moest hij zeggen?

27

Vanuit de duinen – waar hun appartement lag – naar het strand en weer terug had haar nog geen kwartier aan beweging opgeleverd, en toch was Gonnie bekaf. Haar lange benen tintelden nog na van de korte wandeling. Haar hoofd voelde zwaar en licht tegelijk. Uitgeteld strekte ze zich uit op het grote bed. Het waren de verschillende cocktails – iets wat ze anders nooit dronk – geweest. Ze hadden haar meteen uit haar gepieker gehaald, ja, zelfs een ontspannen en zorgeloos gevoel bezorgd. Nu was ze behoorlijk aangeschoten.

Het kwam door Ans, die haar constant aanmoedigde. 'Wij gaan naar een strandtent. Jij gaat genieten, je laat die man voor wat hij is en je geeft je helemaal over aan mij,' had ze knipogend gezegd. Gonnie had verlegen moeten lachen. Het voelde heerlijk om zo verwend te worden. Wanneer had iemand haar voor het laatst zo veel aandacht gegeven? Ans wist een gevoelige snaar te raken. Ze toonde belangstelling en vroeg maar door. Over Gonnies huwelijk, over haar dromen, over haar toekomstplannen. 'Weet je al waar je over vijf jaar wilt zijn?' had ze plotseling gevraagd.

Gonnie had het niet geweten. Nooit stelde iemand haar een dergelijke vraag, laat staan dat ze er zelf over nadacht. Ze had Ans onzeker aangekeken en verlegen haar schouders opgehaald.

Ans bestelde nog twee cocktails en sneed het onderwerp 'levenswending' aan. Gonnie had geen idee waar ze het over had, lodderig had ze Ans aangestaard. En terwijl Ans maar doorvroeg, smeerde Gonnie haar benen in. Ze had haar sandaaltjes uitgetrokken en haar jurk tot net boven haar knieën omhooggeschoven. Ze had genoten van de warme zonnestralen, de cocktails en de zwoele achtergrondmuziek. Ieder gespreksonderwerp dat Ans aansneed, was wat Gonnie betrof goed. En hoe meer drank erdoor ging, hoe wijzer Ans werd. Als een zwetende paarse goeroe had ze daar tegenover haar zitten kwekken in de zon.

Nu lag Gonnie hier tipsy op bed. Ans was meteen de badkamer in gevlogen voor een uitgebreide douche. Vanuit de badkamer klonk: 'Ob-La-Di Ob-La-Da lives goes on bra...' Het was het laatste liedje dat ze in de strandtent hadden gehoord.

Gonnie moest lachen om de valse en hysterische uithalen van Ans, die duidelijk geen wijs kon houden. Dromerig staarde ze naar de smoezelige overgordijnen voor de open terrasdeur. Hypnotiserend bewogen ze voor haar ogen heen en weer. Tussen de plooien ontdekte ze opgedroogde bloedvlekken van geplette muggen. De klamboe die in een knoop boven haar hoofd hing, was hier blijkbaar geen overbodige luxe.

Opeens moest ze aan Joop denken. Hij had gebeld en gezegd dat thuis alles in orde was. Ze was te aangeschoten geweest om te kunnen reageren. Ongemakkelijk hadden ze afscheid van elkaar genomen. Het voelde alsof ze vreemdging. Dat nu niet hij, maar zij een scharreltje had. Ze grinnikte hardop bij die gedachte. Ans was nou niet bepaald iemand om met een verkleinwoord te associëren. Laat staan om een verhouding mee te beginnen.

Weer hoorde Gonnie haar brullen. Ik ga me helemaal aan haar overgeven, dacht ze rozig toen ze de slaap achter haar ogen voelde prikken. De huid rondom haar neus voelde verbrand. Haar dikke haar leek van touw waarin het zand zich voorgoed had genesteld. Ze legde haar hand op haar warme, blote buik. Zachtjes liet ze haar vingertoppen over het ziltige oppervlak van haar lichaam glijden. Als een zoute haring lig ik hier, dacht ze tevreden. Het is goed zo. En heel langzaam zakte ze weg in een droomloze slaap.

28

'Hé, baas, waar zit je?' De schelle stem van Ronnie tetterde luid door Britts mobiel, die het toestel meteen handsfree zette. Terwijl ze met een van pijn vertrokken gezicht haar jeans probeerde aan te trekken, schalde haar collega luid en duidelijk vanaf de grond door het apparaat. 'Had je niet effe kunnen opnemen? Ik probeer je al een halfuur te pakken te krijgen en ik moet zo naar...'

'Hou je gemak een beetje!' riep Britt woedend naar de grond. Een pijnscheut trok door haar been. Wankelend vond ze haar balans. Ze bukte naar het toestel. 'Ik kan beter aan jou vragen waar jij zat toen ik jou vanmiddag probeerde te bereiken,' riep ze trillend van pijn in de telefoon.

Opeens werd het stil.

'Nou?' vroeg Britt.

'Ik had een lekke band,' loog Ronnie. Hij kuchte luid.

'En neem je dan niet de telefoon op?'

'Kennelijk hoorde ik hem niet.'

'Daar hebben we het nog wel over. Ik wil dat je nu naar het bureau gaat en kijkt of er informatie is over die Marokkaanse jongen van gisteren. Wie hij is en waar hij woont.'

'Nu?' Ronnie leek zich te verslikken. 'Maar ik moet vanavond naar...'

Britt drukte de verbinding weg. Deze knaap zou ze later aanpakken. Op dit moment moest ze zo snel mogelijk een collega van de technische dienst bellen.

Ja, of ze met flink materieel konden komen, het ging om een

scooter die uit het water moest worden gevist. Nee, ze had geen idee hoe diep het ding lag. En ja, het was écht belangrijk. Waarom zou ze anders bellen? Zelf had ze ook iemand nodig die haar oppikte, ze was gewond geraakt, nee, niet ernstig, maar terugfietsen ging niet. En nee, ze had geen zin om uit te leggen wat er gebeurd was.

Een halfuurtje later zat ze in het ziekenhuis tegenover haar flat. Ze had nog tegengesputterd toen een mannelijke verpleegkundige haar op een brancard wilde leggen en naar de afdeling Spoedeisende hulp wilde brengen, een pleister zou volstaan, had ze gezegd. Maar toen ze het kamertje van de arts binnen strompelde, kon ze niet langer doen alsof er niets aan de hand was. Een bloedvlek ter grootte van een ontbijtbordje had zich door de stof van haar jeans gebeten.

Vier hechtingen, twee injecties en een kapotte broekspijp – de arts had zich niet laten vermurwen en er gewoon de schaar in gezet – verder deed Britt een poging de drie trappen die naar haar appartement leidden te beklimmen. Het was ronduit gekkenwerk. De lift was weer eens stuk. Ook dat nog, had ze gedacht toen ze tevergeefs op het knopje naast de deur had staan drukken. Hoe lang woonde ze hier nu? En hoe vaak had ze deze maand al de trap moeten nemen?

Op een moment als dit begreep ze haar buren opeens een stuk beter. Een paar van hen hadden tegen haar geklaagd. Of zij, omdat ze bij de politie werkte, er niet eens over wilde klagen bij de verhuurder. Het trappenhuis was een ramp, vonden ze. De afgesloten betonnen ruimte, waar 's avonds als je niet snel genoeg doorliep het licht weer uit sprong, was een gevaarlijke plek. Overal lag zwerfvuil en als je niet oppaste, kon je daar in het donker lelijk over uitglijden. En wat hen nog meer verontrustte: hoe vaak was er niet zo'n groepje hangjongeren mee naar binnen geglipt? Wat moeten die hier? Ze horen hier niet! Had ze de hasjlucht nooit geroken? Had ze de toegangsdeur nooit open zien staan?

Meewarig had Britt de klagende medebewoners aangestaard en zich afgevraagd wat er nou zo erg was aan een paar trappen lopen? Waarom verhuisden deze mensen niet naar een benedenwoning? Op sommige plekken in Amsterdam hing altijd een hasjlucht. Waar maakten ze zich druk om? Ze herinnerde zich nog de kordate woorden die ze sprak en de opgetrokken wenkbrauwen van de flatbewoners.

Met spijt over haar eigen laksheid vervolgde ze nu moeizaam de weg naar boven, die bijna even lang leek te duren als haar dagelijkse rondje Weerwater. Ook moest ze dankzij haar slepende tred constateren dat het interval van de lichtschakelaar inderdaad voor een snelle duisternis zorgde. Telkens wanneer ze bijna op de volgende verdieping was, floepte het licht weer uit. En ja, het stonk hier naar vuil en dope. Misschien moet ik die klachten maar serieus nemen, dacht ze toen ze ook opeens iets achter zich meende te horen.

Een luchtstroom woei langs haar benen. Werd ze gevolgd? Nog één verdieping. Haar hart bonsde in haar keel toen het licht weer uitfloepte. Haar vingerkootjes schuurden pijnlijk langs de muur toen haar hand op zoek ging naar de lichtschakelaar. Weer streek er een windvlaag langs haar benen. Stond de toegangsdeur open? Hoorde ze echt voetstappen?

Eenmaal in het gangetje voor haar flat was ze zo blij dat ze haar huis kon binnengaan, dat alle gedachten over dat waardeloze trappenhuis als sneeuw voor de zon verdwenen. Kleverig en bezweet, moe en duf van de pijnstillers, liet ze zich meteen op haar bankje voor het raam vallen. Ze opende de balkondeur. Het ronkende geluid van een optrekkende stadsbus en de bijbehorende uitlaatgassen stegen omhoog en woeien naar binnen.

Voordat ze haar kleren uittrok, rommelde ze in haar rugzakje om haar mobiel eruit te halen. Haar hand stuitte op haar pistool.

Oeps, dat was ze vergeten. Snel schoof ze het wapen terug in haar tas. Niemand hoefde te weten dat ze het nog bij zich had en niet op het bureau had achtergelaten. Het waren de omstandigheden. Ze was vanuit het ziekenhuis meteen naar huis gebracht. Snel sloot ze de tas en legde hem onder het bankje. Ze zou een wapenkluisje aanvragen voor thuis. Nu eerst iets aan die hongerige maag doen, dacht ze, en ze hinkte naar de koelkast.

Twee blikjes bier en een halve pizza waren alles wat er restte. Ze zuchtte. Het uitzicht mocht hier dan fenomenaal zijn, haar werk uitdagend en het ziekenhuis op loopafstand – wat in haar geval niet onbelangrijk was gebleken – ze had zich nog nooit zo ellendig gevoeld. Terwijl ze een blikje tegen haar mond zette, greep ze de koude pizza en legde hem op een bord. Ze schuifelde ermee naar haar bed, waar ze haar breiwerk opzijschoof en de tv aanzette. Uitgeput liet ze zich tussen de bollen wol vallen. 'Barst! Ik wil een leuke kerel,' pruilde ze.

29

De avond was gevallen toen Britt wakker schrok van de deurbel. Ze keek op haar wekker, bijna middernacht. Wie belde er op dit tijdtip aan? Onwillekeurig moest ze aan het groepje jongens uit de boot denken. Zouden ze me gevolgd zijn en weten dat ik alleen woon? Opnieuw galmde de dingdonggong door de kleine hal naast het toilet. Moeizaam richtte Britt zich op. Ze voelde zich gebroken. Ze had heel diep geslapen. In een reflex zwaaide ze haar benen van het bed. Een afschuwelijke pijn trok door haar kuitspieren, ze slaakte een gil.

Weer klonk de bel. 'Ja, ja!' riep ze gejaagd.

'Gaat het een beetje daarbinnen?' riep een bekende stem achter de deur. Het was Ronnie. Ze kende hem pas één dag, maar iemand met dat stemgeluid hoefde je maar één uur te kennen om hem nooit te vergeten. Wat deed hij hier?

Had ze hier zin in? Wat moest ze met hem? Ze was halfnaakt, had overal pijn en met dat duffe hoofd zou ze nou niet bepaald een goeie indruk maken als zijn nieuwe werkgever.

'Het gaat goed.' riep ze naar de deur. 'Ik zie je morgen wel!'

Voorzichtig deed ze een poging haar kledingskast te bereiken. Achter de voordeur werd het stil. Blijkbaar had ze overtuigend genoeg geklonken. Hij was weg. Gelukkig, dacht ze. Opgelucht trok ze een oversized witkatoenen overhemd aan. De koele stof viel aangenaam zacht over haar gebutste lichaam. Net toen ze zich wilde omdraaien om naar de badkamer te strompelen, hoorde ze opnieuw de jongensachtige stem van haar collega.

'Doe je nog open!?'

'Oef.' Britt slaakte een zucht.

Ze baalde. Hij was niet weg, integendeel. Met veel tegenzin schuifelde ze naar het halletje en opende de voordeur. Onder het helwitte licht van de ganglamp leek het kuifje van Ronnie wel tien centimeter gegroeid. Zijn stralende hoofd lachte haar vrolijk toe.

'Wat moet je hier?' vroeg ze kortaf. 'Weet je wel hoe laat het is!?'

'Mag ik binnenkomen? Het is belangrijk,' zei hij aarzelend. Zijn ogen stonden nu ernstig.

'Ik... kan het niet tot morgen wachten?' stamelde Britt, die haar benen voelde opspelen.

'Liever niet. Maar wat is er met jou gebeurd?' Ronnie wees op het verbonden been van Britt.

'Het is niets,' antwoordde Britt snel. 'Wat schaafwonden, meer niet.' Hinkend ging ze hem voor naar de woonkamer. 'Ga zitten,' zei ze en ze wees op de enige vrije stoel, die naast de eettafel stond. Ze volgde zijn blik over de onuitgepakte verhuisdozen naar de bollen wol die op tafel lagen.

'Zo, verwacht je een koude winter?' sneerde hij lollig bij het zien van de breipennen.

Britt antwoordde niet.

'Mooie flat,' probeerde hij het over een andere boeg te gooien. 'Zal wel wat kosten. Die van mij past hier met gemak twee keer in. Maar ik heb wel een tuin. En mijn tuin is groter dan mijn huis! Ook hoef ik geen trappen te lopen zoals jij. Ik woon op de begane grond. Wat is er met die lift? En waarom stond de voordeur op een kier? Hebben jullie geen last van insluipers?'

Als hagelstenen ketsten zijn woorden door de hoge, holle ruimte. Terwijl hij maar doorratelde, legde hij een plastic zak op tafel.

Britt had beslist geen zin in een gesprek. Ze wilde niets, ze was moe en versuft. Ze rook naar zwemwater, ziekenhuis en opgedroogd bloed.

‘Wat moet je?’ vroeg ze opnieuw.

‘Nou, ik was in de eerste plaats natuurlijk benieuwd hoe het met jou ging,’ grinnikte hij spottend. ‘Ik hoorde dat je gewond was. Ik wilde weten hoe dat kwam.’

Britt voelde zijn brutale ogen langs haar blote benen glijden. Ter hoogte van haar kruis bleven ze steken. Vlug trok ze haar overhemd wat verder naar beneden en sloeg haar benen over elkaar. Sodemieter op, siste ze inwendig.

Toch scheen hij haar geïrriteerdheid te voelen. Vlug ging hij verder.

‘Die Marokkaanse jongen blijft een raadsel, maar ik denk dat jij vast wel wilt weten wat ik aan de weet ben gekomen over die dooie katten,’ zei hij en hij graaide naar de plastic zak. ‘Maar niet voordat ik een koud biertje heb gedronken.’ Hij stond op en liep naar de balkondeuren.

‘Heb je het hier niet warm? Kan die deur niet verder open?’

Hij trok een van de dichtgewaaide deuren open en een zwoel briesje verspreidde zich door de kamer. Het geluid van een scooter en een remmende auto verbrak de stilte van het nachtelijke uur.

‘Ik heb geen bier,’ mompelde Britt voor zich uit.

‘We hebben een rode Vespa uit het water gehaald,’ sprak Ronnie. Hij boog zich voorover over het Franse balkon. ‘Zonder plaatje.’

‘Juist,’ riep Britt. ‘Zou het met die dode vrouw te maken kunnen hebben?’ peinsde ze hardop.

Ronnie schudde zijn hoofd. ‘Geen idee, het kan natuurlijk puur toeval zijn dat er daar een gestolen scooter is gedumpt.’

Britt trok haar wenkbrauwen op. Had dit niet tot morgen kunnen wachten, dacht ze opnieuw toen ze haar onstuimige collega bestudeerde.

‘Wat wilde je kwijt over die katten?’ vroeg ze en ze wierp een nieuwsgierige blik op de plastic zak. Ronnie zag haar blik en stoof meteen op de tafel af. Achteloos schoof hij het breiwerk aan de kant en opende de zak. Tot Britts verbazing kwam daar geen rapport uit tevoorschijn, maar een sixpack bier en twee zakken chips.

'Biertje?' Grijnzend opende hij een blikje en hield het voor haar omhoog. Aarzelend pakte ze het van hem aan en ze nam een slok.

Toen hij naar de koelkast liep om er de overige blikjes in te leggen, sprak hij meteen zijn verbazing uit over de inhoud. Waren het dan niet alleen mannen die geen waarde hechtten aan een gevulde koelkast?

Britt snoerde hem meteen de mond. 'Zeg luister, je komt hier onaangekondigd langs. Je hebt een paar mededelingen die ook tot morgen hadden kunnen wachten en nu wil je het ook nog over mijn eetgedrag hebben? Laat me met rust!'

'Goed, goed.' Ronnie bond enigszins in. 'Ik was nog niet klaar met mijn verhaal, maar als je liever wilt dat ik ga...' Hij liep naar de tafel, schoof de twee zakken chips terug in de zak en maakte aanstalten om te vertrekken.

'Het schijnt dat de vrouw die verdwenen is in de buurt van de moskee woont, ze heet Mies van Rossum en rijdt – sorry, reed – op een scooter. Ik heb niet naar de kleur gevraagd, maar stel je eens voor dat het ding rood was? Dan zouden we wel erg veel mazzel hebben, hè, denk je niet?' Zonder Britt aan te kijken liep Ronnie naar de deur.

Verbaasd staarde ze hem na.

Voordat hij de deur opende, draaide hij zich om. 'Lauw, baas,' zei hij starend naar Britt, die haar breiwerk had opgepakt.

Ze knikte afwezig. Het bier was inderdaad lauw. En net toen ze wilde zeggen dat lauw bier met deze temperaturen ook dorstlessend kon zijn en hem wilde vragen toch nog even te blijven, riep hij: 'We zijn lauw, denk je niet?'

Warm

I

Als een sandwich zat het piepkleine balkonnetje op drie hoog achter tussen twee huizenblokken in gemetseld. Eén klapstoeltje was alles wat er kon staan, meer niet. Meer had Sjaan van Rossum ook niet nodig. Sinds haar man het loodje had gelegd – het was nu alweer bijna zes jaar geleden dat hij van die stomme ladder lazerde – woonde ze hier alleen in haar driekamerwoning. En hoewel het momenteel verstikkend warm was en je dit nog nauwelijks leefbaar kon noemen, een goedkopere plek in zo'n fijne buurt zou ze nooit meer vinden.

'Geen haar op mijn hoofd die daarover piekert,' zei ze als kennissen haar vroegen bij hen in Almere te komen wonen. 'Als ik hier ooit wegga, is dat tussen zes planken.' Haar geliefde Hoofddorppleinbuurt in Amsterdam zou ze nooit verlaten.

'Ik heb hier alles,' vervolgde ze dan enthousiast. 'De Deen aan de overkant, mijn tabakszaak vlak onder me, en alle andere winkels om de hoek van de straat.'

Dat de bakker, de groenteman en de slager tegenwoordig een islamitische naam op hun pui hadden staan, maakte voor haar geen enkel verschil. Stuk voor stuk aardige mensen waren dat, niks mis mee, volgens Sjaan.

Het was nog vroeg. De meeste buurramen waren geblindeerd door overgordijnen of zonneschermen of dichtgeplakt met kranten. Aan sommige balkons hingen bloembakken. Die huurders hadden geluk, wist Sjaan, zij vingen meer uren zon.

Ze had het vaak geprobeerd: geraniums, lobelia's, vlijtige liesjes. Maar zelfs de meest geharde begonia's gaven uiteindelijk de geest. De enige soort die het hier wel deed, waren hosta's. Maar die krengen werden zo groot dat Sjaan er zelf niet meer naast paste. Dat kon niet de bedoeling zijn van een balkon, vond ze, en daarom had ze besloten dat er geen planten meer kwamen.

Op dit tijdstip bescheen de zon nog haar hele balkon. Hooguit anderhalf uur duurde dat. Niet langer. En alleen als het hoogzomer was. Zoals nu.

Ze had zich op haar klapstoel gezet. Om geen witte strepen op haar schouders te krijgen had ze de huidkleurige bandjes van haar bh laten zakken. Alles moest egaal bruin worden. Nou ja, alles? Tot aan haar taille was tegenwoordig genoeg. Wie zag de rest nog nu haar man niet meer leefde?

Gespannen trok ze aan haar derde sigaret van die ochtend. Ze inhaleerde diep toen ze weer terugdacht aan het nieuws dat haar gisteren ter ore was gekomen. Mies was omgebracht. Iemand had haar vermoord. Sjaan kon het nog steeds niet bevatten. Een van haar kennissen uit Almere Haven had haar meteen gebeld. Het was daar uitgebreid op het plaatselijke nieuws geweest.

Hoewel ze niet dik bevriend waren, hadden Sjaan en haar tweelingzus Mies een goede band. Trokken ze als kinderen nog veel samen op, toen Sjaan haar latere man Harry leerde kennen, verdween Mies steeds meer naar de achtergrond. De familiebanden bekoelden pas echt toen Sjaan indertijd iets over het uiterlijk van Mies had durven zeggen.

'Kijk naar mij,' had Sjaan gezegd. 'We zijn als twee druppels water, en toch weet ik mijzelf wel goed te kleden en op te maken. Terwijl jij...'

Hierop was Mies in woede uitgebarsten. Waar haalde ze de gore moed vandaan haar zo te beledigen? Terwijl Sjaan het zo goed bedoelde. Vanaf dat moment zagen de zussen elkaar steeds minder.

Sjaan vond het indertijd wel best. Ze had het veel te druk met haar eigen leven. Ze deed de administratie voor Harry's eenmanszaak, ze had haar kaartclub, haar huishouden en genoeg vriendinnen om zich nooit te vervelen. Maar na dat tragische ongeval van Harry, waarbij de zaak meteen op de fles ging, pakten de zussen heel voorzichtig hun familiedraad weer op.

Soms spraken ze af in de stad. Dan dronken ze koffie bij de Bijenkorf of shopten zich suf op de Albert Cuyp. Heel af en toe ging Sjaan een dagje naar Almere en dan verbaasde ze zich over de rommelige buurt waar haar zus woonde. Maar sinds dat incident uit het verleden keek ze wel uit om daar iets over te zeggen.

De laatste keer dat de zussen elkaar troffen, was vlak voor de grote vakantie.

Mies werkte in de zomermaanden als kattenoppas. Hoewel Sjaan daar niet bepaald gecharmeerd van was – ze hield sowieso niet van beesten, al die haren en die vlooien, om nog maar te zwijgen over wat die mormels vernielden – vond ze het dapper van Mies om zo naast haar uitkering iets extra's te verdienen.

Zelf had Sjaan het sinds de dood van Harry ook niet breed. En hoewel het tegen haar gevoel indruiste – ze was tenslotte ooit de vrouw van de baas geweest – spookte de laatste tijd vaker en vaker het idee door haar hoofd om een paar dagen per week bij Deen achter de kassa te gaan zitten.

De laatste keer dat ze in Almere was, had ze dit plan aan haar zusje opgebiecht. Die had toen vreemd zitten grinniken. Ze had geopperd dat Sjaan over een tijdje gewoon bij haar kon intrekken. Weer had Sjaan, gezien hun verleden, niets durven zeggen. Waarom zou ze bij Mies intrekken? Niet in dat huis en in die zooi, niet in die buurt.

's Avonds, bij het afscheid op het station, had Mies haar opeens een bubbeltjesenveloppe overhandigd. 'Mocht mij iets overkomen, dan is dit voor jou,' had ze gezegd. 'Maar denk eraan, je mag hem pas openen na mijn dood. Beloof je dat?'

Sjaan had moeten lachen. Natuurlijk beloofde ze dat. En als twee kleine zusjes die een groot geheim deelden, namen ze hartelijk afscheid. Hoe had Sjaan ooit kunnen vermoeden dat dat de allerlaatste keer zou zijn?

'Tot na de zomer,' had Mies in haar veel te strakke tijgerjurk naar Sjaan geroepen toen die uit het raampje van de trein naar haar zwaaide. Het was tragisch dat ze nu de politie moest bellen om te vertellen dat de dode vrouw haar zusje was.

Ze blies de rook van haar sigaret over het balkon. De zon bescheen nog slechts een deel van haar blote schouders. Waar heb ik die enveloppe ook alweer gelaten, vroeg ze zich af.

2

Vanaf het moment dat Joop zijn hoofd onder de koude kraan stak en Fleur hem op die speciale manier in de spiegel aankeek, was er tussen hen een vreemde spanning ontstaan. Hoewel de sfeer heel prettig was en de avond gesmeerd verliep, leek er bij zijn liefje iets te knagen. Alsof ze hem dringend iets moest vertellen, maar daar niet de juiste woorden voor vond.

Ik zal het me wel verbeeld hebben, dacht hij nu terwijl hij zijn pc opstartte.

Hij was niet blijven slapen. Hij had de hond als excuus gebruikt. Heel plausibel ook. Een wip was goed, maar blijven slapen: geen denken aan. Dat ging hem te ver. Hij had verwacht dat ze zou protesteren, maar tot zijn verbazing reageerde ze heel begripvol.

Ze hadden gebarbecued. Het was een heerlijke zomeravond en de tuin was een waar paradijs. Als twee tortelduifjes hadden ze zich onder de bomen achter in de tuin teruggetrokken. De geur van houtskool en het geluid van sissende worstjes maakten een langvervlogen jeugdgevoel bij hem los. Hij genoot. Ook de manier waarop Fleur om hem heen dartelde met het vlees en de sausjes, zorgzaam en betrokken, deed hem goed. Toen ze zich aan het einde van de avond dromerig en zwijgend tegen hem aan vlijde, voelde hij zich volmaakt gelukkig.

Rond middernacht stelde hij voor om afscheid te nemen. Kinderlijk verlegen had ze naar hem geknikt. Hij had haar opgetild en naar boven gedragen. Lijdzaam liet ze hem begaan. Liefkozend had hij haar in bed gelegd en goedenacht gekust. Vlak voordat ze in slaap viel, staarde ze hem nog even met die vreemde blik in haar intensblauwe ogen aan. Ongemakkelijk had hij zich gevoeld. Als een dief in de nacht was hij het huis uit geslopen.

Waarschijnlijk was ze gewoon moe en had ze te veel wijn op, dacht Joop nu. En hoewel die merkwaardige, ja, haast beschuldigende blik nog even door zijn hoofd bleef spoken, was hij Fleur bij het aanklikken van zijn *chatsite* snel vergeten.

De ochtend zat er bijna op toen Joop de trap af liep naar de keuken. Hij keek naar buiten, waar de zon het terras al had bereikt, en slaakte een zucht van verlichting. Mooi, dacht hij, ik heb het rijk alleen, eindelijk kan ik me in alle rust beraden over wat ik met dat mens ga doen. En met een kop koffie, de post en een paar kranten onder zijn arm wandelde hij de tuin in. Hij moest goed nadenken. Nog een week en dan zat hij weer midden in de ziekenhuisgekte. Voor die tijd moest hij een definitieve oplossing voor dat wijf hebben bedacht.

Vanaf het slootje achter het huis klonken kinderstemmen. Aan de overkant werd druk gevist. Iemand nam een duik in het water, gespetter en gelach waren tot op het terras te horen.

Hoe lang geleden had hij het huis voor zich alleen gehad? Als Gonnie niet thuis was, waren er altijd de jongens, met of zonder vrienden; het was meestal een drukte van belang. Nu zat hij hier met hun oude, kortademige hond en de van de warmte uitgetelde siamezen. Terwijl hij de parasol omhoogschoof, wierp hij een blik op de tuin. Het viel hem op dat het grasveldje de vakantie niet had overleefd, van mosgroen was het naar kanariegeel verschoten. Ook de planten in de border bestonden voornamelijk nog uit dorre, sprietige takken.

Hm, dacht hij, kennelijk heeft Fleur de sproei-installatie niet aan de gang gekregen. Dat verbaasde hem wel. Iemand als zij, met zo veel liefde voor tuinieren, had toch over het algemeen geen moeite met tuingereedschappen. Sterker nog, hij had haar menigmaal bewonderend toegesproken over haar vrouwelijke spierballen als het om die composthoop van haar ging. 'Mijn eigen gespierde tuinvrouwtje,' had hij dan plagend gezegd. Het zij zo, vannacht zou hij het sproeisysteem aan laten staan, dan kon hij morgen de tuin aanpakken, ook daar had hij deze week tijd voor.

Het beloofde weer een warme dag te worden. Monter schoof hij zijn Ray Ban-zonnebril voor zijn ogen en zette zich aan de tuintafel. Terwijl hij een slok van zijn koffie nam, sloeg hij gedachteloos het plaatselijke sufferdje open.

Nog voordat hij één woord had gelezen, werd hij opgeschrikt door een foto van een vrouw. De vrouw was niemand minder dan dat vreselijke wijf dat hem chanteerde.

'Kattenvrouwtje vermoord' stond er boven de foto. Van schrik gleed het koffiekopje uit Joops hand. Een groot deel van het bruine vocht werd geabsorbeerd door het papier. Vlug veegde Joop over het bericht.

Gisteravond is door de politie bekendgemaakt dat Mies van Rossum, ook wel bekend als het kattenvrouwtje van Almere, door een misdrijf om het leven is gekomen. Haar lichaam is dit weekend bij een van de surfstrandjes gevonden. Over de daders kan de politie nog niets zeggen. Ook niet over het motief. Tot nog toe tast zij in het duister. Er is een onderzoek gestart. Iedereen die inlichtingen heeft omtrent deze vrouw kan contact opnemen met… Verder las Joop niet. Vol ongeloof staarde hij naar de vlekkerige tekst en daarna opnieuw naar de foto. Goddomme, dacht hij, hoe kan dit? Iemand anders is me voor geweest.

3

'Ik ken geen Mies van Rossum, zou dat moeten?' Ans slurpte van haar derde cappuccino.

Gonnie bestudeerde de vrouw tegenover haar. De verbranding die Ans gisteren had opgelopen door zich niet in te smeren, compenseerde ze vandaag met een extra dikke laag zonnebrand-olie. Als een vette glimworm zat ze naar Gonnie te stralen. Halverwege hun wandeling naar het strand waren ze op een van de Bergense terrassen neergestreken. Ondanks het vroege tijdstip schoot de temperatuur met de minuut omhoog. Terwijl Gonnie Ans zwijgend opnam, probeerde Ans zichzelf koelte toe te waaien met de ontbijtkaart.

Hoe kan een mens zich zo kleden, vroeg Gonnie zich af bij het zien van het rood-wit-blauw gestreepte mouwloze truitje waar Ans als een worst in verpakt zat. Het ding kwam rechtstreeks uit de mottenballen, net als die vooroorlogse, naar grijs verschoten joggingbroek. Vlak boven haar knieën had ze het ding afgeknipt. De rafels hingen eraan. Maar wat Gonnie nog wel het meest pijn deed aan haar ogen waren de knalroze plastic Crocs van Ans. Hoe haalt ze het in haar hoofd om daarmee in een mondaine badplaats als Bergen rond te lopen? In Almere, oké, maar hier?

'Zij was de laatste jaren onze kattenoppas,' zei Gonnie terwijl ze zich op iets anders probeerde te focussen. 'Ze was redelijk bekend in Almere. Dat je haar niet kent...'

'Moest hij je daarvoor speciaal bellen?' vroeg Ans venijnig. Als het om Joop ging, kon er geen vriendelijk woord vanaf, merkte Gonnie. Wat had ze toch tegen hem?

'Ja, ik denk dat hij geschokt was. Ze schijnt op nogal brute wijze vermoord te zijn.'

'O, ja? Hoe dan?' Ans' belangstelling kreeg opeens een vreemd, pervers ondertoontje.

Gonnie staarde verbouwereerd naar haar dikke vriendin. Wat kan ze toch ineens in een bitch veranderen, dacht ze. Dit gesprek ging een kant op waar ze helemaal geen trek in had. Zeker niet nu, op dit tijdstip en na een slapeloze nacht. Ze was doodop.

De hele nacht had ze geen oog dichtgedaan. Ans bleek een fulltime snurker eerste klas. Daar was het geronk van Joop nog kattengespin bij. Meteen moest ze aan haar siamezen denken, en toen weer aan Mies. Wie brengt zo'n mens nou om, dacht ze bezorgd. En waarom?

Joop had zeer opgewonden geklonken. Het was vreemd, vond Gonnie, maar het leek net alsof ze een zekere opluchting in zijn stem had gehoord. Alsof er opeens een last van zijn schouders was gevallen nu Mies dood was.

Als ervaren psychotherapeut was ze zeer gevoelig voor de intonatie in iemands stem. Doorgaans had ze vrijwel direct in de gaten wat er met een cliënt aan de hand was. Iemand kon nog zo goed zijn best doen zichzelf anders voor te doen, na één sessie prikte Gonnie daar met gemak doorheen.

De lichte euforie waarmee haar doorgaans prikkelbare en – vooral de laatste tijd – naar somberheid neigende echtgenoot nu sprak, kon ze maar aan één ding toeschrijven: dat hij een paar dagen het huis voor zich alleen had. Soms kon hij maar weinig hebben naast zijn baan. In dat opzicht was Joop een typische doorsneeman.

Zoals zij doorgaans na een drukke werkdag nog tijdens het koken even de kinderen overhoorde, de kattenbak verschoonde of een vriendin in nood aan de telefoon een luisterend oor bood, dat was voor Joop niet weggelegd.

'Mijn vrouw is een duizendpoot,' zei hij meestal trots als ze eters hadden en hij geen poot uitstak om te helpen.

Daar was Gonnie inmiddels wél klaar mee. Sinds ze een half-jaar geleden aan de verkeerde kant van de veertig was beland, groeide het verlangen om haar leven nog eenmaal een wending te geven. Met of zonder Joop, er moest iets gebeuren.

'Hoe heeft mijn Fleurtje het er trouwens afgebracht?' Rond de mondhoeken van Ans speelde nog steeds een vals lachje. Haar borstelige wenkbrauwen lagen in een frons boven de kleine varkensoogjes. Ze had haar zonnebril op haar stekeltjeshoofd gezet. Opzichtig wreef ze over haar bovenarmen, die vuurrood afstaken tegen de rest van haar bleke vlees.

Wat is ze toch eigenlijk lelijk, dacht Gonnie opeens. Weer moest ze aan Joop denken, die voornamelijk in hyperbolen over deze vrouw kon praten: 'een afzichtelijk nijlpaard, koelkast, dragonder...' Geen goed woord had hij voor Ans over. Gonnie kon haast niet geloven dat het alleen met zijn voorkeur voor mager, jong en onervaren te maken had. Nee, dacht ze peinzend. Ans en Joop? Tussen die twee moet meer aan de hand zijn.

'Nou? Ik heb je er nog niet over gehoord?'

'Hm?' Gonnie keek opnieuw weg van Ans. Haar oog viel nu op een van de mannen aan de andere kant van het terras. Toevallig keek hij ook hun kant op. Even kruisten hun blikken. Leuke man, vond Gonnie. Als hij maar niet denkt dat ik iets met Ans heb, dacht ze er meteen achteraan toen de man grijnzend zijn hoofd afwendde.

'Zeg, waar zit jij eigenlijk met je gedachten?' hoorde ze Ans brommen.

'Hm?' Verstoord blikte Gonnie naar Ans. Een warme gloed steeg op uit haar middenrif, alles in haar lijf begon te trillen. Haar dromerige afwezigheid sloeg om in een driftbui.

'Ja, die Fleurtje van jou, hè? Nou, zal ik je eens wat vertellen? Die Fleurtje heeft er zo'n godvergeten klerezooi van gemaakt dat ik haar nooit meer hoef te zien!' Gonnies felheid trof Ans als een mokerslag. Ontsteld liet ze zich achterovervallen in haar stoel. Zo had ze haar vriendin nog niet eerder meegemaakt.

Dat is eruit, dacht Gonnie. Alle frustraties van de afgelopen nacht en ochtend, en misschien wel van een heel jaar – wat? van haar hele huwelijkse leven – had ze in één keer hier op dit terras, ten overstaan van jan en alleman, eruit gegooid. God, wat luchtte dat op. En ze was nog niet klaar. Tot haar eigen verbazing stond ze op, greep naar haar portemonnee, liep naar de kassa en rekende af. Koket stapte ze langs het tafeltje van de nog steeds grijnzende man. Vlak voor zijn neus gooide ze haar donkere lokken naar achter, schoof het bandje van haar zomerjurk opzichtig over haar blote schouder en snoof naar Ans: 'Kom je nog, schat?'

Verbaasd had die het tafereel van een afstandje gevolgd. Haar blik verried ontzag. Glimlachend schoof ze haar zonnebril terug voor haar ogen en trok de vale joggingbroek uit haar bilnaad. Ja, dacht ze trots toen ze haar badspullen bij elkaar raapte, dit is de vrouw met wie ik mijn leven wil delen.

4

Vandaag had Ronnie er zin in. Met grote stappen kloste hij in de richting van Britts werkkamer. Halverwege de bedompte gang van het politiebureau werd hij tegengehouden door Ania. Geergerd luisterde hij naar de woordenstroom, waar hij maar de helft van begreep. Ronnie had het niet zo op Poolse dames die zijn moerstaal niet machtig waren. 'Zeker weer zo'n Poolse bruid,' had hij knipogend tegen een collega gezegd toen Ania als nieuwe collega werd voorgesteld.

'Jij ierst deze lijsten kopiëren,' zei ze met nadruk en ze duwde hem een aantal formulieren in zijn hand.

'Wie zegt dat?' snoof hij, terwijl hij met een boog om haar heen stapte. 'Ik ben je knechtje niet!'

Handenwrijvend stond hij voor Britts deur. Hij verwachtte dat ze op dit moment nog haar roes uitsliep. Toen hij gisteravond op het punt stond haar flat te verlaten, had ze hem gevraagd nog even te blijven. Misschien voelde ze zich eenzaam of misschien kwam het door zijn opmerking over 'lauw', maar kennelijk had hij een gevoelige snaar bij haar geraakt. Eerst was zijn sixpack erdoorheen gegaan en daarna was er nog een aangebroken fles wodka uit de vriezer gekomen.

De eerlijkheid gebood hem te zeggen dat ze alleszins meeviel. Voor zo'n jong wijfie, met dat schriele lijfje, wist ze hem aardig te raken. Hij mocht haar wel. Ze had gevoel voor humor en dat kon je van veel vrouwen niet zeggen. Toen ze vroeg wat ie met 'lauw' bedoelde en hij haar daarna alles over zijn spelletjestic vertelde, had ze om hem moeten lachen.

Ieder gezelschapsspel was aan hem besteed, had hij gezegd. Hij was een echt spelletjesdier. Los van alle kaart- of dobbelspelen, Monopoly, risken of kolonisten bestond er het alombekende lauw-warm-heet-spel. Vragend had Britt hem aangestaard.

'Neem een voorwerp in deze kamer in gedachten,' had hij gezegd. 'En laat mij raden wat het is. We beginnen koud. Ben ik in de buurt, dan word ik lauw, en hoe dichter ik het voorwerp nader, hoe warmer ik word. Oké? Net zolang tot ik heet ben...'

Toen had hij schalks naar haar gelachen. Ze had opgelaten weggekeken.

'Ken je dat echt niet?' had hij gevraagd.

Lachend had ze haar hoofd geschud. Zeker iets van de vrije school, had ze quasibeschuldigend gezegd. Wat is er mis met de vrije school, had hij op zijn beurt tegengeworpen. En daarna waren ze over hun jeugd begonnen.

Toen hij uren later naar huis fietste, gloorde het ochtendlicht al boven het Weerwater.

Vol zelfvertrouwen opende hij de deur naar Britts kamer. Verbaasd keek hij op toen hij haar daar achter het bureau aantrof.

'Wat doe jij hier?' vroeg hij perplex.

Britt gaf geen antwoord. Geconcentreerd tuurde ze naar haar beeldscherm.

'Heb je geen kater?' vervolgde Ronnie aarzelend.

'Mooi!' sprak Britt zonder op te kijken. 'We zullen eerst naar de wijk van het slachtoffer moeten.' Voorzichtig schoof ze haar stoel naar achteren. Haar zere been zo veel mogelijk ontziend stond ze op. 'Heb je die formulieren van Ania al gekopieerd?' vroeg ze terwijl ze naar Ronnies lege handen keek.

'Ik, eh...'

'Mijn been is nog wat stijf zoals je ziet, daarom wil ik jou vragen te rijden.'

Onder haar wijdvallende witte broek droeg ze een paar versleten, zwarte All Stars. Zorgvuldig plaatste ze haar voeten naast het bureau. Als een peuter die leert lopen wankelde ze naar de deur.

'Rijden?' vroeg Ronnie nerveus.

'Ja, met mijn auto. Je hebt toch wel een rijbewijs?!' Britt pakte haar tas van de stoelleuning.

Ronnies stem haperde. Dit had hij niet verwacht. Ze was opeens weer zo daadkrachtig. De gezellige, ontspannen sfeer van vannacht leek ver weg.

'Eh, nou ja, dat wil zeggen... sinds een maand. Ik heb nog geen echte rijervaring, zullen we maar zeggen, althans niet zonder instructeur,' mompelde hij snel verder.

'Hm, nou goed. Dan kun je nu mooi ervaring opdoen, nietwaar?' Britt had haar autosleutels gepakt en wierp ze naar Ronnie. Het flesje water dat op het bureau stond ging ook mee, ze stopte het naast haar breiwerk.

'Klaar?' vroeg ze terwijl ze haar portofoon bij zich stak en haar holster opzijschoof om te controleren of haar Walther P5 daar nog zat.

'Ja, ja, ik kom al,' mompelde Ronnie gehaast.

'En, heb je de formulieren bij je?' herhaalde Britt op weg door de gang.

'Die komen er nu aan,' antwoordde hij zenuwachtig. En zo snel mogelijk maakte hij zich uit de voeten naar het kopieerapparaat, waar Ania zojuist het papier aanvulde. Ze knipoogde naar Britt. Snel wisselden de vrouwen een blik van verstandhouding. Deze knul moet nog een boel leren, zei de blik.

5

Een weeë geur van rottend afval verspreidde zich als een natuurlijk parfum over de tuin. Het voerde een kleine rooksliert met zich mee die danste in de wind. Vliegen zoemden er doorheen. Fleur stak het laatste tuinafval bij elkaar om het daarna in de eerste bak van de composthoop te werpen.

Hier had ze haar eigen cirkel van leven en dood gecreëerd. Drie gistende bakken stonden er broeierig te gloeien. In de eerste bak was het afval nog herkenbaar. Fruitschillen, bloembladeren, heestertakken, alles wat organisch was en kon afbreken, lag verstild en kleurrijk als de laagjes van een lasagne op elkaar gestapeld. Uiteindelijk, als er geen herkomst meer te bespeuren viel en de massa was geslonken tot één bruine hoop, belandde het in de laatste bak. Van daaruit kreeg het de taak als mest het nieuwe leven in de grond te voeden.

Het was nog vroeg. Fleur had niet kunnen slapen. De warmte had haar uit haar bed verjaagd. Maar niet alleen de warmte maakte haar van slag, ook de gedachten aan hem deden haar geen goed. Zweetdruppeltjes parelden op haar fijne gezicht. Met ijver en kracht stak ze de mestvork in de hoop met afval. Doorgaans gaf dit werk haar rust. Maakte het haar hoofd leeg. Boven de composthoop kon ze wegdromen. Haar herinneringen aan vroeger een plaats geven en de pijn van het heden proberen te begrijpen. Want dat hij haar pijn had gedaan stond vast.

Ze was zo blij geweest hem te zien. Dat hij uren later aankwam kon haar niet schelen. Want toen hij zijn armen om haar heen sloeg en haar kussend mee naar boven nam, had ze zich bevend van genot aan hem overgegeven.

Zijn zuchten en lieve woordjes moedigden haar aan. Zijn tong deed haar tintelen. 'Niet stoppen,' had ze gezegd toen de greep van zijn vingers harder en harder haar heupen omsloot. Zacht en week had ze hem in haar schoot ontvangen. Hij had gekreund in haar rode lokken. Als in een droom was ze met hem versmolten geraakt. Het had haar doen huilen van geluk. Zo had ze daar met hem gelegen. De hele zomeravond nog te gaan. En alles wat die avond hun nog meer aan moois zou brengen, had ze verwachtingsvol de revue laten passeren.

Eerst eten en bijpraten. Daarna weer vrijen, eten, praten, dronken worden – nou ja een beetje dan in haar toestand. Ze zou hem vertellen over die toestand. Ze zou zijn blije kussen ontvangen, ze zouden opnieuw vrijen om daarna...

Hoe anders was het gelopen.

Hij kon niet blijven slapen. Het was de hond. Ze begreep het. Natuurlijk, geen probleem, had ze lachend gezegd. Straks hadden ze nog een heel leven samen om te verslapen. En knus had ze zich opnieuw tegen hem aangevlijd. Nee, dat hij niet bleef slapen had haar niet uit balans gebracht. Wat haar wel uit het lood had geslagen was de opmerking over zijn verlate komst.

Het gebeurde in de badkamer. Ze had een handdoek om zijn bruine schouders geslagen en hem teder op zijn sterke rug gekust toen ze hem vroeg waarom hij zo laat was. Zonder blikken of blozen had hij toen iets heel vreemds geantwoord.

Hij vertelde dat hij opnieuw een berichtje van dat kattenwijf had gekregen. Dat ze diezelfde middag nog een som geld van hem in het kluisje verwachtte. Er waren nog een paar foto's geweest die er niet om logen. Dat kreng had hen betrapt bij een van hun vrijages in de openlucht. Die verdomde chantage ging hem zo langzamerhand flink opbreken, had hij gezegd, en daarbij had hij zijn hoofd zorgelijk laten hangen.

Een scheiding zou hem de kop kosten. Zijn vrouw mocht beslist niets weten over hun stiekeme relatie, dat begreep ze toch? Zijn kinderen moesten nog studeren. Ook dat kostte geld. Hij had tijd nodig. Ze moest geduld hebben. Dan kwam het vanzelf goed. Hij zou met dat vreselijke mens afrekenen, dat beloofde hij haar. Er kwam een moment dat dit alles voorbij was. Dan konden ze samen plannen maken. Nu was het geld op. Fleur meende zelfs een snik in zijn stem te hebben gehoord. Zijn ogen hadden van haar weggekeken terwijl zijn handen de hare hadden gezocht. Versteend had ze daar gestaan.

Die leugenachtige woorden, zo overtuigend uitgesproken, waren als een donderslag bij heldere hemel bij haar naar binnen geslagen. Sprakeloos had ze hem aangestaard. Hoe kon hij zo liegen? Het was zelfs in het nieuws geweest. Op de tv. Iedereen wist het, behalve hij blijkbaar.

6

Een schor en opdringerig grasmaaiergeluid galmde door het stille huis. Het was iets over halfzes. Thijs was het bijna vergeten. Hoe beter de buurt, hoe meer groen. De plantsoenen rondom het hofje van zijn oude huis vroegen hier blijkbaar eerder om een maaibeurt dan die in de achterstandswijk waar hij tegenwoordig woonde. Nog een halfuurtje en dan is het stil, wist Thijs, die klaarwakker naar het plafond lag te staren. De mannen op de grasmaaiers zouden dan klaar zijn met hun irritante rondjes. Hij besloot daar niet op te wachten. Geradbraakt kwam hij overeind.

Sinds zijn noodgedwongen komst hiernaartoe maakte het vroege ochtendkabaal van de afgelopen dagen hem nog onrustiger dan hij al was. Niet alleen was zijn nachtrust verstoord, ook de aanhoudende hitte hield hem dusdanig uit de slaap dat zijn brein nog nauwelijks in staat was om helder te denken.

Ontsnapt aan de herrie in de logeerkamer, hing hij nu wazig en duf aan de grote eettafel. De plek waar ze vroeger zo genoeglijk met het hele gezin hadden zitten ontbijten. Hij voelde hoe de leren stoelzitting zich aan zijn benen vastzoog. Hij wist nog dat ze bij de aanschaf van de stoelen niet hadden kunnen beslissen over de kleur. Zijn ex wilde een witte bekleding, hij liever zwart. Ze besloten voor beide opties te gaan.

De laatste slok van zijn derde beker koffie gleed naar binnen. Hij smakte een crackertje weg en probeerde zich op de krant van gisteravond te concentreren. Komkommertijd. Een paar vage artikelen over het aanhoudende strandweer, de niet aan te slepen airco's die men opeens en masse was gaan aanschaffen, en de zoektocht naar de moordenaar van Mies van Rossum.

In één klap zat Thijs rechtop in zijn stoel. Driftig schoof hij de krant opzij, op zoek naar zijn mobiel. Hoe kon hij dat vergeten zijn? Hij moest zo snel mogelijk de garage bellen. Die krassen moesten voor het einde van de week nog uit de auto worden gehaald. Het zou wel eens een lieve duit kunnen gaan kosten, dacht hij, maar als hij het slim speelde, zou de verzekering het wel dekken. God, wat baalde hij. Gek werd hij van al dit geregel. Hij had het gehad. Zenuwachtig zocht hij de tafel af.

Buiten klonk het geluid van de motormaaier nu vervaarlijk dichtbij. Een geur van pasgemaaid gras woei door het openstaande keukenraam naar binnen. Nergens was zijn telefoon te vinden. Waar was dat ding? Met het vaste toestel van zijn ex wilde hij niet bellen. Stel dat ze daarachter komen, dacht hij. Alles wordt tegenwoordig gecheckt. Met nog meer drift haalde hij de kamer overhoop. Toen hij het apparaat uiteindelijk had gevonden, bleek de batterij leeg. De oplader lag nog thuis. Uitgeput liet hij zich op de bank vallen.

De gore smaak van ongepoetste tanden kleefde aan zijn tong, zijn halflange haar plakte vet tegen de kraag van zijn polo. Hij rook onder zijn zweterige oksels; een bad zou geen verspilling zijn.

'Ik ben een arme, in de steek gelaten vent die recht heeft op een lekker wijf dat van hem houdt,' mompelde hij ontredderd voor zich uit. Vandaag moest er iets gebeuren! De afgelopen dagen van eenzame opsluiting werden hem te machtig. Wilde hij niet doorslaan, dan moest hij vandaag tot actie overgaan.

Hij zou zich opknappen, thuis schone kleren ophalen, zijn telefoon opladen, de garage bellen en dan... Ja, wat dan? Waar moest hij heen?

De meeste vrienden waren met hun gezin op vakantie. Bovendien waren dat ook weer vrienden van zijn ex. Ze zagen hem aankomen. Wat moest hij zeggen? Dat hij half overspannen was omdat hij verdacht zou worden van moord op zijn buurvrouw? Hoeveel waren er inmiddels op de hoogte van zijn haat jegens dat mens? Had hij dat ooit bij iemand kenbaar gemaakt? Er per ongeluk uitgeflapt?

De kinderen wisten het. Zij wel. De laatste keer dat ze bij hem waren, hadden ze nog gezegd dat hij zich niet zo over haar moest opwinden. Ook hadden ze geklaagd over zijn vuile huis, en dat ze daarom liever niet meer wilden blijven slapen. Nee, zelfs in de ogen van zijn kinderen was hij een rancuneuze viespeuk geworden. Een dronkenlap. Een gefrustreerde idioot. Wat een verschil met die kerel van de hoek met wie hun moeder sliep, dat was nog eens een toffe gast! Zijn bloedeigen kinderen. Wat moest hij doen?

Een betere aanleiding dan zijn eigen misère kon er niet zijn. Vanaf nu ging het roer om. En terwijl hij dat besluit nam, spookte opeens dat rooie grietje weer door zijn hoofd.

7

'Hé, kijk uit!' Britt greep naar het stuur van haar kleine auto. 'Rechts houden!' Meteen slingerde het kleine voertuig naar de rechterstrook van de rotonde.

Ronnie keek verschrikt opzij. Een SUV scheerde rakelings langs hen heen, bijna was het verduisterde bakbeest door Ronnies portier naar binnen gereden.

'Godallemachtig, man, je rijdt toch niet zomaar een rotonde op!' gilde Britt. 'Weet je zeker dat je je rijbewijs hebt?'

Ronnies lange benen drukten gespannen tegen het kleine stuur. Nerveus schakelde hij terug en remde af. Hij kende de dreven van Almere, het waren er veel. Maar tot nog toe was hij er voornamelijk onderdoor gefietst.

Als hij aan haar toegaf, was hij verloren. Hij had haar vanochtend al onderschat, hij zou beter moeten opletten wilde hij slagen als rechercheur.

'Volgens de TomTom moeten we hier links aanhouden.' Stoïcijns wees Ronnie naar het navigatiesysteem.

'Oké, maar dan kijk je dit keer eerst in je spiegel of er niks naast of achter je zit dat wil inhalen, oké?!'

Door de plotselinge beweging schoot er een pijnscheut door Britts been. Haar hart bonsde nog na van de schrik. Een paar losgeraakte haren stak ze snel achter haar oor. Liever had ze zelf gereden, maar met dat been was dat onmogelijk. Ondanks de hoge dosis ibuprofen die ze had geslikt, was nu ook de bonkende druk van de kater terug. Ze had de pijn niet willen voelen gisteravond. Drank verdooft alles. Eenzaamheid, liefdesverdriet, vermoeidheid en gehechte kuiten. De ellende begint pas de volgende dag. Toch was ze niet iemand die zich snel liet kennen, ''s avonds een vent, 's ochtends een vent' was het drinkmotto van het korps. En ook al voelde ze zich in geen enkel opzicht een vent, ze had zich tot nog toe prima staande weten te houden. Vandaar dat ze vanochtend op eigen kracht hinkend naar het bureau was gestrompeld.

Nooit verschool ze zich achter haar vrouw-zijn. Geen man hoefde te weten wanneer ze ongesteld was, slecht geslapen had of aan een barstende koppijn leed. Hoofd omhoog en voor niemand bang; het hoorde bij haar professie.

Behalve op de schietbaan. Dan leek er iets in haar te breken. Haar vrouwelijke kant zat haar dan danig in de weg. Schieten beangstigde haar. Hoewel het volkomen in strijd was met elkaar, vermoedde ze dat het kwam omdat ze altijd raak schoot. Bij iedere verplichte IBT-training slaagde ze met glans voor de schiettoets. En juist die nauwkeurigheid waarmee ze haar wapen de baas was, die haar zekerheid en houvast zou moeten geven, maakte haar vaak onzeker. Het laatste waar ze aan moest denken was dat ze in een situatie zou belanden waarbij ze iemand een voltreffer moest geven. Eentje met dodelijke afloop.

'We zijn er, baas.'

Britt keek geërgerd opzij. Baas. Daar gaan we weer, verzuchtte ze inwendig, maar ze zei niets.

Ronnie draaide de auto een lege parkeerplaats voor een basketbalpleintje op. Bijna raakte hij een zonnende kat. Het dier sprong nog net op tijd weg. Achter het hoge basketbalhek stond een groepje jongens nieuwsgierig te kijken. Britt tuurde ongemakkelijk voor zich uit. De naargeestige omgeving, waar zwerfvuil en schotelantennes het straatbeeld bepaalden, had nog het meest weg van een plek die ze kende uit de Bijlmer. Geen lekker buurtje om 's avonds te verdwalen.

'Oké, wat gaan we hier doen?' Ronnie had zijn lange benen zo snel mogelijk uit de benarde ruimte bevrijd. Met overdreven grote passen liep hij om de auto heen. Toen hij zijn bezwete handen aan zijn jeans had afgeveegd, stak hij een stuk kauwgom in zijn mond.

'We gaan eerst een kijkje nemen op het adres van ons slachtoffer,' zei Britt kalm terwijl ze zich zo goed en zo kwaad ze kon uit de auto wurmde. Het vreemde onrustgevoel dat samenhing met de groep die haar vanachter het hek stond te begluren, probeerde ze weg te drukken door haar zonnebril voor haar ogen te schuiven en zich te concentreren op het dossier dat ze uit haar tas had gepakt. Hardop somde ze een aantal feiten op.

'We weten uit getuigenverklaringen dat het om een zekere Mies van Rossum gaat. We hebben bandensporen – vermoedelijk van een scooter – en voetafdrukken in de buurt van het lichaam gevonden. De diepste afdrukken waren van een forse schoenmaat. Even kijken...' Voordat ze verder las, draaide ze het papier om. Toen ze opkeek, zag ze dat Ronnie al was doorgelopen. 'O, wat moet ik toch met hem?' verzuchtte ze opnieuw toen ze mank achter hem aan hobbelde.

De rij eengezinswoningen waar de vrouw had gewoond lag tegenover een rij lage flats. Naast de vertrouwde droogrekken waaraan wasgoed wapperde, hadden sommige balkons – in tegenstelling tot de voortuinen van de eengezinswoningen, die stuk voor stuk betegeld waren – plantenbakken. Vanaf een van de balkons zat onophoudelijk een hond te blaffen en vanuit een open raam daarboven klonk een donkere beatbas. Verder was het uitgestorven.

Bij het opgegeven adres stond Ronnie haar op te wachten. Nerveus kauwend wees hij naar de voordeur. Britt deed net of ze hem niet zag. Met haar stijve been maar met rechte schouders zwalkte ze halfinvalide naar hem toe. Ze zag hoe hij behendig over het tuinhekje stapte en zich daarna meteen bukte. Het leek alsof hij iets van zich af probeerde te slaan. Driftig trapte hij naar een rij kliko's. Toen Britt dichterbij kwam, zag ze hoe een schare miauwende katten om hem heen krioelde. Ze zagen er stuk voor stuk zeer hongerig uit.

Wat zullen we hier aantreffen, vroeg Britt zich nieuwsgierig af. En toen ze het hekje van de voortuin opende, moest ze onwillekeurig glimlachen om Ronnie, die overduidelijk niet van katten hield. Vloekend en tierend schopte hij met zijn puntige laarzen in het rond. De arme dieren schoten blazend weg.

'Hé! Laat die beesten met rust!' riep Britt, in een poging haar onstuimige collega tot de orde te roepen.

'Ze bijten me, baas,' riep Ronnie. Paniekerig draaide hij zich om. Hij keek angstig naar de grond.

Ach goh, dacht Britt, hij is bang. Deze spierbundel, die doorgaans herdershonden africht om criminelen te lijf te gaan, is bang voor katten. Weer moest ze in zichzelf lachen.

'Kom op, verman je een beetje,' hoorde ze zichzelf zeggen. Ze gaf Ronnie een duwtje in zijn rug en liep op de voordeur af.

'Waarom bellen we eigenlijk aan?' vroeg hij opeens heel bijdehand toen Britt op de bel drukte. Nu de katten waren verdwenen durfde hij weer. 'We weten toch dat degene die open had moeten doen dood is?'

'Omdat we niet weten of er nog iemand anders in dit huis woont,' zei Britt terwijl ze voor de tweede maal aanbelde. Ze keek om zich heen. Alle ramen in de straat waren geblindeerd tegen de zon. Geen peperdure zonneschermen, luiken of markiezen zoals in haar eigen buurt, maar verschoten overgordijnen of halfvergaan Xenos-riet dat hier de zon moest tegenhouden.

Behalve bij het naastgelegen huis. Daar hingen oude vitrages. Ze leken simpelweg vastgeprikt met punaises en ze zaten onder de vlekken. De nylon stof reikte tot net boven een zestal lege en halflege olijfolieflessen en conservenblikken. Stoffig en vet stonden ze in de vensterbank.

'Gaan we nog tot actie over?' vroeg Ronnie haast trappelend

van ongeduld. De hakken van zijn laarzen tikten driftig op de stoeptegels.

Zenuwlijder, dacht Britt terwijl ze aan de voordeur voelde. Wilden ze hier naar binnen, dan zouden ze het achterom moeten proberen. Ze zocht naar een pad dat naar de achterkant van de huizen liep. Nergens viel iets te bespeuren. Toen ze zich iets te snel omdraaide, voelde ze opnieuw haar been trekken, veel lopen zat er niet in. Ze keek naar Ronnie, die met zijn rug naar haar toe nerveus heen en weer stond te wippen. Gedachteloos greep hij in zijn kruis. Dat obscene gebaar gaf voor Britt de doorslag.

'Zeg, Ron, als jij nou eens uitzoekt hoe we hier achterom naar binnen kunnen komen,' zei ze, terwijl ze in haar tas naar het huiszoekingsbevel zocht. 'Mocht je iemand tegen het lijf lopen, laat dit dan zien; ik wacht hier op je, oké?' vervolgde ze terwijl ze hem het formulier overhandigde.

Ronnie stoof weg. De adrenaline die al vanaf de eerste kennismaking met de katten door zijn lijf joeg, leek hem nu goed van pas te komen. Britt slaakte een zucht van verlichting; mooi, daar was ze even van verlost. Terwijl ze opzij keek, meende ze achter de vastgeprikte vitrages van het naastgelegen huis iets te zien bewegen. Zonder te aarzelen liep ze het eveneens betegelde voortuintje in en belde aan.

Er werd niet gereageerd. Nogmaals belde ze, harder en langer dit keer. Ze wist bijna zeker dat ze iemand had gezien. Ze opende de brievenbus en riep: 'Politie! Kunt u opendoen?'

Nog steeds niets. Geen enkel geluid.

Pas toen ze op het raam bonsde en naar binnen gluurde, bleek dat de bewoner te alarmeren. Ze hoorde een deur slaan en iemand naar de voordeur sloffen. Twee sloten werden opzijgeschoven, een stevige man met halflang, donker haar keek argwanend om de hoek van de deur.

'Recherche,' zei Britt en ze liet haar politiepenning zien. 'Kan ik u een paar vragen stellen?'

'Waarover?' vroeg de man wantrouwig.

'Over uw buurvrouw. Ze is hier vorige week bij een van de strandjes dood aangetroffen. Misschien kent u haar?'

'Ik heb geen contact met mijn buren,' antwoordde de man nors.

'Maar wellicht dat u toch een paar standaardvragen kunt beantwoorden?' vroeg Britt dwingend. Ze kreeg de indruk dat deze man loog.

'Ik moet zo weg,' vervolgde hij op dezelfde barse toon.

'Het hoeft niet lang te duren.' Zachtjes maar resoluut drukte Britt tegen de deur.

'Goed, goed.' Met tegenzin werd de deur voor haar geopend. Meteen bereikte een vreemde stank haar neusgaten. Waar had ze deze lucht eerder geroken?

8

Hij had geprobeerd niet al te opgelucht te klinken, maar iets van vreugde moest in zijn stem te horen zijn geweest. Gonnie had net als de vorige keer kortaf gereageerd. Ze had niet veel zin gehad om uitgebreid op zijn telefoontje in te gaan, ze zaten aan hun ontbijtje, had ze gezegd. Joop vond het allang prima, met een smakkend kusgeluid had hij afscheid van haar genomen.

Hij was vrij! Hij danste van vreugde door de kamer. Als de eerste de beste puber die een avondje alleen thuis zat, zocht hij een lekker cd'tje uit. Iets nostalgisch moest het zijn. Iets waar de jongens om zouden moeten lachen. 'Pa zet weer zo'n zeikerig deuntje op,' zouden ze zeggen. Hij lachte. Alles in hem juichte van plezier.

Zodra het orkest dat Charles Trenet begeleidde door de woonkamer schalde, maakte Joop een diepe buiging voor zijn denkbeeldige danspartner. Hij nam haar in zijn armen en begon zwoel te zingen: 'La mer...'

Licht als de zomerse dag walste hij met zijn schone door de woonkamer. Toen een motorbootje vanaf het water erdoorheen begon te knetteren, zette Joop de muziek nog een tikkeltje harder. God, wat voelde hij zich opgetogen! Hij was voorgoed van die feeks verlost.

Bij het horen van zijn geliefde Franse klanken moest hij weer terugdenken aan de afgelopen vakantie. Wat een ramp was dat geweest! En niet alleen omdat het weer omsloeg, maar meer omdat hij zelf met zijn humeur de sfeer verziekt had. Tuurlijk, zijn gezin wist dat hij zo nu en dan korzelig kon zijn, niemand nam hem dat kwalijk. Pa staat onder druk, laat hem maar, was de regel. Maar dit keer… Arme jongens en arme Gon, dacht hij. Ze moesten eens weten wat hij allemaal op het spel had gezet.

Hij zou het goedmaken. Niemand hoefde te weten om hoeveel geld het ging. Hij zou de rekeningen aangezuiverd hebben nog voordat Gon er iets van merkte. Misschien dat hij zijn pensioenpotje nog een keer moest aanspreken en wellicht kon hij een paar aandelen verkopen. Hoe dan ook, hij wilde niet dat zijn gezin aan de weet zou komen hoe ernstig hij in de problemen was geraakt.

Zijn zelfverzekerde levenshouding, zijn trotse en arrogante tred, alles wat zijn charmante ego hem doorgaans schonk, sijpelde langzaam terug door zijn bloedbaan. Nogmaals draaide hij een pirouette. Weer zwierde hij met zijn denkbeeldige danspartner naar een andere hoek van de kamer. De muziek zweepte hem op, deed hem zingen en dansen. Meer en meer. Net zolang totdat hij hijgend en zwetend op de koelkast afdook. Wat maakte het uit, ook al was het nog vroeg: hij had iets te vieren. Die flessen champagne lagen daar niet voor niets.

Doezelig en aangeschoten lag hij niet veel later in zijn hangmat in de tuin. Dromerig tuurde hij over het water. Hij zou haar bellen. Ook zij mocht weten dat het was afgelopen met de chantage. Als ze beloofde hem niet te claimen, dan zouden ze nog een heel leuke tijd tegemoet gaan. Hij wist hoe hij haar moest paaien. Het was zo'n heerlijk onnozel ding, hij zag die lichte, glanzende ogen voor zich. Duizenden kusjes zou hij haar geven op dat sproetenlijf. Hij zou haar likken, strelen en nemen zoals ze nog nooit was genomen.

Die gedachte wond hem op. Zijn erectie vroeg om een klein uitstapje, even dan, hij was een vrij man. Vanaf vandaag kon hij weer net zo veel reisjes maken over het web als hij wou. Het was zo onschuldig. Hadden Gonnie en de jongens er ooit last van gehad? Zonder die stomme kattenoppas was er geen vuiltje aan de lucht geweest.

Alle usb-sticks lagen nu veilig in de kluis op zijn kamer. Net als dat kutsleuteltje dat hij het afgelopen jaar als een blok aan zijn been had meegesjouwd.

Wie hem deze dienst bewezen had, wist hij niet, wel kon hij zich voorstellen dat iemand anders een soortgelijk motief kon hebben om haar uit de weg te ruimen. Goden gedankt, wat was hij opgelucht. Het kwaad was uiteindelijk toch nog bestraft.

Wat zal ik eens gaan doen, dacht hij terwijl hij het laatste slokje champagne uit zijn glas dronk. Eerst mijn liefje bellen, of Roosje met een vriendinnetje laten spelen?

De beschonken toestand waarin hij verkeerde, het gemak waarmee zijn hand in zijn onderbroek gleed en de spanning in zijn pik deden hem besluiten voor het laatste te gaan.

9

Met fikse tegenzin opende Thijs voor Britt de deur die naar de woonkamer leidde. Eenmaal aan de duisternis van de kamer gewend, nam Britt snel de ruimte in zich op. Een grote uitgewoonde bank die bezaaid lag met kranten, domineerde de hokkige ruimte. Britt besloot plaats te nemen aan de eettafel.

Zuchtend knipte Thijs het licht boven de tafel aan. Twee borden met groen uitgeslagen etensresten lichtten op voor de neus van Britt. Twee idem koffiebekers stonden ernaast.

Thijs volgde Britts blik, pakte de bekers op en vroeg of ze koffie wilde.

Britt bedankte beleefd en trok een blocnote uit haar tas. Een draad van rode wol had zich eromheen gewikkeld en rolde mee naar buiten. Terwijl ze zo ongemerkt mogelijk de wol van haar breiwerk terugfrommelde in haar tas, viel haar oog op twee lichte plekken op het tafelblad. De rest van de tafel was bedekt met een dikke laag stof.

Je hoefde geen Sherlock Holmes te zijn om te zien dat hier kortgeleden nog twee grote voorwerpen hadden gestaan.

'Hebt u toevallig huisdieren?' begon ze, omdat ze opeens de stank in de woning meende te herkennen. Het deed haar denken aan haar bezoekje aan de Regenboogbuurt, toen ze die dooie Perzen had gevonden.

'Hoezo?' vroeg Thijs oprecht verbaasd. Hier was hij niet op voorbereid, waar wilde dit mokkel heen? Hij had gedacht hier even snel wat spullen te kunnen ophalen. Dat die twee dienders opeens voor zijn deur stonden was het laatste waar hij trek in had. Waar was die andere gast eigenlijk gebleven?

'Uw buurvrouw was kattenoppas, er zijn de afgelopen dagen nogal wat dooie katten gevonden. Het is misschien toeval, en ik kan het me natuurlijk verbeelden, maar mist u een kat?'

Met grote ogen keek Thijs naar Britt. 'Ik begrijp niet waar je het over hebt!'

'Ruikt u dan niets?' ging Britt kalm door.

Waar kakelt dat mens toch over, dacht Thijs geërgerd. Hij kreeg het warm. Hij had totaal geen zin in deze ondervraging. Stel de normale doorsneevragen en hou op met dit gewauwel, zou hij willen zeggen. In plaats daarvan zei hij: 'Nee, ik ruik niets!'

'Vindt u het goed als ik even rondkijk?' Britt stond op en liep in de richting van de keuken.

'Ga je gang,' antwoordde Thijs schouderophalend. Nerveus schuifelde hij achter Britt aan. Wat moet ze daar, dacht hij. Wat kan ze vinden?

Britt opende de luxaflex voor de achterdeur. De tuin achter het huis zag er net zo verwaarloosd uit als de voortuin. Ook hier woekerde het onkruid flink tussen de stoeptegels.

De stank die ze rook kwam duidelijk uit de buurt van wat ooit een keukenblok was geweest. De constructie hing scheef en uit haar voegen. Kennelijk was er iets zwaars op gevallen. Ze wierp een blik boven de kookplaat, een plank met gietijzeren koekenpannen hing eveneens op halfelf.

'Kunt u dat even weghalen?' Britt wees op een deel van het ingezakte spaanplaat onder het keukenblok.

Thijs zuchtte luid. 'Waarom zou ik? Wat denk je daar te vinden?'

'Ik weet het niet, een dooie muis misschien... Of erger.'

'Ik heb hier geen tijd voor, ik ruik niks en dit is mijn huis, als je geen verdere vragen hebt, dan wil ik dat je nu vertrekt.'

'Wilt u liever dat ik kijk?' reageerde Britt kalm. Ze had een paar plastic handschoenen aangetrokken.

Mopperend deed Thijs wat er van hem gevraagd werd. Hoe eerder dat mens weg was, hoe beter. Met moeite haalde hij het obstakel waar ze op wees onder het keukenblok vandaan. Een stoffig, donker gat werd zichtbaar. Britt sloeg haar hand voor haar mond. De lijkenlucht die naar buiten kwam, benam haar de adem.

Ook Thijs moest nu voor zichzelf toegeven dat het wel erg stonk. Vlug haalde Britt een zaklampje uit haar kontzak. Meteen toen ze in het gat scheen, ontdekte ze het dode dier.

'Er ligt een kat,' sprak ze koel, terwijl ze zich snel omdraaide vanwege de penetrante stank. 'Wist u dat niet?'

Verbijsterd staarde Thijs naar de open plek onder het keukenblok. Shit, hoe kan dat, dacht hij. Het moet een van die krengen geweest zijn.

'Bent u een tijdje niet thuis geweest? Was u soms op vakantie? Zorgde uw buurvrouw voor uw kat?' Britt probeerde de blik van Thijs vast te houden. Maar zijn ogen rolden zenuwachtig heen en weer.

'Dit is niet mijn kat,' antwoordde hij.

'Als dit niet uw kat is, hoe komt hij hier dan binnen? En van wie is hij dan wel? En nogmaals, waar was ú dan?'

'Ik pas op het huis van mijn ex.' Eindelijk, dacht Thijs, nu kan ik mijn stukje opvoeren. Maar tegelijkertijd dacht hij: hoe ga ik het hardmaken van dat dooie beest? Koortsachtig zocht hij naar een verklaring. Als hij zou vertellen dat hij op de dag na de moord nog hier was, sterker nog, die katten van haar had binnengelaten, zouden er weldra andere vragen volgen. Vragen waar hij nu geen antwoord op had. Hij voelde hoe het klamme zweet over zijn rug liep. Weer zag hij dat naakte lichaam in die plas bloed voor zich opdoemen. Weer voelde hij dat bloed aan zijn schoenzolen kleven.

'Waar is dat huis van uw ex?' vroeg Britt, die nu werd afgeleid door haar rinkelende telefoon. Het was Ronnie. Hij vroeg waar ze was gebleven. Hij stond in de achtertuin van het slachtoffer, er was een raampje van de achterdeur ingeslagen, iemand had daar ingebroken. 'Wil je dat ik de technische recherche bel,' vroeg hij, 'of kom je eerst zelf kijken?'

Britt wierp een blik op de transpirerende man voor haar. Zijn donkere ogen gingen nog steeds onrustig heen en weer. Nerveus schoof hij een haarlok achter zijn oor.

'Was u thuis toen er hiernaast werd ingebroken?' vroeg Britt.

10

Hoewel de middag nog maar net was begonnen, sloeg Ans al de laatste slok van haar vierde flesje bier achterover. Verlekkerd gluurde ze vanachter haar zonnebril naar de vrouw op het bedje naast haar.

Gonnie deed een dutje. Ze had zich op haar buik gedraaid. Als een sluier vielen haar sluike lokken over haar rechterarm, die ze nonchalant onder haar hoofd had gelegd. Haar gebruinde benen, waar geen einde aan leek te komen, staken uitdagend uit haar roomwitte badpak. Het badpak zag er nogal artistiekerig uit, vond Ans. Er zaten kleine zwarte friemeltjes in. Het stond haar goed. Waarschijnlijk staat alles haar goed, dacht ze, terwijl ze voor de vierde keer haar blik over de smalle heupen van Gonnie liet glijden.

Sinds Ans op een ochtend bij de GGD in Almere met Gonnie had kennisgemaakt, was ze verkocht. Aanvankelijk had ze nog geprobeerd het te negeren en niet toe te geven aan die onnozele gevoelens van verliefdheid. Maar hoe ze ook haar best deed, het lukte haar niet.

Gonnie bleek getrouwd met die eikel van een Joop. Ans kende hem al voor ze Gonnie ontmoette. Een rokkenjager was het. Ze had een paar keer met hem te maken gehad. Veel van de aan alcohol of drugs verslaafde jongeren werden doorverwezen naar een neuroloog. Zo veel keus was er niet in Almere en wat dat aanging was het net een dorp, wist Ans, binnen de gezondheidszorg kende je algauw al je collega's.

Een aantal van de probleemgevallen – vooral jonge meisjes – had te kennen gegeven niet meer terug te willen naar deze arts. Als Ans hun dan vroeg wat er met hem mis was, trokken ze steevast een muur van stilzwijgen op. De stakkers waren zo afhankelijk van instellingen dat ze liever zwegen over wat hun was overkomen dan dat ze Joop zouden aanklagen. Want Ans was ervan overtuigd dat hij in alle gevallen zijn handen niet had kunnen thuishouden.

Ze had het hem altijd nog eens op de man af willen vragen. Tot nog toe was het er niet van gekomen. Zeker nu ze haar verliefde oog op Gonnie had laten vallen, hield ze zich liever gedeisd. Wie weet, had ze gedacht, komt zijn verborgen seksuele kant me nog wel een keer van pas.

Nu lag ze hier naast dat fraaie schepsel. De laatste keer dat ze het zo te pakken had gehad was bij Fleur. Ach, dacht Ans, aan de schoonheid van Fleur kan Gon nooit tippen, maar daarentegen bood een vrouw van Gonnies leeftijd veel meer perspectief. Vooral seksueel had Ans hoge verwachtingen van Gonnie. Dat ze ooit die scheet van een Fleur in huis had genomen mocht dan in de ogen van haar vriendinnen zeer benijdenswaardig zijn, het lammetje liet zich met geen vinger aanraken.

Dat zou met Gon wel eens heel anders kunnen uitpakken, dacht Ans verlangend, en ze verheugde zich op de komende dagen. Want nee, ze verbeeldde het zich niet. De liefde was wederzijds. Gon moest het alleen nog bij zichzelf toelaten. Waarom zou ze anders zo gretig hebben gehapt bij de uitnodiging om mee te gaan naar Bergen? En waarom zou ze anders het afgelopen halfjaar zo vaak Ans' gezelschap opgezocht hebben? Een avondje sauna, een opera-abonnementje, lekker eten bij restaurantjes met een ster, voor Ans was het een genot te merken dat Gon net als zij niet vies was van het goeie leven.

Stel het wordt echt iets met Gon, mijmerde ze verder, dan zou ze zo bij me kunnen intrekken. Ze woonde dan lekker in de buurt van haar zonen, die uiteraard bij Joop bleven – want kinderen, daar had Ans absoluut geen trek in – en op fietsafstand van haar werk.

Hoe serieuzer ze dit overwoog, hoe zekerder ze werd. Komende week zou ze het voorzichtig bij Fleur aankaarten. Dan kon die alvast aan het idee wennen dat ze meteen na haar afstuderen toch echt een eigen stekje moest gaan zoeken. Het was mooi geweest. Ieder kind moest een keer de vleugels uitslaan.

Tijd voor een nieuwe vrouw in mijn leven, dacht Ans zelfgenoegzaam. Misschien volgend jaar zomer al. Gon en ik. Heerlijke lange weekenden samen. Een spannende opera aan, drankje erbij, een avondje voor de tv hangen, *Zomergasten* kijken en daarna de seksspeeltjes tevoorschijn halen... Hm, dat leek haar wel wat.

Tevreden wreef ze over haar bolle buik. Eén biertje zou er nog wel in gaan. En voordat ze de jongen van de bediening riep, liet ze heel even, heel zacht en uiterst delicaat, haar vingertoppen over de warme huid van Gonnie glijden.

11

Fleur had zich in haar kamer teruggetrokken. De beste remedie tegen verdriet was studeren, wist ze. Sinds dat vreselijke ongeluk uit haar jeugd had één ding haar altijd op de been gehouden: zo hard mogelijk werken.

Na de dood van haar ouders belandde ze meteen op het internaat. Kinderen die hun ouders vermoorden deugen niet, vond men. Vooral kinderen die niet over verdriet leken te beschikken, gewetenloos waren, zoals de psychiaters haar indertijd hadden gediagnosticeerd omdat ze weigerde te praten. Bijna een jaar lang had ze apathisch voor zich uit zitten staren. Van de ene op de andere dag had ze geen woord meer kunnen uitbrengen. Haar spraakvermogen was weg, terwijl haar brein maar doordraaide. Telkens als ze iets wilde zeggen, leek iedere klank uit haar mond te verstommen. Steeds hoorde ze haar moeder gillen en zag ze haar vader bebloed op de vloer liggen. Ze kon niet geloven dat het door haar kwam. Dat zij dat gedaan had. Dat het haar schuld was dat haar ouders waren overleden. Het was per ongeluk gegaan. Zo had ze het niet bedoeld, ze hield van haar ouders.

En toen opeens, net zo plotseling als de spraak was verdwenen, kwam hij vanzelf weer terug. Een van de kinderen uit haar groep was bezig een kikker op te blazen. De andere kinderen stonden eromheen. Ze lachten en joelden om het leed van het dier. Het voorval greep Fleur zo aan dat haar stem spontaan terugkwam. Ze had zo hard en zo intens 'Nee!!' gegild dat de leiding onmiddellijk op het gekrijs was afgekomen. Weer veronderstelde men dat ze gestoord was. Twee dagen lang werd ze in alle eenzaamheid opgesloten. Om bij te komen, had men gezegd.

Hoe verkeerd kun je iemand beoordelen, dacht Fleur nu. Hoe kun je een kind van amper negen jaar oud opsluiten tussen idioten en moeilijk opvoedbare kinderen? Waarom zag men toen niet in dat ze slechts een verlegen, eenzelvig en afstandelijk kind was? Een kind dat het liefst in haar eigen droomwereld vertoefde. Een kind dat probeerde te vergeten wat er met haar ouders was gebeurd.

Pas veel later, toen het een nieuwe leerkracht was opgevallen dat ze een grote honger naar kennis bezat, bedacht iemand dat ze wel eens hoogbegaafd kon zijn en werd haar afzondering van de groep opeens positief beoordeeld.

Vanaf dat moment mocht ze een klas overslaan, haalde ze in no time haar gymnasiumdiploma en kon ze – mede dankzij Ans – meteen biologie gaan studeren. Vanaf die tijd leefde ze op, vielen de dingen op hun plek.

Nog weer later zag ze de film *Microcosmos* en was ze verkocht. Dat was het moment waarop ze besloot voor haar slakken te kiezen. De scène 'L'amour des escargots', waarbij twee naaktslakken elkaar het hof maken, zette zich vast op Fleurs netvlies. Het mooie, ontroerende en vooral trage aftasten van de twee weekdieren gaf haar de zekerheid dat echte liefde bestond. Zo zal ik ooit mijn geliefde beminnen, had ze toen gedacht. Ik zal mezelf aan hem geven, en net als deze hermafrodieten zal ik met hem versmelten.

Vorig jaar gebeurde het, ontmoette ze hem en werd haar wens vervuld. Lieflijk en traag, als in de paringsdans bij haar slakken, had hij haar hart veroverd. En ja, ze waren samen versmolten. En dit voorjaar was ze zwanger geraakt.

Waarom loog hij over die chantage? Hoe kon hij doen alsof die vrouw nog in leven was terwijl heel Almere wist dat ze vermoord was? Wat had hij te verbergen? Met haar hoofd vol vragen had ze naar hem staan staren. Ieder woord was blijven steken in haar keel. Dat was de reden waarom ze ook haar heerlijke geheim niet met hem had kunnen delen. Ze had geprobeerd het weg te drukken en de avond zo normaal mogelijk te laten verlopen. Ze had gehoopt dat hij er later wel op zou terugkomen. Hij deed het niet. Die afschuwelijke leugenachtigheid van hem had de afgelopen nacht constant door haar hoofd gespookt. Haar half tot waanzin gedreven.

Glazig staarde ze naar de nietszeggende letters in het biologieboek voor haar op tafel. Een hoge snik verliet haar keel. Plotseling sloeg ze het boek dicht en smeet het door de kamer. Haar hart bonkte wild in haar lijf. Het was nog niet te laat. Ze moest hem spreken en wel zo snel mogelijk. Met die leugens moest worden afgerekend. De waarheid, daar draaide het om. Ze stoof de trap af, pakte de telefoon en toetste zijn nummer in.

12

Hij was deze ondervraging meer dan zat. Woedend draaide Thijs zich om, hij vroeg zich zelfs af of hij hieraan nog langer wilde meewerken. Was het niet zo dat hij het recht had om te zwijgen? Hoorde dit vrouwmens hem daar niet op te wijzen? Hij kende dat uit films, dan vroeg men steevast om een advocaat. Wie zou hij moeten vragen? Hij kende alleen de advocaat van zijn scheiding. Dat was nou niet bepaald een toegankelijk persoon geweest. Het was een vrouw, en over het algemeen vond Thijs dat dergelijke beroepen beter bij een man pasten.

Die vrouw was dan ook niet zijn eigen keus geweest, zijn ex was met haar op de proppen gekomen. Het zou goedkoper zijn als ze hun scheiding door één advocaat lieten regelen, had ze toen tegen hem gezegd. Hij was veel te aangeslagen geweest om te weigeren. Aanvankelijk had hij nog gedacht dat het om een bevlieging ging, ze had zo haar nukken, hij kende haar. Meestal trok het vanzelf weer bij. Maar dit keer waaide de amoureuze opwelling niet over. Dat was de reden waarom hij uiteindelijk voor de goedkoopste oplossing had gekozen.

'Ik krijg de indruk dat u meer weet dan u wilt loslaten, klopt dat?' Britt probeerde de aandacht van de zwetende man tegenover haar vast te houden. Ze vond hem op zijn minst vreemd reageren. Hoe kun je zomaar ontkennen dat je een kat hebt, vroeg ze zich af. Misschien leed hij aan een vorm van alzheimer. Ze zou het over een andere boeg kunnen gooien.

'Vindt u het goed dat ik nog even ga zitten?' vroeg ze en ze nam plaats aan de eettafel.

Thijs antwoordde niet. Hij staarde naar het gat in het keukenblok. Smerige kutkat, dacht hij, hoe krijg ik dat dooie loeder hier weg?

'U hoeft uiteraard niet te antwoorden, maar aangezien u naast het slachtoffer woont, proberen we zo veel mogelijk relevante informatie te verzamelen. De meeste mensen weten niet half hoe belangrijk hun informatie kan zijn bij een politieonderzoek. Heus, we zullen heel discreet met uw verhaal omgaan.'

'Ik heb geen verhaal,' bromde Thijs vanuit de keuken. Hij had besloten dat de kat in een vuilniszak moest. Hij opende een voor een de keukenladen. Nergens vond hij zakken.

Britt dacht na, hoe kreeg ze van deze man informatie los? 'Wilt u niet even hier komen zitten? Dat praat wat makkelijker,' begon ze. 'Weet u toevallig of uw buurvrouw een rode scooter bezat?'

'Geen idee,' loog Thijs. Hoe lang hou ik dit nog vol, dacht hij, terwijl zijn handen zenuwachtig de bodem van het keukenkastje aftastten op zoek naar een plastic zak. Misschien moet ik mijn riedeltje gaan afdraaien, dacht hij, dan snoer ik haar meteen de mond en lijkt het net alsof ik meewerk.

'Goed, goed, ik kom al!' riep hij toen hij Britt weer hoorde opstaan.

Dit magere en mank lopende wicht kon hij met gemak aan. Achteloos trok hij een keukenstoel met zich mee naar de tafel. Recht tegenover Britt nam hij plaats. Terwijl zijn donkere ogen haar brutaal opnamen, blies hij het stof van de tafel.

Britt deed net alsof de stofwolk haar niet deerde, ze greep naar haar pen en begon te schrijven.

'Uw naam?'

'Moet dat?'

'Nogmaals, het zijn standaardvragen, routine, meer niet. Ik

zou het zeer op prijs stellen als u wilt meewerken. Het is eenmalig, doorgaans hoeven we u daarna niet meer lastig te vallen, bovendien: door mee te werken laadt u geen verdenking op u,' verzon Britt.

'Thijs Vleugels.'

Na het formele gedeelte kwamen de vragen over de dag van de moord. Britt luisterde aandachtig toen Thijs begon te vertellen. Het viel haar op dat hij overal direct een antwoord op had, alsof hij de vragen van tevoren had kunnen doornemen.

Ja, hij was nog thuis geweest aan het einde van de dag en had zijn buurvrouw horen wegrijden op haar scooter. En ja, misschien was die toch wel rood, wist hij zich opeens te herinneren.

Britt kon haar tong wel afbijten toen ze vroeg of hem nog meer te binnen schoot wat hij net niet meer wist. Meteen stopte zijn spraakwaterval. Flets staarde hij langs haar heen. Er viel een doodse stilte. Hij scheen haar vergeten.

Vlug moedigde ze hem aan om zich vooral niet te laten afleiden. 'Gaat u gerust verder, vergeet die opmerking. Ik bedoelde er niets mee,' haastte ze zich te zeggen en ze sloeg een vel om van haar blocnote.

De stilte werd verbroken door gestommel uit het naastgelegen huis. Een deur sloeg dicht en een man vloekte luid. Zowel Britt als Thijs keek verstoord op.

'Mijn collega,' zei Britt vlug toen ze begreep dat Ronnie schijnbaar toch zonder haar toestemming het huis was binnengegaan.

Ze haalde haar schouders op en glimlachte. 'Waar waren we?' vroeg ze om de aandacht van Thijs vast te houden.

Zijn ogen focusten zich nu op de pen van Britt, aarzelend vervolgde hij zijn verhaal.

Het was vlak voordat hij naar het huis van zijn ex ging. Hij had gecheckt of de achterdeur op slot zat. Het gebeurde in een flits. Hij had hem per ongeluk even geopend. Net lang genoeg om een paar van háár – met een verongelijkt gezicht wees hij naar de muur waar zojuist het geluid vandaan was gekomen – katten bij hem naar binnen te zien glippen. Het gebeurde wel vaker. Hij had ze een keer te eten gegeven, vertelde hij. Zoiets onthouden dieren. Het was afschuwelijk dat er een was achtergebleven, als hij dat geweten had, dan... Hij schudde zijn hoofd en maakte een sisgeluid tussen zijn tanden, hij sprak over het voorval alsof hij het ten zeerste betreurde.

Britt vond hem een goeie toneelspeler. Deze man houdt niet van katten, hij houdt van niets en niemand. Het is een zonderling figuur die gefrustreerd is over zijn scheiding, dat zie je op een kilometer afstand, dacht ze.

'Goed, u weet dus niet met wie ze omging. Of ze veel bezoek kreeg, in onmin leefde met iemand, familie had, kinderen wellicht?' Gespannen wachtte Britt op zijn antwoord.

Weer siste Thijs, nogmaals schudde hij zijn hoofd, en net toen hij nog iets wilde zeggen, klonk er opeens een enorm kabaal vanachter de deur naar de tuin. Iemand schopte tegen de deur. Een hoog kattengekrijs volgde. Een vloekende mannenstem. Achter de geblindeerde deur van Thijs werd nu iets verschoven.

'Hé, baas, ben je daar nog?' Een bons op de deur. 'Doe eens open! Ik heb iets gevonden!' schreeuwde Ronnie.

13

Als het niet zo warm was geweest, hij niet zo aangeschoten was geraakt en het bericht uit de krant hem niet zo'n enorme boost had gegeven, had Joop zich misschien nog bedacht, maar dit keer ging hij zonder moeite een stap verder.

Roos: 'Je weet toch dat verlegen meisjes geen schijn van kans maken?'

Lisa: 'Nee, hoezo? Ik...'

Roos: 'Kom op dan. Je durft niet!'

Lisa: 'Welles!'

Roos: 'Hoe oud ben jij, zeg?!'

Lisa: 'Ouder dan je denkt, hoor.'

Roos: 'Wat wil je dan? Iedereen doet het al, alle meiden uit mijn klas.'

Lisa: 'Ik wil zien dat jij het ook doet. Kom op, zet je cam aan!'

Roos: 'Ik denk dat je gewoon niet durft, jij bent laf, laat maar...'

Lisa: 'Nee, wacht, kijk maar...'

Joop zag niets. Het hele beeldscherm werd in beslag genomen door een groot geel T-shirt. Gehaast probeerde het meisje waar hij naar keek het ding over haar hoofd te trekken. Haar paardenstaartje bleef steken in het gat van de hals. Zenuwachtig gaf ze een ruk aan het elastiekje dat het haar bij elkaar moest houden. Haar armen zaten klem. Joop hoorde haar gesmoord mopperen. Wild bewoog haar lichaam onder de gele stof. Toen haar hoofd eindelijk bevrijd was, viel er een zwarte waaier van kroeshaar langs haar donkere gezichtje.

Joop typte door.

Roos: 'Ga es wat verder weg staan.'

Schuchter keek het meisje achterom. Bang dat er iemand zou binnenkomen.

Roos: 'Zo ja. En nu, je weet wel...'

Het meisje bracht haar kleine donkere vingers naar haar schaamstreek. Onhandig schoof ze haar broekje omlaag. Verlegen staarde ze naar de webcam. De beelden waren schokkerig. Dit keer nam Joop de tijd. Hij had geen haast, hij kon er net zo lang over doen als hij zelf wou. Niemand die hem lastigviel, niemand die hem ooit nog zou chanteren. Opgewonden tikte hij verder.

Roos: 'Kom es effe dichterbij?'

Een arm werd nu zichtbaar. Een hand voor de lens.

Roos: 'Wat doe je nu?'

Het antwoord bleef uit. Het beeld viel weg. Kennelijk had iemand het meisje betrapt.

Meteen logde Joop uit. 'Goddomme,' vloekte hij. Geschrokken klikte hij op zijn muis om het opgeslagen beeld te kopiëren naar een stick. Het origineel werd meteen gewist. Hij had geleerd. Het serpent mocht dan dood zijn, niemand kreeg ooit nog de kans zijn heerlijke geheimen te delen. Vanaf nu lag alles veilig in de kluis.

Beneden rinkelde zijn mobiel. Vlug sloot hij het kluisje af, legde de sleutel erop en sjokte in zijn blootje de trap af. Zonder te kijken wie er belde, pakte hij de telefoon op. Aan de andere kant klonk eerst een diepe zucht, daarna een kort piepje en vervolgens werd de verbinding verbroken. Hm, dacht Joop, welke idioot probeert mij iets duidelijk te maken? Even aarzelde hij, maar niet lang. Niemand weet wie Roosje is, dacht hij grijnzend.

Zijn lijf plakte. Hij rekte zich uit. Eerst een douche, later misschien nog een dutje. Alles kon. Vanavond zou hij Fleur mee uit eten nemen. Hij kende een leuk nieuw restaurantje in Haven. Mooi aan het water gelegen. Hij en zijn liefje zouden alle tijd voor elkaar hebben. Oef, wat was hij toch een gezegend man. Hij was niet religieus, maar anders zou hij iemand daarboven kunnen bedanken voor al deze voorspoed.

Toen hij halverwege de trap was, rinkelde zijn mobiel opnieuw. Laat maar, dacht hij en hij stapte de badkamer binnen. Hij was vrij, het leven lachte hem toe.

14

Ze hoorde haar naam roepen. Vreemd ver weg klonk hij, die naam. Alsof hij niet van haar was, maar bij iemand anders hoorde. Nog meer geluiden. Waren het kinderen? Was het een van de jongens die haar riep? Nee, dat kon niet, die waren zeilen. Ze meende de stem van Ans te herkennen. Natuurlijk, ze was hier met Ans.

Gonnie opende haar ogen en voelde meteen dat ze zich niet kon bewegen. Alles aan haar lichaam zat op slot. Verstijfd lag ze op haar buik op het strandbedje. Haar hoofd lag in een pijnlijke knik. Haar nek zat vast. Daarom leek het natuurlijk alsof de stem van Ans uit een schoenendoos kwam. De doffe woorden die maar één kant van haar hoofd bereikten, suisden als wattenbollen door haar hoofd.

'Dit wordt mijn avond!' hoorde ze Ans opeens roepen. 'Ik trakteer!'

Gonnie probeerde haar hoofd op te tillen. Ze had heel diep geslapen. Met moeite kon ze haar arm onder haar hoofd vandaan halen. Eenmaal overeind gekomen zag ze op haar horloge dat het al tegen halfvijf liep.

'Godallemachtig!' riep ze geschrokken. En hoewel haar armen en handen nog natintelden van de slaap, probeerde ze zich toch verder omhoog te drukken. 'Poeh, ik heb lang liggen slapen, zeg,' verzuchtte ze verontschuldigend naar Ans.

'Geeft niks, schat, je hebt vakantie, geniet er nou maar van. Kijk naar mij, ik doe dat ook.' Zonder Gonnie aan te kijken speelde Ans met haar iPhone, ze rolde door het menu, draaide het apparaatje een halve slag en richtte het vervolgens op Gonnie, die zich loom uitstrekte.

Ze had niet door dat Ans haar filmde. Haar aandacht ging naar de lege bierflesjes in het zand. Jeminee, wat drinkt die vrouw veel, ging het door haar heen. Maar bij het zien van de lege flesjes voelde ze meteen haar eigen droge keel opspelen.

'Zal ik iets te drinken bestellen?' vroeg Ans terwijl ze doorfilmde.

'Graag, ja, sorry dat ik zo moe was,' zei Gonnie opnieuw met enige spijt in haar stem. Ze herinnerde zich haar uitval op het terras. 'Ik heb nogal slecht geslapen vannacht,' zei ze, in de hoop dat Ans dit als een excuus zou aanvaarden. Maar die scheen nergens mee te zitten.

'Heb ik je wakker gehouden?' vroeg ze.

'Tja, wat zal ik zeggen...' Gonnie wist niet of ze het wel moest aankaarten. Ans trakteerde haar op dit weekje, kon je dan wel zeuren over één slapeloze nacht? 'Je snurkt wel, moet ik zeggen, maar...'

'Weet ik toch, schat. Heus, je bent niet de eerste die me dat vertelt, hoor, wat denk jij?' Ans legde haar iPhone neer, wenkte driftig naar de bediening en stelde voor dat ze ieder een eigen kamer konden nemen.

Gonnie streek de zanderige pieken uit haar gezicht. Glimlachend zette ze haar zonnebril op en wierp een blik over het strand. Dat was heel aardig van Ans, vond ze. Zo dik en zo lelijk als ze was, het was een lief mens. Heb ik vanochtend niet te onaardig tegen haar gedaan, vroeg ze zich opnieuw af. Arme stakker.

Ze wist maar al te goed hoe humeurig ze kon zijn. Joop en de jongens waren het gewend. Minstens eenmaal per maand was moeders niet te genieten. Dan gingen de heren het liefst met een boog om haar heen en hield iedereen zich thuis gedeisd. Ze glimlachte opnieuw, die verdomde hormonen ook.

Zou Ans daar ook wel eens last van hebben, vroeg ze zich af toen ze naar het zwaar bezwete hoofd van haar buurvrouw keek. Ze had gek genoeg nog niet naar Ans' leeftijd gevraagd, maar ze schatte haar beslist ouder dan zichzelf. Zou ze al in de overgang zitten? Gonnie zag daar als een berg tegen op. Sommige van haar vriendinnen zaten er nu middenin. Zweten, vocht vasthouden, aankomen, haaruitval, om nog maar te zwijgen over die stemmingswisselingen. En daar beneden? Als een opgedroogde pannenspons. Ze moest er niet aan denken.

Niet dat Joop en zij het nog vaak deden, maar zo heel af en toe, als de sfeer goed was tussen hen en de jongens hun eigen ding hadden, dan konden ze nog wel eens net als vroeger... 'Mijn eigen hoogstandje,' noemde Joop haar dan plagend. De laatste keer was ruim een jaar geleden.

'Weet je het al?' Opeens voelde Gonnie de hand van Ans langs haar bovenbeen strijken. Gonnie volgde Ans' blik naar twee harige bruine kuiten die nu naast hen in het zand stonden. Toen ze opkeek, zag ze dat ze bij een lange, gespierde jongen hoorden. Afwachtend keek hij op Gonnie neer.

'Hm?'

'Wat wil je drinken, schat?' Weer streelde Ans over Gonnies been. Haar vingers gleden rakelings langs het kruis van Gonnies badpak. In een reflex trok Gonnie haar been op. Wat moet die jongen wel niet denken, vroeg ze zich af.

Ans merkte niks. Pas toen Gonnie voorzichtig doch dwingend haar hand begon weg te duwen draaide Ans zich op haar zij om de lege flesjes bij elkaar te graaien.

'Doe mij nog maar een Westmalle Tripel,' zei Ans terwijl ze met twee volle handen de bij elkaar geraapte flesjes aan de jongen overhandigde.

'Voor mij graag een droge witte wijn,' zei Gonnie tegen de gebruinde kuiten. Ze durfde de jongen niet aan te kijken. Ik ben niet wat je denkt dat ik ben, ging het door haar heen. Ik ben getrouwd, heb drie jongens zoals jij, en deze vrouw is slechts een vriendin. Ik ben niet lesbisch, had ze willen uitroepen.

Toen de jongen zich bukte om de lege flesjes van Ans aan te pakken, raakte zijn hoofd bijna dat van Gonnie. Vanachter haar zonnebril ving ze een glimp op van zijn gezicht. Zijn dikke blonde haar had hij bij elkaar gebonden in een paardenstaart, die over zijn gebruinde en getatoeëerde schouder viel. In zijn wangen lagen diepe kraters van een pokdalige huid, maar omdat die ook diepbruin verbrand waren, vielen ze nauwelijks op. Hij droeg een grote zwarte zonnebril. Hierdoor kon Gonnie zijn ogen niet zien. Pas toen hij zijn hoofd haar kant op draaide, ving ze een valse grijns op. Die grijns bezorgde haar kippenvel. Het voelde als een vreemde voorbode voor iets akeligs wat haar nog te wachten stond. Iets wat ze had kunnen weten omdat ze ervoor was gewaarschuwd. Snel verdrong ze die rare gedachte.

Schei uit. Doe niet zo belachelijk! Je hebt gewoon te lang in de zon gelegen, ging het door haar heen. Daar ben je licht van in je hoofd geworden, daardoor ga je van die idiote dingen denken. Niemand heeft me voor wat dan ook gewaarschuwd.

'En een fles water graag,' riep ze de jongen nog snel achterna.

'Met of zonder bubbels?' vroeg hij.

En toen Gonnie hem aankeek om te antwoorden, zag ze weer die enge, spookachtige grijns over dat pokdalige gezicht vallen.

15

Trillend stond Fleur met de telefoon in haar hand. Ze had het nu tot twee keer toe geprobeerd en weer haperde haar stem. De eerste keer was er slechts een klein, schril piepje uit haar keel gekomen. En nu? Meteen toen de voicemail in haar oor schalde en zijn stem afgemeten, bijna op commandoachtige toon, de beller verzocht een nummer achter te laten, drukte ze zenuwachtig op het rode knopje.

Misselijk van haar eigen onvermogen en doodsbang dat het terug was gekomen, wankelde ze naar de wc, waar ze haar hele maaginhoud eruit kotste. Wit weggetrokken zakte ze in elkaar, trillend over haar hele lijf. Nerveus greep ze naar de haarlok die voor haar ogen bengelde. Onbewust begon ze te trekken. Het was een tic. Zodra de zenuwen het van haar ratio overnamen, raakte ze niet alleen haar stem kwijt, maar moesten ook haar rode lokken het ontgelden.

'Stop! Je moet nu stoppen!' gilde een manische stem in haar binnenste toen ze nog geen minuut later met een bos losse haren in haar hand zat. 'Hou ermee op!'

De onuitgesproken woorden sloegen wild tegen haar schedel, echoden door haar brein en zweepten haar op tot waanzin. Snikkend vertrok haar lichaam zich in een kramp. Het is terug, maalde het door haar hoofd. Een stille kreet van wanhoop glipte uit haar keel. De kou sloeg om haar hart. Opnieuw zochten haar handen naar loszittende haren, opnieuw rukten ze die met het grootste gemak uit haar hoofd.

Meer en meer.

Hij mocht het niet weten. Niemand mocht het weten. Het kind dat ze bij zich droeg moest weg. Weg, weg, alles moest stoppen. De leugens, de pijn, de angst voor wat er komen ging. Ze wilde dood.

Gerinkel klonk door haar hoofd. Harder en harder klonk de bel, die pijn deed aan haar oren. Ze opende haar betraande ogen. De doorgaans vertrouwde ringtoon van de telefoon schetterde nu als een alarmbel door het stille huis. Ze moest iets doen. Opstaan. Naar de telefoon lopen. Hem oppakken. Maar wat haar hersens ook zeiden, ze was als verlamd.

De gekmakende toon hield niet op, bleef doorjengelen, tilde haar op en voerde haar weg uit de benauwde, naar kots stinkende ruimte.

Strompelend bereikte ze het toestel. Weifelend keek ze naar de nummerweergave. Hij was het. Wat moest ze doen? De ringtoon hield aan, smeekte om opgenomen te worden. Doodsbang drukte ze op de toets. Meteen hoorde ze zijn stem.

'Fleur?'

Stilte. Ze kon niets zeggen.

'Fleur, ben jij dat? Ik zag dat je me gebeld had. Ik stond onder de douche. Je had iets kunnen inspreken. Fleur?'

Ze wilde gillen, krijsen en het uitschreeuwen van pijn, verdriet en onvermogen. 'Help me!' wilde ze naar hem brullen. Maar er kwam niets. Een schrille ingehouden kreet was alles wat ze uit haar keel wist te persen.

'Fleur, lieverd, is er iets met je? Ben je ziek? Is er wat gebeurd?' Zijn lieve, bezorgde stem.

Weer slechts een zucht en een keelklank die overging in gegorgel.

'Fleur, je maakt me bang. Kun je niet praten? Is daar iemand? Wat gebeurt daar in godsnaam? Fleur, je hoeft niets te zeggen, ik kom nu naar je toe!'

16

'Ik heb alles verteld wat je moet weten en nu wil ik dat je vertrekt.' Thijs stond op. Dreigend liep hij op Britt af. Hij was dat stomme vrouwengeleuter spuugzat. Het deed hem denken aan zijn ex. Al die wijven zijn hetzelfde, dacht hij. Stroop om je mond smeren en je uiteindelijk belazeren waar je bij staat.

Ondertussen zwol het kabaal achter zijn keukendeur aan. Ronnie probeerde boven het kattengekrijs uit te komen.

'En laat die kerel oprotten!' schreeuwde hij tegen Britt, die was opgestaan met de bedoeling Ronnie naar binnen te laten. 'Ik wil niet dat je die deur opent.'

Britt reageerde niet. Kalm hinkte ze op de achterdeur af. Thijs sprong achter haar aan, haalde haar in en wierp zich met zijn gedrongen lijf voor de deur. De luxaflex kletterde luid toen hij zich er woedend tegenaan drukte.

'Die deur blijft dicht!' brulde hij. 'Die scharminkels komen er nooit meer in! Hoor je me?!' En alsof zich daar een groep bloeddorstige hyena's achter bevond, barricadeerde Thijs de deur.

Britt staarde verbaasd naar de hysterisch hijgende man. Onder zijn bezwete, vaalblauwe polo bewoog zijn borstkas onrustig op en neer. Met gespreide armen greep hij zich vast aan de deurposten.

'Meneer Vleugels, ik vind dat u zich aanstelt,' zei Britt, die haar uiterste best deed haar kalmte te bewaren, maar zo langzamerhand het kookpunt had bereikt. De stoffige duisternis van deze woning, de penetrante stank van het wegrottende kattenlijk en het opgewonden gebrul van haar collega daar achter die deur mochten haar geduld dan op de proef stellen, deze neurotische, meurende idioot brak alle tolerantierecords.

'En ik zeg je dat je nu opsodemietert,' spoog Thijs in Britts gezicht.

Verder kwam hij niet. In minder dan een seconde greep Britt hem bij zijn beide armen, draaide hem om en zette hem in een judoklem, waardoor hij niets anders kon doen dan smekend opgeven. Met een van pijn verwrongen gezicht beloofde Thijs dat hij zich vanaf nu gedeisd zou houden. Ontsteld over de plotselinge kracht waarover dit mokkel scheen te beschikken, wreef hij zich over zijn onderarmen en polsen en schuifelde terug naar de woonkamer. Vanaf de tafel keek hij lijdzaam toe hoe Britt de achterdeur van het slot haalde.

'Ron?!' sprak ze bevelend. 'Als ik straks de deur opendoe, zorg dan dat die katten daar blijven!'

Dat was niet tegen dovemansoren gezegd; weer klonk er een enorm gekrijs. Britt kreeg medelijden met de arme dieren. Meteen nadat ze de deur op een kier had gezet, besloot ze de dierenambulance te bellen.

'Godskolere!' riep Ronnie toen hij de deur achter zich dichtklapte.

Zonder te antwoorden wees Britt streng naar de deur, waarop Ronnie hem onmiddellijk afsloot. Toen hij druk gebarend en pratend op haar afliep, hield ze haar mobiel omhoog om hem duidelijk te maken dat ze met iemand belde. Onrustig volgden haar ogen haar onstuimige collega, die met grote stappen de woonkamer in liep. Wat heeft hij daar allemaal uitgespookt, vroeg ze zich af terwijl ze aan de dierenambulancemedewerker uitlegde op welk adres ze moesten zijn.

'Zo, en wie hebben we hier?' hoorde ze Ronnie op brutale toon vragen. Met veel vertoon stampte hij op Thijs af.

'Ron!' riep Britt. 'Een beetje dimmen, ja?' Vlug borg ze haar mobiel op om Ronnie tegen te houden. Maar door de plotselinge ingreep bij de deur had ze haar been te veel belast. Een pijnscheut belemmerde haar in haar snelheid. Strompelend volgde ze Ron naar de woonkamer.

'Al goed,' sprak die en hij ging op weg naar de gang, waar hij zich tussen twee stapels oude kranten door probeerde te wurmen. 'Is hier ergens een wc?' riep hij vanuit het duister van de gang.

Niemand antwoordde. Thijs volgde nog steeds zwijgend Britts handelingen. Murw van de vragen en aangeslagen door haar harde aanpak had hij besloten geen woord meer te zeggen.

Britt vond het ook welletjes. Ze wilde weg. En terwijl ze op haar tas afliep en haar blocnote pakte, mompelde ze in Thijs' richting dat er zo iemand van de dierenambulance bij hem zou langskomen. Haar woorden gingen verloren in het geluid van de stortbak. Ronnie kwam uit de gang en liep opnieuw op hen af. In het voorbijgaan wierp hij een ongeïnteresseerde blik op Thijs. Meteen richtte hij zich tot Britt.

'Ik heb daar een ontdekking gedaan,' zei hij.

'O?' Britt toonde geen belangstelling. Integendeel, ze maakte aanstalten om te vertrekken. Zo dadelijk kon ze ook aanhoren wat hij te melden had. Ze had de blik van Thijs gezien. Nog even en we worden geschorst vanwege huisvredebreuk, dacht ze.

'Wel, ik dacht: voordat onze technische vrienden komen, neem ik zelf even snel een kijkje in dat huis,' ging Ronnie stoïcijns verder. 'Nee, ik heb alles keurig met handschoentjes aan onderzocht,' zei hij terwijl hij zijn vingers omhooghield toen hij Britts verontwaardigde blik opving.

'Maar je wilt niet weten wat voor een puinhoop het daar is! Alle kasten en laden staan open, ja, zelfs het matras is aan flarden gesneden!' Ronnie snoof, trots op zijn bevindingen. 'Iemand is duidelijk op zoek geweest naar iets belangrijks.' Zijn ogen begonnen te glimmen toen hij voelde dat hij Britts nieuwsgierigheid had geprikkeld.

'Maar wat me daarnaast vooral opviel, en wat misschien wel van veel groter belang kan zijn, is dat het hele huis barst van de haren.'

Britt keek haar partner met nog meer verbazing aan. 'Hoezo, haren?!'

'Kattenharen! Hoeveel wolken me daar om de oren vlogen! Je zou er met gemak tien kale schedels mee kunnen stofferen,' grapte Ronnie en meteen moest hij lachen om zijn eigen flauwe opmerking.

'Ja? En?' vroeg Britt geprikkeld. Ze schuifelde in de richting van de voordeur.

Ronnie merkte dat Britt hier niet van onder de indruk was. Met klem vervolgde hij: 'Maar dat is nog niet alles. Want wat ik ook tussen al die pluizige kattenharen ontdekte, was dit!' Nu hield hij een plastic zakje omhoog. Door de duisternis kon Britt niet zien wat erin zat.

'Oké, en wat is dat dan?' vroeg ze ongeduldig.

Ook Thijs blikte nieuwsgierig naar het zakje in Ronnies handen. 'Mensenharen,' zei Ronnie trots. 'Een hele pluk! Bovendien zijn ze niet van ons slachtoffer. Die was namelijk hoogblond, weet je nog?' Vragend keek hij naar Britt, die duidelijk niet begreep waar hij op doelde. 'Nee, baas, déze haren horen bij niemand minder dan een roodharig persoon...'

17

Zwijgend staarde Gonnie uit het raampje van Ans' auto. Eerder dan gepland reden ze terug naar Almere. Veel eerder. Ans had haar vanochtend nog willen overhalen langer te blijven, maar Gonnies besluit stond vast. Na wat haar gisteravond was overkomen, wilde ze geen minuut langer in dat appartement blijven.

Ans was zo geschrokken van haar reactie dat ze ook niet langer wenste te blijven. Samen uit, samen thuis, had ze gezegd en ze piekerde er niet over Gonnie op het station af te zetten.

Hoe kon ik zo onnozel zijn, dacht Gonnie nu spijtig. Blijkbaar had ze de signalen niet opgemerkt. Waarschijnlijk werd ik zo in beslag genomen door mijn eigen toestanden thuis dat ik ze gewoon over het hoofd heb gezien, peinsde ze verder, terwijl ze een reconstructie probeerde te maken van het voorval.

Het liep al tegen zevenen toen Ans en zij de terugweg van het strand naar boven ondernamen. Het rulle strand, de vele glazen witte wijn en de doezelige sfeer waar ze vanaf haar uitgebreide dutje nog in verkeerde, deden Gonnie zwalken. Haar voeten kwamen niet vooruit.

Terwijl Ans met haar logge lijf de hele loopplank al had afgelegd, sukkelde zij er een kilometer achteraan. De vette kont van Ans was inmiddels in een piepklein stipje veranderd.

'Het komt vast door dat bier,' had Gonnie voor zich uit gepuft. 'Die hop geeft haar energie. Hopper-de-pop,' zong ze toen ze Ans naar haar zag zwaaien en ze vrolijk terugzwaaide.

'Zo, ben je daar eindelijk?' had Ans geroepen toen Gonnie de loopplank af liep. Ze had haar dikke lijf tegen een paaltje langs het fietspad gezet. 'Misschien moet je maar eens een extra lange douche nemen,' opperde ze toen ze even later het appartement zagen liggen en Gonnie nog steeds steunend verzuchtte dat ze die aanhoudende hitte zat begon te worden.

Gonnie had de raad van haar vriendin opgevolgd. Na een lange douche fladderde ze met opgestoken haar en in een luchtig halterjurkje opgewekt door hun appartement. Ans glunderde bij het zien van Gonnies kinderlijke enthousiasme.

Toen was er nog niets aan de hand. Ook later niet, toen ze als twee giechelmeisjes bij het restaurant aankwamen.

Ans had de mooiste tafel voor hen gereserveerd. Gonnie kreeg de beste plek, met uitzicht over de duinen. Verrast had ze plaatsgenomen. Nog verraster was ze toen Ans hoffelijk haar stoel aanschoof en daarbij even haar vingers langs Gonnies gebruinde schouders liet glijden. 'Je bent een plaatje,' fluisterde Ans in haar oor.

Misschien had ze vanaf dat moment gewaarschuwd moeten zijn. Maar weer had ze schoolmeisjesachtig moeten gniffelen. Sukkel, dacht ze nu.

Ans bestelde champagne. Een hele fles. Ze dronken het als water.

En hoewel Gonnie toen haarfijn aanvoelde dat Ans met haar aan het flirten was, besloot ze zich gewoon te laten verleiden. Hoe vaak gebeurde het nog dat ze zo werd bewonderd en zo uitgebreid werd gefêteerd?

Langzaam viel de avond over het duinlandschap, dat glooiend uitliep in de zee, waar oplichtende golfjes zacht twinkelden onder de sterrenhemel. Toen de dessertwijn verscheen, kwam het gesprek op de liefde.

Ans wilde weten of ze nog steeds op die womanizer viel. 'Het is een charmeur, dat weet je toch? Denk je dat een man met zo'n aantrekkelijke kop en zo'n vlotte babbel aan één vrouw genoeg heeft?'

Aanvankelijk had Gonnie het een nogal beledigende vraag gevonden, maar ze was veel te beneveld geweest om Ans weerwoord te geven. Blijkbaar voelde die zich toen aangemoedigd.

'Je bent zo'n mooie rijzige vrouw, met zo veel kracht en uitstraling, en moet je zien met wat voor een klootzak je je leven deelt,' ging ze door. Ze had een sigaartje opgestoken. De rook blies ze in Gonnies gezicht. 'Hoeveel bastaards zou hij hebben rondlopen?' vroeg ze vals.

Gonnie had zich verslikt in het ijs. Hoestend had ze naar haar tas gegrepen en de doorgelopen mascara onder haar ogen weggeveegd. Ze had aan Joop en aan de jongens moeten denken. Drie mooie kerels waren het geworden. Intelligent en sportief. Ze hadden haar haarkleur en Joops heldere blauwe ogen. En terwijl ze haar spullen terugstopte in haar tas had ze dat tegen Ans willen zeggen. Maar geen stom woord kwam er uit haar mond. Zwijgend had ze voor zich uit zitten staren. En met dat zwijgen leek ze Ans gelijk te geven. Weer zag ze Ans met die vreemde blik naar haar kijken.

Ver na middernacht bereikten ze hun appartement. Doodop wilde Gonnie meteen naar bed. Geen tandenpoetsen, make-up verwijderen, nachtponnetje aan of wat dan ook, maar slapen. Heerlijk lang slapen. En in haar jurk had ze zich op bed laten vallen. Vaag kon ze zich nog herinneren dat ze haar sandaaltjes had uitgeschopt en lodderig naar de klamboe boven haar bed had gestaard. Als een engel hing het ding boven haar hoofd. In een poging het draaien en slaan van zijn vleugels te ontwijken had ze haar ogen gesloten. Hoe lang geleden was ze zo dronken geweest?

Voor haar gevoel uren, maar in werkelijkheid niet meer dan een kwartiertje later, ontwaakte ze uit haar halfslaap.

Er was iets wat langs het bed ritselde. Ze was te ver heen om te kijken wat er langs haar arm streek. Haar linkerpols werd vastgepakt. Er schoof iets overheen. Daarna werd haar arm tot ver boven haar hoofd opgetild. Datzelfde gebeurde met haar rechterpols en -arm. Hoewel ze dit zelf niet zou verkiezen, maakte het Gonnie niet veel uit of haar armen nu gestrekt boven haar hoofd lagen of langs haar lichaam, als ze maar niet hoefde op te staan.

Weer was er beweging rond het bed. Geschuifel langs haar lijf. Haar enkels werden beetgepakt. Niet doen, wilde ze zeggen, niet aan mijn voeten komen, daar kan ik niet tegen. Dat kietelt. Lamgeslagen onderging ze het gesjor.

Plotseling – alsof iemand met een flitslicht een foto maakte – werd alles boven haar hoofd verlicht. Ze kneep haar ogen samen. Het duurde niet lang. Toen het licht werd gedimd, opende ze voorzichtig haar ogen. Ze dacht dat ze droomde. De engel was weg en daarvoor in de plaats hing Ans. Zwaar ademend hing ze vlak boven Gonnies gezicht. Ze droeg een masker. Het was een zwart glimmend ding en het besloeg praktisch haar hele gezicht. Gonnie moest lachen en huiveren tegelijk.

Zoals het gezicht van Ans schuilging achter een masker, zo zat haar lichaam verpakt in een korset. Haar borsten waren vrij. Vettig blubberden ze over het strakke keurslijf.

'Ans?' Gonnie probeerde te spreken, maar haar stem leek zo schril en zo ver weg dat ze niet wist of Ans haar wel kon horen.

'Hier ben ik, schat,' zei Ans en ze begon aan Gonnies jurk te sjorren. Gonnie voelde hoe de dunne stof langs haar lichaam gleed. En haar bh. En ook al voelde Gonnie zich op dat moment bevrijd van de knellende en veel te warme kleren, iets in haar wilde deze naaktheid liever niet met Ans delen.

Ze moest opstaan en haar nachtpon pakken. Maar toen ze zich wilde verroeren, leek het alsof haar armen en benen waren geamputeerd.

'Ans?' vroeg ze opnieuw. Een warme wind blies over haar gezicht. De mond van Ans drukte zich plotseling op de hare. Gonnie voelde hoe de tong van Ans bij haar naar binnen gleed. Warm en dik en misselijkmakend smerig smaakte die tong.

Gonnie schudde haar hoofd, ze beet en ze vocht, maar hoe heftiger ze zich verzette, hoe vaster de grip van Ans op haar lichaam werd.

Dieper en dieper drukten haar vlezige knieën zich aan weerszijden van Gonnie in het matras. Haar vingers grepen naar Gonnies slipje. Rukten en trokken.

'Zie je wel, schat, ik wist wel dat je net zo hitsig was als ik. God, wat heerlijk! Moest ik eerst mijn pakje voor je aantrekken om je zo ver te krijgen?' hijgde Ans bij Gonnies oor. 'Had dat dan meteen gezegd. Ik kon toch niet ruiken dat jij je graag liet vastbinden?'

Met alles wat ze in zich had probeerde Gonnie zich te verzetten. Ze smeekte en krijste. Maar Ans luisterde niet. Integendeel, ze nam opnieuw haar positie in. 'Wil je dit?' vroeg ze hevig transpirerend en wijzend op haar buik.

'Nee!' smeekte Gonnie snikkend. 'Nee...' En alle bloed trok weg uit haar gezicht. Haar maag kwam omhoog en het volgende moment spuugde ze al het exquise eten van die avond met een golf recht in de gemaskerde tronie van Ans.

Nu pas leek die te reageren. Ze schoof het masker af en met een bezorgd gezicht trok ze de bandages los. Gonnie kromp ineen. Snikkend greep ze opnieuw naar haar maag en ze strompelde naar de badkamer. Daar zakte ze ineen voor de wc-pot.

De rest van de nacht had ze zich daar opgesloten.

Toen ze vanochtend schoorvoetend haar hol verliet en Ans snurkend in dat achterlijke korset aantrof, besloot ze zo snel mogelijk te vertrekken.

18

Ieder vooroordeel dat er over Almere bestond, leek vandaag te worden bevestigd. Troosteloos en uitgestorven lag de stad erbij. Alsof de allerlaatste bewoner nog net op het nippertje aan het verzengende beton had weten te ontsnappen. De paar achterblijvers die tijdens de zomermaanden, al dan niet noodgedwongen, thuisbleven, hielden zich liever binnenshuis op, daar was het koeler. Niemand vertoonde zich op straat.

Ook Britt, die vandaag een compensatiedag had voor de extra weekenddiensten die ze had gedraaid, piekerde er niet over om de deur uit te gaan. Als ze maar zo min mogelijk bewoog en zo veel mogelijk dronk, zou ze deze dag wel doorkomen. Zelfs haar breiwerk, dat meestal voor ontspanning zorgde, was te warm om op te pakken. Ze lag op bed en luisterde naar de wekkerradio.

Praktisch al het nieuws stond in het teken van het weer. Door de hoge temperaturen werd een aantal vanzelfsprekendheden steeds nijpender. Nog even en het drinkwater moest op rantsoen. Een groot deel van het zwemwater was door de toenemende blauwalg verboden gebied. En tot grote ergernis van veel tuinders en boeren had een of andere tropische kever zich hier voorgoed gesetteld. Het beestje plantte zich razendsnel voort. Zowel siertuintjes als landerijen werden kaalgevreten.

Britt staarde van de piepende fan aan het plafond – waarschijnlijk door de vorige bewoner achtergelaten omdat het ding wel een oorverdovend lawaai maakte maar weinig wind veroorzaakte – naar de verhuisdozen aan het voeteneinde van haar bed.

In grote zwarte viltstiftletters stond te lezen wat er achter het karton schuilging: *servies, glazen, pannen, handdoeken, cd's, versterker, boxen, boeken.*

Ze werd al moe bij het idee om dit allemaal te moeten uitpakken. Waarom sleept een mens toch zo veel spullen mee, dacht ze. De afgelopen maand had ze de inhoud van de dozen maar nauwelijks gemist. Misschien liet ze het wel zo. Pas als ze er helemaal zeker van was dat ze hier zou blijven, was het vroeg genoeg om deze spullen uit te pakken.

Het nieuwsbericht ging naadloos over in een vrolijk, zomers deuntje van The Beach Boys. 'Good Vibrations' zong de mannengroep met hoge stem. Britt sloot haar ogen. Bij het horen van deze muziek moest ze meteen aan Ronnie denken, en aan zijn ongebreidelde enthousiasme. Ze waren gisteravond alweer doorgezakt. Het kwam door de zomer, door niks anders, dacht Britt. Buiten hem kende ze niemand hier. Daarom had ze zich gisteren door hem laten meeslepen naar die tent aan het water.

Ze waren bij die vreemde, zonderlinge man weggereden. De technische recherche zou het huis van zijn overleden buurvrouw onder haar hoede nemen. De katten werden afgevoerd naar het asiel en Ronnies gouden vondst – het zakje met de rode haren – ging linea recta naar het lab.

Opgelucht had ze naast Ronnie in de bloedhete auto gezeten. Weg uit die vreselijke buurt, waar het groepje jongens achter het basketbalhek hen argwanend had nagestaard.

Op weg naar het bureau hadden ze de zaken van die ochtend nog even op een rijtje gezet. Wat was er inmiddels bereikt in deze moordzaak? Ze wisten wie het slachtoffer was, waar ze gewoond had, wie haar buurman was, dat er bij haar was ingebroken en dat haar scooter bij de plaats delict door een stel getinte jongens uit een boot was gedumpt. Waren dat misschien dezelfde jongens die hen hadden nagestaard? Nee, dat zou te veel toeval zijn. Die Vleugels had zich wel zeer vreemd gedragen, vond Britt. Ze was ervan overtuigd dat de man meer wist dan hij prijsgaf, zoveel was zeker. En toen Ronnie haar vroeg of ze de schoenmaat van die Vleugels had gezien, moest ze tot haar schrik bekennen daar niet op gelet te hebben. Volgens Ronnie zou de schoen zomaar op het afgietsel van de schoensporen kunnen passen. Ook was het haar gedreven hulpje niet ontgaan dat er uit een messenrekje in de keuken één mes ontbrak. 'Stel het is een smal, lang en puntig mes, baas', had Ronnie gezegd. Was het slachtoffer niet door steken met een dergelijk mes om het leven gebracht? Britt had schaamtevol geknikt.

Ze was gisteren niet op haar best, want dat zogenaamd vermiste mes kon net zo goed nooit bestaan hebben, maar een hersenspinsel zijn van een politieagent die graag wilde scoren. Net als die voetafdruk. Waren er niet meer mensen met een grote schoenmaat? Had hij zelf ook geen olifantenpoten?

Toch moest ze oppassen. Wilde ze haar naam als ambitieuze rechercheur niet verkwanselen, dan zou ze in het vervolg scherper moeten opletten, straks haalde deze jonge kuifhond haar nog rechts in. Ze kon zich geen flaters veroorloven, niet na die Amsterdamse kwestie. Met dat doorzakken moest het vanaf nu maar eens afgelopen zijn. Ze had zich te snel laten verleiden.

Hij had gevraagd of ze het Boathouse kende. Ze had haar hoofd geschud en verteld hoe kort ze hier nog maar woonde. Ze had om zijn verbaasde gezicht moeten lachen en hem bekend de omgeving beter te willen leren kennen.

Meteen stak hij van wal. Hij vertelde over motorbootjes die te huur waren, en dat iedere zichzelf respecterende Almeerder wel een bootje thuis had liggen. Desnoods een opblaasbare voor op zolder.

'Op zolder?' had Britt schaterlachend gevraagd.

'Baas, als je zo'n eind onder de zeespiegel woont als wij hier, dan moet je voorbereid zijn op een dijkdoorbraak.' Ronnies stem had ernstig geklonken. Zijn gezicht was in de plooi gebleven en Britt had er niets tegen in durven brengen.

Nadat ze hun taken op het bureau hadden afgewikkeld en omdat het vooruitzicht van weer een avond alleen in haar warme flat Britt niet kon opwinden, besloot ze dat ze wel een verzetje had verdiend. Trots troonde Ronnie haar mee naar zijn bootjestent.

Het Boathouse bleek een eetgelegenheid aan een van de grotere plassen van Almere. Via een dreef kwam je bij een rustig gelegen binnenweg. Bomen en grasveldjes gaven het een lommerrijk aanzien. Van hieruit reed je via een strandje naar de bewuste plek aan het water.

Britt keek haar ogen uit. Dat dit ook bij Almere hoorde. Wauw! De tent leek midden in het water te drijven. Het uitzicht was formidabel. Zeilbootjes voeren als schaduwen in een schimmenspel heen en weer voor de ondergaande zon. Ronnie had niets te veel gezegd. En toen ze neerzeeg in een van de *deckchairs* pal aan het water, had ze het gevoel op vakantie te zijn.

Ron vertelde honderduit. Over zijn eerste baantje daar achter de bar, zijn romantische avonturen met een studente kunstgeschiedenis die daar zo nu en dan nog werkte, en over het opblaasbootje dat hij thuis had liggen.

De helft van de woordenstroom ging aan Britt voorbij. Haar tenen bungelden in het lauwwarme water van de plas en ze liet de aangename tinteling daarvan over zich heen komen. De tijd vloog.

Na haar vierde roseetje, een salade met brood en versgebakken vis werd het gesprek opeens heel persoonlijk. Ron vroeg waarom ze geen vriend had, waarom ze Amsterdam had verruild voor Almere en of ze kinderen wilde. Bij die laatste woorden had ze even geërgerd in zijn richting gekeken: wat gaat het jou aan of ik kinderen wil, had ze gedacht. Zijn opgewekte en zelfverzekerde toon was haar opeens gaan irriteren, vooral toen hij eraan toevoegde dat hij een leuke vader zou worden.

Ze had het gesprek op iets anders gebracht. Op de jongens in het bootje die de scooter hadden gedumpt. 'Stel ze hebben dat bootje hier gehuurd,' had ze hardop gepeinsd. 'Zouden ze dan iets van een identiteitsbewijs hebben achtergelaten?'

Ronnie was onmiddellijk naar binnen gevlogen. Nog geen kwartier later hadden ze de complete lijst met namen in hun bezit. Iedereen die de afgelopen maand een kleine boot met buitenboordmotor had gehuurd stond erop.

Ronnie zou daar vandaag achteraan gaan.

19

'Zet mij maar in de stad af,' zei Gonnie dwingend. Ze wilde beslist niet dat Joop haar met Ans zag thuiskomen. Ze moest eerst nadenken. De kater verdrijven, ergens koffiedrinken en die afschuwelijke toestand van vannacht proberen te verwerken.

'Nogmaals, schat, je hebt me vanaf het allereerste moment het idee gegeven dit ook te willen. Ik voel me dan ook beslist niet schuldig. Sterker nog, ik vind je reactie behoorlijk naïef. Je doet net alsof je nog nooit van onze sm-scene hebt gehoord. Nou, het mag dan tegenwoordig bij bepaalde dames een beetje verslapt zijn, bij mij is het nog springlevend,' snauwde Ans. Schokkerig schakelde ze terug om daarna even af te remmen, maar toen het licht op groen sprong gaf ze meteen weer een flinke stoot gas. Met dezelfde onbehouwenheid als waarmee ze Gonnie op haar nummer zette, scheurde ze door het volgende stoplicht.

Gonnies hart bonkte in haar keel van opgekropte woede, toch reageerde ze niet; als ze eerst maar uit die auto was. Ans bleef ervan overtuigd dat Gonnie wel zou bijtrekken.

'Heus, schat, je was er zelf bij, had je maar geen toespelingen moeten maken.' Ans kende de lesbische spelregels. Nogmaals gaf ze Gonnie de schuld voor haar infantiele gedrag. En toen ze de auto op een vrije plek had geparkeerd, wist Gonnie niet hoe snel ze moest wegkomen.

Versuft en ontredderd stond ze op de Grote Markt. De meeste terrassen waren nog leeg. De overgang van het mondaine Bergen naar deze desolate plek maakte haar stemming er niet beter op.

Ze keek op haar mobiel. Nog steeds geen reactie van Joop. Al de hele ochtend had ze hem geprobeerd te bellen. Maar zijn telefoon leek dood. Op geen enkel sms-bericht werd gereageerd, ja, zelfs zijn voicemail stond uit. Waar hangt die man van mij toch uit, vroeg ze zich af. Lamlendig streek ze neer onder een van de parasols op het plein. Ze zat amper of een cafémedewerker kwam al naar buiten gerend en vroeg wat ze wilde drinken.

Hoe heb ik zo onnozel kunnen zijn, vroeg ze zich met bonzend hoofd af toen ze haar tweede dubbele espresso ophad. Heb ik deze vrouw echt aanleiding gegeven om dit met me uit te halen? Wanneer dan? Vertwijfeld dacht ze terug aan haar beschonken en halfbewusteloze toestand van vannacht. En hoe meer ze eraan terugdacht, hoe meer ze zich begon te schamen.

Weer zag ze die monsterlijke maskerade voor zich. Wederom proefde ze de smaak van die alcoholtong tussen haar lippen en opnieuw voelde ze die vette vingers haar lichaam betasten. O, wat een ongelooflijke shittoestand.

Het kwam allemaal door Joop. Als hij niet zo kloterig had gedaan tijdens de vakantie, was zij nooit met deze vrouw naar Bergen gegaan.

Joop. Weer drukte ze zijn nummer in, nog steeds geen reactie. Waarom nam ie niet op?!

Eigenlijk wilde ze niet naar huis. Ook al miste ze de siamezen en de hond, ze had totaal geen zin in een confrontatie met haar echtgenoot. Als hij me nu halverwege mijn uitstapje met Ans ziet thuiskomen, worden al zijn vooroordelen jegens haar bevestigd, dacht ze. Wat moest ze hem vertellen?

'Nog iets te drinken?' Voor de derde keer stond het meisje naast haar tafeltje. Er waren nauwelijks andere terrasbezoekers. Gonnie keek op haar horloge. Kom op, zei ze in zichzelf, je zult een keer naar huis moeten. Het beste zou zijn om Joops kritiek te negeren. Ze kon zeggen dat ze het na twee dagen voor gezien hielden met elkaar, dat ze waren uitgepraat, het welletjes vonden, of wat dan ook. Ja, ze kon zelfs haar werk als excuus gebruiken. Tenslotte ging ze de komende week weer aan de slag, zo gek was het niet om zich nu alvast voor te bereiden. Deed ze andere jaren niet hetzelfde?

Afwezig rekende ze af. Vermoeid sukkelde ze door de warme en lege winkelstraten in de richting van het busstation. Een klein halfuurtje later stapte ze uit in de Filmwijk. Het aangename groen van de schaduwrijke omgeving, de lieflijke bruggetjes over het water en de vrolijke kinderstemmetjes die vanaf de wallenkant echoden, deden Gonnie goed. Heel langzaam kwam ze weer tot zichzelf.

Straks als ik thuis ben ga ik me eerst heel lang douchen, dacht ze, en me daarna in de schaduw van de bomen onderdompelen in een goed boek. Misschien ga ik een paar vriendinnen bellen. Vriendinnen die net als ik geen idee hebben van de wereld van de lesbo's, maar wel alles weten van shoppen. Die tijdens hun vierde muntthee ononderbroken doorbabbelen over mooie tassen, schoenen en de kinderen die zo groot worden. Vriendinnen die dan misschien te veel klagen over hun man die nooit iets uitvoert, of oeverloos kunnen doorzeuren over hun opvliegers en rimpels, waar ze met hetzelfde gemak als waarmee ik mijn teennagels knip botoxprikjes in laten zetten, maar wel vriendinnen die me nooit zullen vastbinden of vernederen omdat ik daar zogenaamd zelf om gevraagd heb. God, dat mij dit is overkomen, verzuchtte ze. Geen van haar vriendinnen zou het ooit kunnen geloven.

Bijna was ze thuis. Haar rode koffertje trok ze moeizaam achter zich aan. De middagzon stond genadeloos te branden aan de strakblauwe lucht. Haar zonnebril was naar het puntje van haar neus gegleden. Onder het schurende riempje van haar sandaaltje drukte een blaar pijnlijk tegen haar kleine teen. Moe en verhit sloeg ze de hoek om naar het gangpad achter haar huis. Meteen viel haar oog op de politieauto die naast het huis geparkeerd stond. Verbaasd keek ze naar de twee agenten die op haar stoep stonden, een man en een vrouw. Toen hun blikken kruisten, schrok Gonnie. Het gezicht van de vrouw stond heel ernstig, alsof ze Gonnie iets onaangenaams kwam vertellen.

20

Een lichtflits verlichtte het kussensloop van Fleur. Nauwgezet volgde ze de filmbeelden die zich voor haar neus voltrokken. Een plensbui vergezeld van donderslagen stortte zich met geweld op het gebladerte. Tientallen insecten die zich daaronder schuilhielden, wachtten het nietsontziende bombardement van regendruppels af.

Dit keer was hij meteen gekomen. Bezorgd had hij haar in zijn armen genomen. Snikkend was ze bij hem weggekropen. Hou me vast en laat me niet meer gaan, had ze willen zeggen. Maar de woorden wilden niet komen. Teder had hij haar over haar rug gestreeld. Net zolang totdat haar lichaam niet meer schokte van het huilen.

Ze waren de tuin in gelopen. Omringd door vlinders en vogelgekwetter hadden ze zwijgend naast elkaar op het bankje onder de perenboom gezeten. Hij had haar hand vastgehouden. Ze had haar hoofd tegen zijn borst gelegd en die heerlijke, typische mannengeur, die hem zo eigen was, opgesnoven. En ze had de rustgevende slag van zijn hart als zoete klopjes door haar ziel voelen tikken.

Als hij haar toen gevraagd zou hebben voorgoed met hem mee te gaan, zou ze geen moment getwijfeld hebben en zou ze hem al zijn leugens hebben vergeven. Dan zou ze hem hartstochtelijk hebben gekust en door haar tranen heen gelachen hebben. Dan zou hij haar tot de gelukkigste vrouw van de wereld hebben gemaakt.

Maar hij vroeg niets. Hij zei dat het goed was, dat ze geduld moest hebben, dat hij van haar hield, dat er iets te vieren viel. En hij was opgestaan om een fles wijn te pakken.

Nog steeds zwijgend had ze daarna naar zijn relaas geluisterd. Ze moest niet huilen, had hij liefkozend gezegd. De chantage was voorbij. Dat kattenmens was dood. Ze was vermoord. Ja, door wie en hoe was hem een raadsel, maar dat deed er nu niet toe. Ze zouden niet meer bang hoeven te zijn. Niemand kwam aan de weet wat zij voor bijzonders hadden, en opnieuw had hij haar tegen zich aan gedrukt. Hij was ervan overtuigd dat al het bewijsmateriaal aan foto's en sticks nu bij hem lag. Ze hoefde zich echt geen zorgen meer te maken. Gonnie zou nooit aan de weet komen wat voor speciaals zij deelden. Ze moest alleen geduld hebben. Hij had het al eerder gezegd, een scheiding zat er nu niet in. Het geld was op.

Verstikt en naar adem happend had ze zich uit zijn armen losgerukt. Op de vlucht voor zijn leugens was ze naar binnen gerend en ze had zich in haar kamer opgesloten. Ze wist dat het over was. Dat er geen weg terug was.

Hij had haar bedrogen. Net zoals hij zijn vrouw met haar bedroog, had hij haar om de tuin geleid. Misschien is die chantage er wel nooit geweest, had ze gedacht. Misschien heeft hij wel alles verzonnen om mij aan het lijntje te houden. En ze had moeten terugdenken aan de dag waarop ze bij die vrouw had ingebroken en niets had gevonden.

Vanaf het moment dat Joop op vakantie ging, had ze die vrouw in de gaten gehouden. Ze wist waar ze woonde, wanneer ze wegging en terugkwam. Zo belandde ze daar in dat huis. Het ging heel makkelijk. Voorzichtig had ze een raampje ingeslagen en was ze naar binnen geslopen. Ze had de tv uitgezet en in de kamer rondgekeken. Toen ze niet meteen iets vond, keerde ze de hele boel binnenstebuiten. Alles moest eraan geloven. Kasten, laden, dozen. Ze raakte door het dolle heen. Als een bezeten schatgraver werd ze gedreven door haar zoektocht. In wanhoop sneed ze uiteindelijk het matras aan gort om te moeten constateren dat er niets, maar dan ook helemaal niets te vinden was. Geen geld en geen foto's. Niets dat erop wees dat deze vrouw Joop chanteerde.

Meteen ging het toen door haar heen dat hij wellicht iets had verzonnen. Dat hij de briefjes zelf had geschreven. Maar nee, even snel verwierp ze die gedachte. Dat kon ze niet geloven, daarvoor was hij veel te oprecht. Daarvoor had ze hem te veel zien lijden. Ze had de angst in zijn ogen gezien als hij weer zo'n briefje had ontvangen.

Blijkbaar bewaarde ze het geld en de foto's niet bij haar thuis. Het moest elders liggen. Maar waar?

Toen was hij thuisgekomen van vakantie. Ze had gepopeld hem te laten delen in haar bevindingen. Welk geheim zou ze hem het eerst vertellen? Het geheim van haar zwangerschap of dat van de inbraak? Ze had hem zo veel willen vragen. Was de chantage misschien al gestopt? Kon hij nu eindelijk voor haar kiezen?

De omstandigheden hadden het haar onmogelijk gemaakt daarover te beginnen. Ze wist niet hoe ze het moest brengen. Hoe ze hem moest uitleggen wat er gebeurd was. Welke vragen er na die inbraak allemaal door haar hoofd spookten. Bovendien was ze zo blij geweest om hem te zien dat ze het juiste moment wilde afwachten. Ze zou hem dan alles in één keer kunnen vertellen.

En toen kwam dat moment waarop hij loog. De vrouw was dood en Joop deed alsof ze nog leefde. Dat was het moment waarop ze de controle kwijtraakte.

Ze had niet meteen gereageerd toen hij op haar deur tikte. 'Wat is er toch, Fleur?' hoorde ze hem vragen. Nogmaals had hij aan haar deur gerammeld. Pas toen ze hem hoorde weggaan, besloot ze dat ze moest praten. Ze was opgestaan en achter hem aan gelopen. Het zou nog tot vanochtend vroeg duren voordat de woorden kwamen.

De plensbui was over. Een waterig zonnetje brak door. Insecten krioelden uit hun schuilplaats tevoorschijn. Fleur veegde de tranen van haar wangen. In de volgende scène kwamen de slakken. Vanaf nu zou deze liefdesdans nooit meer dezelfde betekenis hebben. Het werd de allerlaatste keer dat ze ernaar zou kijken. De muziek zwol aan. Straks kwam de alt, wist ze.

Een stem klonk plotseling uit de hal naar boven. Het was Ans. 'Fleur?'

Daar was de alt. Fleur sloot haar ogen.

21

'Halverwege de ochtend zag iemand het bootje stuurloos voorbij dobberen. Hooguit een paar uur geleden. Diezelfde persoon belde ons. Hij veronderstelde dat er iemand in het bootje lag, misschien dat die persoon onwel was geworden. Heel goed mogelijk met deze temperaturen, had mijn collega van de meldkamer gezegd en hij had er een agent op afgestuurd. Maar toen die daar arriveerde, was een van de omstanders al zo handig geweest om het bootje naar de kant te trekken. Tja, daar lag inderdaad een lichaam in...'

Sprakeloos zat Gonnie op de bank naast het tv-meubel. De geüniformeerde vrouw tegenover haar vertelde op zakelijke toon dat het het dode lichaam van Joop was dat in het bootje lag. Gonnie kon dat onmogelijk geloven.

In een rap tempo ging de vrouw verder met haar verhaal.

'Een van de buurkinderen heeft hem onmiddellijk herkend als de vader van een van de jongens aan de overkant. Op dit moment is de recherche daar nog aan het werk, maar als die klaar zijn, kunt u met mij meerijden naar het bureau. Daar kunt u uw man identificeren en een aantal vragen beantwoorden, maar als u een beetje bent bijgekomen van de schrik, kan dat nu ook wel, die vragen, bedoel ik.'

Gonnie staarde naar de mond van de vrouw. Als een vis op het droge leken haar lippen naar adem te happen. Haar mannelijke collega daarentegen zat er stil en gelaten bij. Uit het apparaat dat hij op zijn borst droeg, klonk nu een mechanische stem.

Iemand las een aantal cijfers voor. Het leek alsof het om de winnende getallen van de lotto ging. De man antwoordde in een soort geheimtaal. Gonnie snapte er geen woord van.

Ze begon zich af te vragen of ze in een akelige nachtmerrie was beland. Straks maakt iemand me wakker, dacht ze. Het heeft met die vreselijke nacht met Ans te maken. Ik hallucineer. Het is niet waar, Joop is niet dood. Straks komt hij gewoon binnenstappen. Die vrouw tegenover me is ook niet echt, ik verbeeld het me. Het gaat altijd slecht met me als ik een slapeloze nacht achter de rug heb. Wat wil je? Te veel drank, te veel zon en dan ook nog die afschuwelijke aanranding – noemde je dat wel zo bij een vrouwelijke belager?

Apathisch staarde ze naar het rode koffertje, dat naast de eettafel stond. Het moest nog worden uitgepakt. Meestal ging ze er meteen mee door naar boven. Waarom deed ze niet wat ze altijd deed? Uitpakken, opruimen, wasje aanzetten?

Zou Joop boven zitten? Achter zijn pc?

'Wilt u iets drinken?' De man van de lottocijfers en de geheimtaal was nu opgestaan. Hij boog zich over Gonnie heen. Hij hield haar een glas water voor. Het was een van de gekleurde glazen op een voetje, zag ze. Die gebruikten ze alleen als er gasten waren. Als de tafel mooi gedekt was. Gonnie was er zuinig op. Ze waren niet meer te koop. Er waren er al twee gesneuveld. Vooral de pootjes waren erg kwetsbaar. Joop had een van de blauwe glaasjes nog weten te lijmen, maar het mooie was ervan af, dat zag je zo. Sindsdien stond hij toch wat schever dan de andere glazen. Deze oranje was een van de mooiste, vond Gonnie. Het licht speelde er zo prachtig doorheen. Verblindend fel zelfs. Alsof je recht tegen de zon in keek.

'Mevrouw?' De agent tikte tegen Gonnies wangen.

'Ik zei toch dat ze wit wegtrok, en jij maar doorkletsen. Hou es effe je mond, ja!' snauwde hij beschuldigend naar zijn vrouwelijke collega, die nu noodgedwongen via haar portofoon een ambulance aan het regelen was. Daarna ging ze op dezelfde wijze door over de vragenlijst, die oningevuld bleef.

Nog geen kwartier later werd Gonnie op een brancard gelegd. Terwijl Joop aan de overkant van het water in zijn bootje lag en niet veel later naar de koeling van het mortuarium zou worden afgevoerd, verdween zij in een ambulance naar de Spoedeisende hulp.

22

'Fleur?' riep Ans voor de derde keer naar boven. Ze liet haar koffer naast de kapstok vallen. Vanuit het trapgat kwam geen enkel geluid. Gek, dacht ze, ik meende toch muziek te horen. Nieuwsgierig naar de post en met trek in koffie liep ze meteen door naar de keuken. Een bedompte lucht benam haar de adem. De tuindeuren zaten potdicht, net als de overgordijnen. En er hing in de buurt van de koelkast een ondraaglijke stank, alsof er in geen dagen een vuilnisbak geleegd was. Het was de vaatwasser. Aangekoekt servies stond groen uitgeslagen te wachten op een wasbeurt. Ans ontdekte nu ook de resten van een barbecue. Zwart verkoold vlees lag tegen de plint van het keukenblok.

'Mijn god!' riep ze ontsteld. 'Waarom heeft ze die stinkbak niet geleegd? Wat is ze hier aan het doen geweest, heeft ze in haar eentje zitten barbecueën?'

De overvolle vuilniszak rukte ze uit de pedaalemmer. Vloekend bond ze de stinkende boel bij elkaar en ze zeulde het lekkende ding mee naar buiten. Daar bleek de vuilnisbak ook stampend vol. Vliegen en maden verorberden met smaak de inhoud. 'Gatverdamme, juist met deze hitte vergeet ze die bak!'

Woedend wierp ze een blik op de zolderetage van Fleur. Een overdaad aan hanggeraniums, van zachtroze, lila en paars tot felrood verkleurend, bungelde over de rand van het balkon. 'Hm, blijkbaar heeft ze daar wel tijd voor gehad,' mopperde ze verder. Haar oog viel op de deur naar het dakterras. Hoewel de rolluiken voor de ramen naar beneden zaten, stond de deur op een kiertje; kennelijk was Fleur gewoon thuis. Ze zou die deur nooit vergeten, wist Ans, zo goed had ze haar wel geïnstrueerd.

Een paar zomers terug was er bij hen ingebroken. De inbreker had, naast wat geld en een tv, een aantal persoonlijke dingen van Fleur meegenomen. Ze was toen in alle staten geweest. Ans kon het zich nog goed herinneren. Typisch een internaatskind, had ze toen gedacht. Meestal zitten die boven op hun weinige bezittingen.

Met de pest in omdat ze noodgedwongen door die Gonnie – die achteraf een achterlijke en preutse trut bleek – eerder naar huis was gekomen, besloot ze haar ergernissen op Fleur af te reageren. Bonkend stampte ze de trap op.

'Fleur!' Buiten adem bereikte ze de tweede etage. Haar ogen moesten wennen aan de onverwachte duisternis. Ze zag een streep licht onder Fleurs slaapkamerdeur vandaan komen. Het was een intens wit licht.

'Fleur?!' Woest wilde ze de deur opengooien, maar die zat op slot. Ze legde haar oor ertegen. Geen geluid. Nogmaals riep ze Fleurs naam. Vreemd, ze zou toch zweren dat het kind thuis was. Misschien lag ze met haar koptelefoon op naar muziek te luisteren.

Pissig over dit kat-en-muisspel besloot ze haar reservesleutels te halen.

Een etage lager werd haar oog naar de rommelige badkamer getrokken. Handdoeken lagen her en der verspreid over de vloer. En alsof er iemand had gelogeerd, stonden badschuim en shampoo naast een net geopend stukje zeep en een flesje huidolie waar niet al te zuinig mee was omgesprongen. Vette druppels glommen tegen de witte tegelwand.

Opnieuw trok Ans haar wenkbrauwen op. Terwijl ze de vuile handdoeken in de wasmand gooide, bekeek ze zichzelf in de spiegel. Ze was behoorlijk verbrand. Straks een douche, dacht ze, maar nu eerst opheldering over deze bende.

Toen ze voor de tweede maal boven stond en nogmaals Fleurs naam riep, stak ze zonder af te wachten meteen de sleutel in de deur om hem te openen.

Hoewel de kamer in duisternis was gehuld, werd hij deels door een stilstaand beeld van de dvd-speler verlicht. Ans wierp een blik op de flatscreen. Er hing een geeltje aan. Vanaf deze afstand kon Ans het onmogelijk lezen, maar daar stond haar hoofd nu ook niet naar. Ze keek naar het bed, waarop Fleur in diepe slaap lag.

'Hé, luilak, word eens wakker!' riep ze op haar typische Ans-toon. Ze stapte op het bed af. 'Hé...' Onder haar voeten verschoof iets zachts. Haar hand zocht naar de schakelaar van het bedlampje. Toen het lampje aanfloepte, keek ze eerst naar wat zich onder haar voeten bevond en daarna naar Fleur.

Een rode berg afgeknipt haar lag als een hoogpolig tapijt over de grond verspreid. Geschokt staarde Ans van de lange, rode haarlokken naar de keukenschaar op het nachtkastje. Nu viel haar oog ook op een strip met slaaptabletten. Het ding was leeg. Net als de cognacfles die ernaast stond.

Wit weggetrokken lag Fleurs serene hoofd in het kussen. Als op een schilderij van de prerafaëlieten – verstild en met gevouwen handen, maar dan wel zonder haar – had ze voor haar eigen theatrale dood gekozen.

'Fleur!?' brulde Ans. 'Wat heb je ge...' In blinde paniek sjorde ze aan het slappe meisjeslichaam, waar geen enkele beweging in zat. Haar blik viel op Fleurs mobiel. En terwijl ze het lichaam tegen zich aan gedrukt hield, belde ze 112.

'Snel!' sprak ze tegen de ambulancemedewerker. 'Het gaat om een poging tot zelfmoord.'

23

'Baas?!' Ronnies stem galmde door haar appartement. Strompelend en hinkend begaf Britt zich vanuit de keuken naar de woonkamer.

'Zeg, Ron, voor de zoveelste keer, ik zou het zeer op prijs stellen als je me geen baas noemt. Weet je mijn naam nog? Die begint ook met een b,' snauwde Britt in het telefoontoestel, dat ze op de luidspreker had gezet.

Aan de andere kant klonk een diepe zucht.

'Maar vertel, ben je al wat wijzer geworden?' Hoewel het niet haar sterkste kant was, probeerde ze de zakelijke toon vast te houden.

'Tja, zie je, eigenlijk is er iets tussen gekomen,' zei Ronnie aarzelend.

'Toch niet weer een lekke band, hè?' grapte Britt nu op pesterige toon, in de hoop dat hij echt zou begrijpen dat ze niet van zijn bravouregedrag gecharmeerd was.

Weer klonk er aan de andere kant een zucht.

'Ik wil dat je vandaag die toestand met die jongens en die boot oplost, zo niet, dan vrees ik dat ik een slecht rapport ga schrijven.'

'Er is iets anders...'

'Wat dan?' vroeg ze korzelig. Ook deze vrije dag was haar hoogstwaarschijnlijk niet gegund.

'Je moet naar een nieuw lijk komen kijken,' verzuchtte Ronnie.

'Hoezo, een nieuw lijk?'

'Er is een dode man in een bootje komen aandrijven.'

'O, nee, niet weer een bootje!' riep Britt. Ze dacht aan het strandje waar ze haar been zo akelig bezeerd had. Niet nog een keer. Kan iemand anders daar niet naartoe gaan, wilde ze vragen. Ik heb vrij. Laat me vandaag alsjeblieft met rust. Maar haar politiehart deed haar vragen: 'Waar?'

'In de Filmwijk, het is op een steenworp afstand van je flat, ik kan je komen halen als je wilt.'

Britt woelde door haar haren. Ze was nog ongewassen. Ze moest een plastic zak om haar gehechte onderbeen doen als ze wilde douchen. Die poespas had ze zo lang mogelijk willen uitstellen. Ze keek naar het korte trainingsbroekje dat ze droeg, het was het enige kledingstuk dat lekker zat bij deze temperaturen. Kon ze hierin wel de deur uit? Ach, wat kan het me ook schelen, dacht ze, het is hoogzomer. Wie loopt er momenteel niet halfnaakt rond? En vlug schoot ze een T-shirtje over haar hemdje aan.

'Je hoeft me niet te halen,' antwoordde ze gehaast tegen Ronnie. 'Ik kom eraan, waar is het?'

Niet veel later stond ze in de brandende zon op de slootkant naast het bootje. Collega's van de FO hadden hun tent al op de plaats delict gezet. Agenten probeerden nieuwsgierige omstanders achter het rood-witte lint op afstand te houden.

'Wie heeft hem hier gevonden?' vroeg Britt aan een van de agenten. De man keek goedkeurend naar Britts lange, blote benen. Lekker ding, zag je hem denken toen hij een blik wierp op haar korte broekje.

'Nou?!' vroeg Britt, die niet in de stemming was voor brutale opmerkingen.

De man wees naar iemand aan de andere kant van het lint. Het was een rijzige, oudere man. Hij droeg een kaki colbertje waarvan de mouwen waren opgerold en eenzelfde kleur pantalon. Zijn witgrijze haar had hij strak achterovergekamd. Het hing tot op zijn schouders. Samen met het grote, zwarte brilmontuur gaf het hem iets hips. Hij bewoog onrustig. Zijn handen gebaarden druk en zijn magere lange armen zwaaiden woest heen en weer terwijl hij aan een vrouwelijke agent iets probeerde uit te leggen.

Toen Britt in zijn richting liep, keek hij haar minachtend aan. Ze had onmiddellijk spijt van haar korte broek. Toch stapte ze kordaat op de man af.

'Britt van Dijk, recherche,' zei ze en terwijl ze haar politiepenning liet zien voegde ze eraan toe: 'Moordzaken.'

De man keek van haar weg. 'Ik heb alles al verteld,' mompelde hij. Hij had haast en wilde ervandoor gaan. Als ze hem nodig hadden, konden ze bellen. Uit de binnenzak van zijn zomerse colbertje haalde hij een visitekaartje: ARCHITECTENBUREAU VAN VLIET, stond erop.

'Woont u hier?' Britt wees op de witte villa achter haar. Alles aan het huis zag er knap bedacht uit. Zowel de houtwerkkleuren in geel, rood en blauw als de strakke belijning gaven het huis iets van een maquette van Rietveld.

'Inderdaad, ik heb hier ook mijn kantoor,' sprak de man binnensmonds. Nerveus blikte hij op zijn horloge, dat qua omvang niet onderdeed voor zijn bril. 'Joop is... was een goeie bekende van me, onze jongens speelden veel samen.'

'Joop?' vroeg Britt.

'Ik begrijp niet wie zoiets doet. Het is dieptriest.' Terwijl de man zijn hoofd schudde, viel zijn steile witte haar langs zijn gezicht. Automatisch schoof hij het over zijn hoofd terug. 'Het moet hier niet erger worden, ik heb altijd gedacht in een veilige stad te wonen, althans in dit deel dan. Dieptriest. Verhuizen, dat zou het beste zijn. Almere Poort zal het wel worden...' mompelde hij verder.

'Hoe hebt u het slachtoffer gevonden?' Britt hield vol.

Met fikse tegenzin – de man keek nogmaals op zijn horloge en belde daarna iemand om te zeggen dat het wat later werd – vertelde hij nog één keer zijn verhaal.

'Ik liep toevallig in de buurt van de steiger. Een sigaartje roken en voelen of de sloep nog wel goed vastlag, als je niet uitkijkt jatten ze tegenwoordig zo je boot. En toen zag ik hem. Nou ja, zijn bootje dan. Ze hadden het nog niet zo lang, een paar weken misschien. Tja, kinderen vinden zoiets leuk. Ik begreep niet waarom hij niet eerder een boot had gekocht. Ze gingen wel ieder jaar op zeilkamp. Enfin, ik zag natuurlijk niet meteen dat het Joop was die erin lag. Aanvankelijk dacht ik nog dat het bootje was losgeraakt. Ik meende zelfs dat ik het afgelopen week ook al een keer voorbij had zien varen, terwijl ze toen nog op vakantie waren, maar ik kan me daarin vergissen. Tot hij dichterbij dobberde en ik hem meteen herkende aan zijn postuur en haardos. Dus toen heb ik hem naar de kant getrokken. Tja, het is dieptriest,' herhaalde de man. Meteen draaide hij zich om. Zijn mobiel rinkelde en terwijl hij in zijn zak greep, mompelde hij opnieuw tegen Britt: 'Ik moet nu echt gaan. Je kunt me bellen.'

Zonder te groeten stak hij met grote stappen het grasveld over en liep in de richting van zijn bouwpakket.

Britt stopte het visitekaartje weg en stiefelde op de tent af. Daar hadden de temperaturen inmiddels het kookpunt bereikt. En alsof iemand een kaasstolp over haar heen zette, werd Britt de adem benomen toen ze er binnenstapte.

'Je moet eerst een pak aan,' riep Ronnie, die zelf al dik in het plastic zat. Nauwelijks herkenbaar liep hij op Britt af. Het zweet droop langs zijn gezicht. Overal om hem heen werd druk gefotografeerd, gestoft en gespeurd naar sporen. Voorzichtig bewoog Britt zich langs Ronnie in de richting van het slachtoffer. Toen ze zich over het bootje heen boog, schrok ze. Even kreeg ze een déjà vu. Ze zag de vrouw bij het strandje voor zich. Net als bij haar stonden er in de rug van deze man vijf messteken op een rij. Haarscherp, in een rechte lijn en met uiterste precisie had de een of andere gek hem doorboord.

24

Schichtig keek Thijs achterom. Als ze hem maar niet volgden. Niemand hoefde te weten waar hij naar toe ging. Na dat akkefietje met die smerissen had hij besloten te vertrekken. Nog even een paar zaakjes regelen en dan wegwezen hier. Hij wist ook al waarheen.

Ooit had hij een vakantiehuisje gekocht in België. Het lag net over de grens en was bij uitstek geschikt voor korte vakanties met de kinderen. Het huisje – dat meer op een bouwval leek – had hij willen opknappen om het daarna te kunnen verhuren. Maar door de afgelegen plek, zijn drukke baan en de slechte staat waarin het huis verkeerde, kwam er weinig van de plannen terecht.

In het begin hadden zijn kinderen het nog prachtig gevonden. Zelfs zijn ex had hij daar menig keer zien stralen. De luxe van thuis was zo vanzelfsprekend geworden dat alles wat maar enigszins afweek, meteen voor het nodige avontuur zorgde. Met slechts één koudwaterkraan en twee houtkacheltjes had het gezin toen nog heel goed zonder gas of elektra gekund. Maar na een paar natte, koude zomers werd het huis opeens te tochtig, te nat en te saai gevonden. Je 's avonds rond de houtkachel bij een olielamp vermaken met een boek; nee, dat zat er tegenwoordig niet meer in. Zonder wifi werd de wereld opeens piepklein. Voor nu zou het een prima oplossing zijn. Niemand die hem daar vond. Hij zou het huisje kunnen opknappen, geschikt maken voor permanente bewoning, waarom niet? Zijn kinderen konden er hun vakanties komen doorbrengen. Ja, hoe meer hij erover nadacht, hoe sneller hij wilde vertrekken.

Toen de lui van de dierenambulance die dooie kat bij hem hadden opgehaald en dat judogrietje en die blaaskaak waren opgestapt, had hij zo snel mogelijk maatregelen genomen. Voordat hij de huur van zijn kuthuis ging opzeggen, zou hij ieder spoor met betrekking tot de moord moeten hebben uitgewist.

Die krassen moesten uit het dak van de Fiat, de garage en de schadeverzekering moesten worden gebeld, ieder DNA- of bloedspoor van dat kattenwijf dat in het huis van zijn ex kon worden gevonden, moest worden weggepoetst, en tot slot – en misschien was dat wel het belangrijkste – moest hij zorgen dat die rooie griet haar smoel hield.

Want wat hem van dat klotebezoekje van die dienders nog het meest dwars had gezeten, was de laatste opmerking van die blaaskaak. Hij had in dat huis een rode haarlok gevonden. Van wie zou die nou zijn, hadden ze zich afgevraagd. Nou, Thijs had opeens een heel sterke ingeving gekregen. Hij kon wel raden van wie die lok was geweest.

Hoe meer het idee van zijn toekomstige vlucht serieuze vormen aannam, hoe meer hij ervan overtuigd raakte dat hij dat rode mormel aan de tand moest voelen. Stel dat zij het was die daar naast hem had huisgehouden, wat deed ze daar dan? Kende zij die heks? En stel dat ze werd ondervraagd en ging babbelen? Wat zou ze dan allemaal vertellen? Kwam ze soms net bij die heks vandaan toen hij haar bijna van de sokken had gereden?

Waar ze toen naartoe ging of vandaan kwam, kon hem geen flikker schelen. Wat hem wel kon schelen, was als ze straks ging lullen over een witte Fiat die haar bijna geschampt had. Dan stonden die smerissen in no time weer bij hem op de stoep. En wat dan? Gehaast toetste hij het nummer van de garage in. En terwijl hij dat deed dacht hij: hoe snoer ik dat rode mormel de mond?

25

‘Mevrouw?’

Gonnie opende haar ogen. Wie riep haar? Was het Ans? Nee, die klonk anders. Wat was er gebeurd? Er was iets met Joop. Toch? Of was ze flauwgevallen van de warmte?

‘Gaat het?’ Dezelfde stem.

Een vriendelijk kijkende vrouw met donkere ogen en grijzend haar boog zich over Gonnie. Ze droeg een witte jas. Ze rook naar ziekenhuis. Voor Gonnie een vertrouwde geur. Haar stethoscoop zat verstrengeld in haar parelketting.

Toen Gonnie wilde opstaan, werd ze meteen draaierig. De vrouw in de witte jas vroeg of ze hulp nodig had. Aarzelend nam Gonnie de toegestoken hand van de vrouw aan en ze stapte van de bank waarop ze had gelegen. Het opstapje waar ze haar blote voeten op zette, voelde ijskoud.

‘Uw sandaaltjes staan hier,’ zei de vrouw, alsof ze in een schoenenzaak werkte. En ze wees in de richting van een stoel waaronder de schoenen zich bevonden. De vrouw rommelde met wat instrumenten, schreef iets op een status en vertelde dat er hoogstwaarschijnlijk niets met Gonnie aan de hand was. Misschien lichte bloedarmoede. ‘Maar niets om u zorgen over te maken. Slaapt u slecht?’ vroeg ze.

Gonnie schuifelde naar het stoeltje. Net toen ze plaatsnam om haar sandalen aan te trekken, werd de deur van de kamer geopend. Twee mensen stapten naar binnen, een tengere, blonde vrouw in een korte broek en een lange, gespierde jongen met opstaand haar. Ze blikten in haar richting.

'Mevrouw Vermeer?' vroeg de vrouw.

Gonnie keek verstrooid op. Niemand noemde haar ooit bij Joops achternaam. Na hun trouwen had Gonnie haar meisjesnaam Bakker aangehouden. Evengoed reageerde ze. 'Ja?'

'U weet dat uw man het slachtoffer is geworden van een misdrijf?'

'Nee?'

'Mijn naam is Britt van Dijk, moordzaken.' Britt pakte haar politiepenning. 'En dit is mijn collega Ronnie Zeegers. Als het goed is, zijn er vanochtend twee wijkagenten bij u langs geweest, klopt dat?'

Gonnie staarde wezenloos naar Britt. Moordzaken? Lopen ze er tegenwoordig bij de politie zo bij, vroeg ze zich af. Deze vrouw leek op weg naar het strand. Net zoals zij gisteren met Ans had gedaan. Hoezo is Joop slachtoffer geworden?

'We hebben uw man gevonden. Hij is vermoord. Hebt u enig idee wie dat gedaan kan hebben?'

'Vermoord?!' Vol ongeloof staarde Gonnie naar de twee jonge mensen voor haar. 'Vermoord?' herhaalde ze. 'Waarom dan?'

'Als het u lukt, zou u dan met ons mee willen gaan? We praten graag verder op het bureau, daar kunt u dan ook uw man identificeren.' Britt praatte zacht.

Dat gaf Gonnie een vertrouwd gevoel. Alsof een van haar vriendinnen tegen haar sprak. Had Ans haar in het begin ook niet zo toegesproken? Meteen moest ze weer aan haar denken. Ans zou Joop toch niet...? Ze was zo obstinaat over hem. Laatst flapte ze er nog uit dat ze hem wel kon vermoorden. Maar waarom dan? Zouden ze wel zeker weten dat het om Joop ging? Het moest een vergissing zijn.

'Ik kom, even mijn schoenen vastmaken,' antwoordde Gonnie.

Ronnie liep als eerste de kamer uit, Britt volgde zwijgend.

'Spannend broekje,' grijnsde hij terwijl hij een blik wierp op

Britts korte broek. 'Hoe gaat het met de wond?' vervolgde hij snel toen hij Britts woedende blik opving.

'Goed. Toen jij belde had ik geen tijd meer om me te verkleden. Maar nu we in dit stadium zijn, zou ik je willen verzoeken deze vrouw vast mee te nemen naar het bureau, zodat ik me thuis kan omkleden.' Zonder Ronnies antwoord af te wachten liep Britt naar de uitgang van het ziekenhuis. 'Ik zie je zo!' riep ze toen ze de draaideur door liep.

Buiten brandde de zon nog feller dan de dagen daarvoor. Diepe voren hadden zich door de droge aarde van de tuintjes getrokken. Geen struik was nog groen te noemen.

Voordat Britt het asfalt op liep naar de zebra, zochten haar ogen naar de etage van haar flat aan de overkant. Vrijwel onmiddellijk herkende ze haar gordijnen. Het was grappig, vanaf dit punt had ze haar huis nog nooit bekeken, het gaf haar een vertrouwd gevoel. Ze hoorde hier al een beetje thuis. Misschien moest ze toch maar eens aan die verhuisdozen beginnen.

Halverwege de zebra werd haar oog opeens naar een groepje jongens getrokken. Ze stonden voor de ingang van het flatgebouw. Ondanks de hitte droegen de meesten een sweater met capuchon, een van hen had een petje op. Drie speurden er nerveus de straat af. De andere twee inspecteerden de naambordjes boven de brievenbussen. Britt meende een van de jongens te herkennen aan zijn lengte. Was dat niet dezelfde jongen als laatst in dat bootje? Wat moeten die daar, vroeg ze zich af.

Zonder te aarzelen en zo goed en zo kwaad als het ging met haar gehechte been, zette ze de vaart erin. Maar op het moment dat ze de overkant bereikte en de betonnen trap die naar de flat toe leidde wilde beklimmen, draaiden de jongens zich om en namen een spurt naar de winkelstraat. Daar werden ze meteen opgeslokt door het winkelende publiek.

'Shit, shit, shit!' riep Britt. Die was ze kwijt. Met een verhit gezicht en een kloppend been beklom ze de steile trap naar het flatgebouw. Bij de deur viel haar oog meteen op een geel stuk papier dat tussen de kranten en folders uit haar brievenbus stak.

Toen ze het papier naar buiten trok las ze: *Kankerhoer, wij weeten dat jij hier woont.*

Verbaasd staarde Britt naar de uitgeknipte letters, die schots en scheef op het papier waren geplakt. Ze draaide het papier om en schoof het tussen een folder. Mooi, dacht ze, dit gaat naar het lab. Stelletje sukkels. Dat bespaart ons een boel speurwerk. Denken mij een beetje te kunnen intimideren. Ha, wacht maar af. Ik zal jullie krijgen. En zelfverzekerd drukte ze op de knop van de lift, waarvan de deuren dit keer wel meteen opengingen.

26

De gang was te smal en te kort om te ijsberen. Zeker voor iemand met het postuur van Ans. Tot twee keer toe werd ze door verplegend personeel terechtgewezen – 'Mevrouw, wilt u wachten in de wachtruimte.' 'Mevrouw, kunt u nú aan de kant gaan.' – brancards met halfdode, vastgebonden en onder lakens weggestopte patiënten gleden als vrachtschepen aan Ans' oog voorbij.

Ze piekerde zich suf. Waarom heeft dat schaap al die pillen ingenomen en dat mooie haar afgeknipt? Zou het met mij te maken hebben? Ben ik te streng geweest?

Soms kon ze een bullebak zijn, natuurlijk, ze wist het maar al te goed, ze kende zichzelf. Maar Fleur was het beste wat haar tot nog toe was overkomen. Was haar iets ontgaan in het gedrag van Fleur? Had ze signalen afgegeven? Was ze ongelukkig geweest? Juist bij iemand als Ans, die de probleemgevallen uit haar werk kende: kinderen aan de zelfkant van het leven, eenzaam en verstoten door hun ouders. Hoe vaak had ze niet een poging tot zelfmoord weten te verijdelen? En nu dit, haar eigen kleine schat!

De deur waarachter Fleur naar binnen was gereden zwaaide open. Ans sprong overeind. Een grote man met een wilde krullenbos liep op haar af. Zijn mond ging schuil achter een mondkapje, hij droeg een groen schort waar bloed op zat. Toen hij vlak voor haar stond, trok hij zijn plastic handschoenen uit.

'We hebben haar terug,' sprak hij zakelijk, terwijl hij het mondkapje verwijderde. 'Maar het kind hebben we niet kunnen redden, daarvoor was ze te lang buiten westen.'

'Kind?' riep Ans onthutst. Ze staarde naar de strakke mond van de man.

'Ja, ik schat dat ze veertien weken zwanger was.' Uitdrukkingsloos keek de man op zijn horloge en daarna naar een collega iets verderop in de gang die hem wenkte.

'Ik verwacht dat ze aan het einde van de middag naar huis kan, als u haar maar wel in de gaten houdt. Psychische begeleiding lijkt me niet verkeerd. Ik heb een adres voor u waar ze gelijk terechtkan.'

Ans knikte afwezig. Rond een uur of vier zou ze het ziekenhuis bellen. Toen ze zich omdraaide om even bij Fleur naar binnen te lopen, hield een verpleegkundige haar tegen; het was beter de patiënt met rust te laten. Streng en beschuldigend keek de vrouw naar Ans, die nu beduusd op zoek naar de uitgang ging.

Bezweet en ontredderd, zich nog steeds afvragend waarom ze niets van het drama van haar pupil af had geweten, waggelde Ans naar de bushalte.

Een kwartiertje later, net toen ze de stille straat naar haar huis in liep, ving ze een glimp op van een ietwat gezette man die zichzelf uit een wit autootje hees. Ze zou zweren dat hij op weg was naar haar tuinhekje, maar toen hij haar zag aankomen, draaide hij zich plotseling om. Bliksemsnel stapte hij weer terug in zijn autootje en scheurde de straat uit.

Ans kon er niet lang bij stilstaan. Belangrijker was het dat ze de kamer van Fleur op orde kreeg. Alles rondom deze vreselijke gebeurtenis moest zo snel mogelijk worden weggewerkt.

Eenmaal op Fleurs kamer opende ze de gordijnen en gaf de zon vrij spel. Bedroefd keek ze naar de afgeknipte haren, die glansden in het zonlicht. Waarom toch, vroeg ze zich opnieuw af. Ze zeeg neer op het bed en terwijl ze op zoek ging naar een verklaring haalde ze de stille getuigen van het nachtkastje. Half in woede, half in tranen rukte ze daarna de lakens van het bed. Ze veegde de haren bij elkaar en stopte alles in een grote grijze vuilniszak. Pas nu viel haar de ruis op het beeldscherm van de tv op. Toen ze de afstandsbediening van de dvd-speler oppakte om het ding uit te schakelen, verscheen er een levensgroot beeld van twee slakken. Meteen viel haar oog op het geeltje dat daar aan de rand zat vastgeplakt. Nieuwsgierig liep Ans erop af. In het nog zo kinderlijke handschrift van Fleur stond geschreven: *Omdat dit een leugen is.*

27

Meteen nadat de zware deur werd ontgrendeld en het hoofd van Joop zichtbaar werd, stokte Gonnies adem. Zelfs zonder zijn bril herkende ze haar man uit duizenden.

Ze knikte: ja, ja, dit was hem. Ook nu hij hier zo stil en bleek en met die vreemde glimlach rond zijn lippen lag, was hij de man met wie zij een groot deel van haar leven had gedeeld. Met wie ze kinderen had gekregen. Die ze had liefgehad en gehaat. Ze rilde. Het was hier koud. Ze was er door de zomerse warmte van de afgelopen tijd niet meer aan gewend, ze had een vestje moeten aantrekken.

Het was raar, maar er viel niets aan hem te zien. Alsof hij ieder moment kon opstaan en kon roepen: 'Gefopt!' Zoals hij vroeger deed met de jongens. Doen alsof je dood was, niet bewegen, zo lang mogelijk je adem inhouden en dan ineens 'Gefopt' roepen. De jongens vonden het prachtig, ze herinnerde het zich nog goed.

Maar nu? Ze staarde naar het gebruinde mannenlichaam, zijn brede schouders, het golvende haar. 'Wie doet zoiets?' Gonnies stem trilde. Als in trance staarde ze naar het grote, koele gat waaruit haar man naar buiten was geschoven. Alsof ze bij de juwelier was en een ketting ging uitzoeken. Wordt het deze? Nee? Toch liever die andere?

'Komt u alstublieft mee,' zei de politieagent terwijl hij het verstijfde lichaam van Joop terugschoof en de deur van de koeling afsloot. Zachtjes duwde hij Gonnie in de richting van de uitgang. Daarna loodste hij haar een zijkamertje in.

'Wilt u een stoel?' Dezelfde jonge vrouw die Gonnie al eerder had gezien, schoof een stoel bij toen ze Gonnie zag binnenkomen. Ze had haar korte broek verwisseld voor een jeans. Gonnie vond dat ze bezorgd keek.

'Waarom hebben ze mijn man vermoord?' vroeg ze meteen, in de veronderstelling dat de jonge vrouw haar tekst en uitleg ging geven.

'Dat weten we niet. We gaan dat onderzoeken. Maar zonder uw hulp wordt het een stuk lastiger. Zou u het aankunnen om een paar vragen te beantwoorden?'

Gonnie knikte.

Britt liep naar een ladekast, pakte er een formulier uit, zocht een pen en begon te schrijven.

'Toen uw man gevonden werd, was u niet thuis. Waar was u?'

'Ik dronk koffie op een terrasje in de stad.'

'Waar?'

'Ik weet niet meer precies waar, ik was verstrooid.'

Britt keek Gonnie nieuwsgierig aan. 'Hoe kwam dat?' vroeg ze.

Gonnie wist precies hoe dat kwam. Ze voelde opnieuw de schaamte en de afkeer van haar nachtelijke avontuur met Ans omhoogkomen. Ze keek naar de jonge vrouw tegenover haar, ze kon moeilijk vertellen wat ze die nacht daar in Bergen had beleefd.

'Ik had slecht geslapen, ik was een paar dagen weggeweest en net weer terug.'

Wederom voelde Gonnie de nieuwsgierige blik van Britt, die haar onderzoekend opnam. 'Waarom ging u dan niet meteen naar huis?' vroeg ze.

Omdat ik niet eerder wilde thuiskomen, omdat ik was weggegaan om afstand te nemen van mijn man. Van zijn escapades, zijn pc en zijn eeuwige geflirt en gedonder met andere wijven, omdat ik wilde nadenken over hoe ik verder moest. Misschien wel zonder hem, dacht Gonnie.

'Geen idee,' antwoordde ze. Ze sloeg haar ogen neer. Ze wilde niet langer naar die priemende, groene kattenogen tegenover haar kijken.

'Mag ik vragen waar u geweest bent? Was u daar met anderen?' Britt schreef stug door, ook nu Ronnie zich bij hen in de kamer voegde en met veel bombarie op haar bureau plaatsnam.

'In Bergen. Met een vriendin.'

'Kunt u mij haar naam en adres geven?'

'Uiteraard.' Gonnie noemde alleen de straatnaam van Ans. Ze zag dat de jonge vrouw moeite had met het spellen van de naam Buñuel. 'In de Filmwijk,' voegde ze eraan toe.

'Wanneer hebt u voor het laatst met uw man gesproken?' ging Britt snel verder.

Gonnie moest diep nadenken. Was dat voor of na het etentje met Ans? Was het voordat ze op het strand in slaap was gevallen? Of was het 's ochtends op dat terras? Toen ze op weg waren naar zee en Joop haar had gebeld over die moord op Mies? Moord? Gonnie peinsde. Had de moord op Mies te maken met de moord op Joop?

'Ik weet het niet meer precies, ik denk een paar dagen geleden, ik kon hem niet bereiken.'

'Sinds wanneer niet?'

'Sinds gisteren, denk ik. Echt, ik weet het niet meer precies.' Gonnie kon zich niet voorstellen dat dit zo belangrijk was.

'Weet u waar de mobiel van uw man kan zijn?'

'Geen idee. Thuis? Had hij die dan niet bij zich?'

Joop zonder zijn BlackBerry, dat bestond niet, wist Gonnie.

'We hebben tot nog toe niets op het slachtoffer teruggevonden. We zouden graag zo snel mogelijk bij u thuis willen rondkijken.'

'Ik zie niet in wat er belangrijk is aan mijn mans telefoon.' Gonnie wilde niet dat er wie dan ook in haar huis ging rondkijken. Niet nu. Niet nu ze zo moe was. Eerst moest ze alles op een rijtje zetten, een uitvaart regelen, de jongens bellen... O, god, de kinderen! Wat moest ze zeggen?

'We kunnen via zijn gsm traceren met wie hij het laatst contact heeft gehad, misschien heeft hij wel met de dader...'

Ze waren op zeilkamp. Hoe kon ze hen bereiken? Hoe ging ze het vertellen? Via hun vrienden uit de Kruidenwijk? Hun jongens waren ook naar Friesland. Nee, haar oudste kon ze ook rechtstreeks bellen, hij was sterk, net als Joop. Gonnie schoof haar stoel naar achteren. Ze stond op.

'Mevrouw Vermeer?' Geschrokken keek Britt op.

'Ik moet mijn kinderen bellen,' riep Gonnie terwijl ze de deur uit liep. En met een snik stoof ze de gang op.

28

'Vreemd,' mompelde Britt een halfuurtje later voor zich uit. Ronnie was iets fris halen terwijl zij achter haar bureau zat.

Meteen nadat Gonnie in allerijl de kamer uit was gevlogen, was Britt naar het lab gegaan. Daar hoorde ze van een collega dat het nog wel even kon duren voordat de boot waarin ze het slachtoffer hadden gevonden op alle sporen was doorzocht.

Voorlopig moest ze het dus van haar eigen gepuzzel hebben. Peinzend had ze haar breiwerk opgepakt. Terwijl de breipennen tikten, liet Britt haar gedachten de vrije loop. Ik kreeg de indruk dat die vrouw iets niet durfde te vertellen, dacht ze. Zouden zij en haar man ruzie hebben gehad? Was ze daarom met een vriendin weggegaan? Waarom zou ze zo vaag gedaan hebben over dat telefoontje? 'Was hij echt niet bereikbaar?' vroeg ze zich hardop af.

'Wie?' Ronnie kwam met twee blikjes cola binnen. Zijn T-shirt had hij verwisseld voor een ruitjeshemd met korte mouwen. Het stond hem goed, maar maakte hem meteen een stuk ouder.

'Wie, baas?' herhaalde hij op hijgerige toon.

Britts oog viel op de tatoeage op Ronnies onderarm. Ze meende daar ineens een vrouwennaam te lezen en ongemakkelijk verplaatste ze haar blik naar haar pc. Er lichtte een mailtje op van de patholoog-anatoom. En zoals Britt al vermoedde, was dit tweede slachtoffer hoogstwaarschijnlijk met hetzelfde wapen gedood als het eerste. De diepte van de steken was praktisch gelijk. De dader had op vrijwel dezelfde manier toegeslagen. In de rug. En alsof beide slachtoffers niet in staat waren geweest zich te verzetten, waren de steken stuk voor stuk met zeer veel precisie geplaatst. De dader scheen er alle tijd voor te hebben genomen om er zeker van te zijn dat hij niet kon missen.

'Wie doet zoiets?' vroeg Britt aan Ronnie. 'Wie heeft zoveel anatomische kennis om iemand op zo'n brute wijze te doden? Alleen een arts of een slager zou precies kunnen weten waar de lever, het hart en de longen zitten, toch? Of zou de dader op een andere manier gestoord zijn? Wilde hij het op een rituele slachting laten lijken? Maar waarom? En wat hadden de twee slachtoffers met elkaar gemeen?'

'Zeg, Britt, dat bootje, hè?'

Britt stopte even met breien. Verbaasd keek ze op naar Ronnie. Kennelijk kon hij haar toch bij haar naam noemen. Een kleine stap voorwaarts, dacht ze gniffelend en ze stak vervolgens weer een pen door een lus.

'Ik ben vanochtend bij een aantal van die mensen op de lijst langsgeweest, nou, dat liep aanvankelijk nergens op uit. De meesten waren niet thuis of op een leeftijd dat ze zonder rollator de deur niet meer uit kwamen, laat staan in een wiebelend motorbootje gingen zitten.' De haast waarmee Ronnie sprak, deed hem haast struikelen over zijn woorden.

'Kalm aan,' zei Britt.

'Maar raad eens waar mijn laatste bezoekje was? Nou, wat denk je?'

Britt haalde haar schouders op, ze schudde haar hoofd en nam een slok van haar cola. De blik in Ronnies ogen maakte haar nieuwsgierig.

'Vertel!' riep ze opgewonden.

'In dezelfde straat als van ons kattenvrouwtje! En nog één keer raden dan: wie denk je dat daar opendeed?'

'Geen idee.'

'De jongen van het Marokkaanse stel van zondag!'

'Weet je dat zeker?' vroeg Britt verbaasd. 'Jij hebt alleen maar een beschrijving van hem gehad, je hebt toch geen foto van hem gezien, is het wel?'

'Klopt! Ik wist ook niet meteen dat hij het was, maar toen ik vertelde dat ik van de politie was en wilde weten of hij misschien een bootje had gehuurd, werd hij opeens heel zenuwachtig. Zijn ouders mochten beslist niet weten dat hij een vriendinnetje had. En ze mochten vooral nooit aan de weet komen dat hij met haar op het bureau had gezeten. Alles ging in het geniep. Chillen, zoenen en bootjes huren. De dag dat hij met haar naar dat strandje was gevaren, om, nou ja, je weet wel wat te doen, bleek hun bootje opeens gejat.'

'Hm,' mompelde Britt. 'Denk je dat hij liegt?'

'Ik weet het niet, ik denk het niet. Hij vertelde me dat hij wist wie de dieven waren. Hij kende ze persoonlijk. Hij vermoedde dat ze hem een hak hadden willen zetten. Het waren scooterdieven.'

'Scooterdieven of bootjesdieven,' vroeg Britt. 'Wat zijn het nou?' Ze kon de woordenstroom van haar collega steeds minder goed volgen.

'Er schijnt hier een jeugdbende te zijn die auto's en scooters jat. Vaker scooters, omdat die meer geld opbrengen. Ze zijn gewild en je kunt ze makkelijker doorverkopen dan een auto.'

'Waarom vertelde hij je dat allemaal als hij die dieven zo goed kent?' vroeg Britt achterdochtig.

'Hij had een tijdje bij die bende gezeten, maar sinds hij dat vriendinnetje heeft, is hij gestopt. Een eerlijker leven gaan leiden.'

'Ja, ja,' zei Britt. Ze trok haar wenkbrauwen op. 'Heb je hem ingerekend?'

'Nee, moest dat?' Ronnie aarzelde om verder te gaan. Britts breipennen tikten driftig door. Nerveus volgde hij de vaart waarmee ze haast gedachteloos iets kleurrijks fabriceerde. 'Ik heb gezegd dat hij vrijuit ging als hij me de namen van die jongens wilde geven.'

'Vrijuit gaan?'

'Hij mag dan ooit op het verkeerde pad zijn beland, een moord heeft hij niet op zijn geweten. Dat weet ik zeker. Terwijl die anderen...'

Britt dacht na. Misschien was dat stel daarom wel opeens verdwenen. De jongen was niet alleen bang dat ze hem zouden verdenken van moord, maar ook van al die diefstallen. Het meisje had natuurlijk aangedrongen dat hij de politie moest informeren over dat lijk. Misschien had ze ook wel willen vertellen dat hun bootje was gestolen. Hadden ze daar woorden over gekregen? Het meisje had ongetwijfeld niets van die handel in scooters geweten.

'Wie zijn het?' vroeg Britt.

Enthousiast overhandigde Ronnie haar een lijst met namen. Toen ze de pc aanzette, herkende het opsporingsdossier meteen alle namen. Een reeks diefstallen, aanrandingen en geweldsdelicten kwam voorbij, niet bepaald lekkere jongens. Allen hadden een strafblad.

Ronnie begon te stralen. Hij streek over zijn gladgeschoren kin. 'Nou, als je het mij vraagt, dan zou ik zeggen: warm!'

In gedachten verzonken keek Britt hem aan. Warm? O ja, zijn spelletjestic.

Zelf was ze iets minder enthousiast. Misschien waren ze dan een klein beetje verder in de zaak, en wellicht dat deze dieven ook meer van de moorden af wisten, maar hoe langer ze erover nadacht, hoe meer ze ging twijfelen. Ze stond op en schuifelde naar het raam. Een vaag gevoel borrelde bij haar op. Het zei haar dat het in deze zaak om iets heel anders ging. Iets dat wellicht zo voor de hand lag dat je het snel over het hoofd zou kunnen zien. Maar wat?

29

Eenmaal terug in de beschutting van haar eigen woonkamer drong het heel langzaam tot Gonnie door dat Joop echt niet meer leefde. Ze had een espresso gemaakt, de tuindeuren geopend, hun bedelende hond naar buiten gejaagd en zich in Joops leunstoel naast de boekenkast laten vallen. Ze keek naar de tuin. Het drukke mezengekwetter en vrolijke getjilp van de mussen klonk zo levendig dat Gonnie onwillekeurig moest glimlachen om dit vertederende fluitconcert.

Ik hoor niet te lachen, ik hoor te huilen, dacht ze toen ze zich bewust werd van haar gemoedstoestand. Gespannen draaide ze haar koffiekopje in de palm van haar hand. Joop kwam hier nooit meer terug. Ze was hem voorgoed kwijt.

Hoe vaak heb ik niet gewenst dat hij zou oprotten? Een ongeluk zou krijgen, een dodelijke ziekte zou oplopen, bij een van die andere vrouwen bleef, uit mijn leven zou verdwijnen. Nu is het zover. En ik voel helemaal niets. Ik ben leeg. Alsof ik zelf ook dood ben.

Waarom heeft iemand hem vermoord? Zou het een patiënt geweest zijn die zijn gram kwam halen, iemand die zich slecht door hem behandeld voelde? Was het een van zijn laatste veroveringen, die zich door hem afgewezen voelde?

Het was een arrogante man, altijd al geweest; een betwetertje. Hij kon mensen behoorlijk tegen zich in het harnas jagen met zijn eigenzinnigheid. Een snob, zoals Ans hem noemde.

Misschien was hij overvallen. Gebeurde dat de laatste tijd niet vaker? Zeker in hun buurt. Hier viel nog iets te halen. Misschien hadden ze gehoopt niemand thuis te treffen. Had hij hen verrast? 'Voor een tientje maken ze je af,' had een buurman laatst nog gezegd. Welke buurman had Joop ook alweer gevonden? Diegene die hem een alarminstallatie had aangeraden? Was er eigenlijk wel ingebroken? Ze had de politie er niet over gehoord. Ze keek om zich heen, alles stond nog op zijn plek. Het zag er nog precies zo uit als op de ochtend dat ze met Ans op pad ging. Ans, dacht ze. Dat avontuur leek opeens heel ver weg.

Ze moest de jongens bellen. Daarvoor was ze naar huis gegaan.

Een van de siamezen schurkte miauwend langs haar broekspijp. O, jee, haar lievelingen. Hadden ze wel te eten gehad? Had Joop nog aan hun bak gedacht?

Vlug stond ze op. En toen ze de lege voerbakken zag en de uitwerpselen in de volle kattenbak rook, realiseerde ze zich dat het haar taak was om niet bij de pakken neer te zitten. Ze moest zo snel mogelijk de oude regeltante in haarzelf aanspreken.

'Arme schatten,' riep Gonnie en ze ging op weg naar de keukenkast, op de voet gevolgd door de twee siamezen. Ook de oude hond dribbelde, amechtig hijgend, achter zijn bazin aan. Dat was het teken voor Gonnie om door te gaan.

'Eerst de jongens...' zei ze gehaast voor zich uit terwijl ze op zoek ging naar haar mobiel. Aarzelend liet ze haar hand over de toetsen van de telefoon glijden. Toen ze het nummer van haar oudste indrukte, voelde ze, ondanks de zwaarte die dat met zich meebracht, ook heel langzaam alle kracht van het moederschap terugstromen. Als moeder ben je sterk, altijd. Ik laat me niet uit het veld slaan, dacht ze, zelfs niet nu mijn man net vermoord is.

Aan de andere kant van de lijn heerste ongeloof, toen een snik en boosheid en daarna stilte. Iemand zou de jongens thuisbrengen. Ze hoefde zich geen zorgen te maken. Typisch haar oudste. Haar stoere man. Liefdevol nam ze afscheid. 'Ja, tot later dan. Straks zijn we weer allemaal samen,' zei ze, wetende dat die opmerking nergens op sloeg. Joop zou er nooit meer bij zijn.

Onrustig rommelde ze in het lege huis. Gedachteloos ruimde ze de vaat op, gaf de planten water en besloot daarna haar koffertje naar boven te brengen. Op de overloop stond ze stil, voor zijn kamerdeur. Het moest een keer gebeuren. Ze zou daar toch een keer naar binnen moeten. Zijn domein, in geen jaren was ze daar geweest. Hooguit om even een blik om de hoek te werpen, als er gegeten moest worden of als er bezoek was. 'Kom je zo?' Meer niet.

Als aan de grond genageld stond ze daar. Ze staarde naar de deurklink en het slot eronder. Weifelend gleed haar hand over de klink. Meteen ging de deur open. Een zoete geur van stof prikkelde haar neusgaten. Wanneer was hier voor het laatst gestofzuigd? Had Joop zijn kamer ooit schoongemaakt?

Haar koffertje zette ze neer bij de deur en ze liep op zijn bureau af. Tussen stapels paperassen, boeken en lege koffiekopjes stond zijn pc. Gedachteloos verschoof ze de muis, meteen floepte het beeldscherm aan. De mailbox kwam uit de slaapstand.

Het laatst gelezen mailadres had iets met bloemen te maken. Fleur@hotmail.com. Fleur? Had Joop bloemen besteld? O, nee, natuurlijk niet. Ze had het verdrongen, maar het ging natuurlijk om dat pleegkind van Ans. Die Fleur. Die zo slecht voor de siamezen had gezorgd. Onderhield Joop daar nog contact mee? Automatisch klikte ze de mail aan. Haar ogen volgden regel voor regel op het beeldscherm. Haar hart begon sneller te kloppen. Ze voelde hoe het bloed uit haar gezicht wegtrok. Verdoofd van ontzetting liet ze zich in Joops bureaustoel vallen. Wat ze hier las, was zo verschrikkelijk en zo confronterend dat alles in haar smeekte dat het niet waar was. Dat wat ze hier las niet over haar man ging.

30

Plotseling was die dikke vrouw daar. Nog voordat hij het tuinhekje had geopend zat Thijs alweer in de Fiat. Trillend van de zenuwen was hij weggereden. Een held op sokken voelde hij zich, een domme klojo. Op weg naar de garage had hij nog gedacht: het is nu of nooit. Hij was afgeslagen en naar haar straat gereden. Hij moest haar spreken! Maar toen die dikke vrouw de hoek om liep, voelde hij al zijn heldenmoed verschrompelen. Hij zou zich beter moeten voorbereiden. Vanavond, dacht hij, vanavond laat probeer ik het opnieuw.

Inmiddels stond de auto van zijn ex op de brug van de garage. Meteen nadat hij de auto daar naar binnen had gereden, had de man van de garage zijn zwarte smeerolievingers over de krassen in het spierwitte dak getrokken. Wantrouwend had hij naar Thijs gekeken. 'Vandalisme?' had hij geopperd.

Thijs had zijn schouders opgehaald. Snel legde hij uit dat het om de auto van zijn vrouw ging. Hij had naar de man van de garage geknipoogd. 'Tja, vrouwtjes, hè?' had hij smalend gezegd in een poging de man daarmee op zijn hand te krijgen. Maar tot zijn verbazing scheen dit kleine mannetje niet gevoelig voor seksisme. Integendeel. Bezorgd vroeg hij aan Thijs of het goed met diens vrouw was afgelopen, waarna hij opzichtig de rest van de auto begon te onderzoeken. En nogmaals liet hij zijn oliehanden over de diepe krassen glijden, om vervolgens aan Thijs te vragen of hij de politie had ingeschakeld. 'En anders doet de verzekering dat wel,' murmelde hij erachteraan.

Dat was voor Thijs de druppel. Hij had de man te kennen gegeven dat hij geen vragen moest stellen, maar de auto in orde moest maken. 'Daarmee basta,' had hij gesnauwd. 'Ik betaal, jij repareert! Zo niet, dan ga ik naar een ander. Garages zat!' En pisnijdig had hij zijn visitekaartje neergesmeten. 'Bel me maar als hij klaar is,' had hij naar de man geschreeuwd.

Het kwam door die wijven, dacht hij nu. Als zijn ex hem niet had bedrogen, was hij nooit naast dat kattenmonster terechtgekomen, dan had hij nooit dat rooie kreng ontmoet en dan... Weer dacht hij aan de jonge vrouw op de fiets, obsessief haast hoe ze telkens voorbijdwarrelde in zijn geest.

De garage lag, net als zo veel andere bedrijven, op een industrieterrein in het westen van de stad dat grensde aan de weg naar het bos. Thijs liet de garage achter zich en liep in de richting van het bos. De aangename koelte van de bomen had een kalmerend effect op hem. Hij had zijn laptop bij zich. Hij zou een bankje kunnen opzoeken en proberen wat te werken. Desnoods kon hij nog een kleine siësta houden. Misschien loop ik wel even door naar het water, dacht hij. En voor het eerst sinds dat akkefietje aan het strandje voelde hij zich licht ontspannen.

De grote plas die iets verderop lag, had hij vorig jaar nog met de kinderen bezocht. Ze hadden praktisch de hele dag daar doorgebracht. Ze hadden gezwommen en liggen luieren. En aan het einde van de dag hadden ze bij die tent aan het water vis gegeten. De kinderen hadden met hem over hun vervolgopleiding gebabbeld. Wat hem betrof hoefden ze niet per se naar de universiteit. Hbo ja, zelfs mbo was goed had hij gezegd. Zijn zoon was nou eenmaal – in tegenstelling tot zijn dochter, die altijd met haar neus in de boeken zat – beslist geen studiehoofd. De jongen was liever aan het knutselen. Iets technisch leek hem wel leuk. Iets met zijn handen.

Hoe kort was dat nog maar geleden, dacht Thijs. Hoe tevreden en gelukkig zat ik daar met mijn kids. Hoe had ik kunnen vermoeden dat mijn ex toen al heel andere plannen aan het smeden was? Als hij daar nu aan terugdacht... Hij balde zijn vuisten. Hij zou haar kunnen vermoorden. Net zoals die kattenheks. Hij zuchtte. 'Nog even, hou nog even vol,' sprak hij zichzelf toe in een poging het ontspannen gevoel vast te houden.

De dichte schaduw van de bomen loste langzaam op naarmate hij de plas naderde. Een zacht briesje waaide vanaf het water. Mild streelde het zijn gezicht. Automatisch liep hij in de richting van het water. Stemmen van spelende kinderen, hondengeblaf en een zacht geronk van motorbootjes drongen zich aan hem op.

Even twijfelde hij of hij wel verder zou lopen. Liever niemand tegenkomen, had hij zich toch voorgenomen? Het einde van het bospad kwam in zicht. Een vreemd kabaal klonk vanuit de struiken. Thijs spitste zijn oren. Het geluid van brekende takken, gesnauw en geruzie, half in het Nederlands, half in een vreemde taal, bereikte zijn oor.

Stokstijf bleef hij staan. Hij probeerde te lokaliseren waar het lawaai vandaan kwam. Hij ving flarden op: 'slet', 'hoer', 'politie', 'ga jou doodmaken'. Achter de bomen, op nog geen vijftig meter afstand, ontwaarde hij nu een groepje jongens. Hij telde er minstens vijf. Ze stonden om een andere jongen heen. Hij was de enige van de groep die geen petje of capuchon droeg, maar een gladgeschoren schedel had. Een kleinere jongen stond op de uitkijk. Zijn gezicht ging schuil achter een grote zonnebril en onder zijn petje staken lange rastakrullen uit. Het zag ernaar uit dat hij de wacht hield bij een drietal scooters.

De langste van de groep schold het hardst tegen de gladgeschoren jongen. Hij sjorde en trok aan hem, en toen de jongen iets terugriep, gaf hij hem een paar rake klappen. Die raakten hem vol op zijn hoofd. De jongen wankelde en probeerde zich vast te grijpen aan degene naast hem, maar toen die hem een duw gaf, smakte hij tegen de grond. Weer riep hij iets.

Thijs kon het niet verstaan, maar dat kon ook aan de taal liggen, het klonk Arabisch. De lange jongen begon nu naar de jongen op de grond te trappen. De anderen voelden zich hierdoor aangemoedigd. Schreeuwend schopten ze naar de grond. Harder en harder ging het er nu aan toe. In een poging zijn hoofd te beschermen sloeg de jongen zijn armen om zijn hoofd. Weerloos onderging hij de aanval.

Godallemachtig, wat moet ik doen, dacht Thijs. Ze maken hem af. Hij had weinig zin om zich hierin te mengen. Het enige wat hij kon bedenken was om zich zo snel mogelijk uit de voeten te maken. Normaal gesproken zou hij de politie bellen, maar dat idee liet hij meteen varen. Er komt vast wel iemand langs, dacht hij, en zoals het een lafaard betaamt, ging hij er als een haas vandoor.

Heet

I

Ik leef nog, dacht Fleur toen ze haar ogen opende. Het was mislukt. Haar mond was droog, haar tong van leer en ze had een geweldige dorst. Angstig keek ze de kamer rond, ze was alleen. Haar hand gleed over haar buik. Die voelde anders. Leeg en vlak. Meteen werd ze zich bewust van het maandverband tussen haar benen. Het was weg. Haar vrucht, haar baby, ze was het kwijt. Zacht begon ze te huilen. Waarom had hij haar dit aangedaan? Hij die altijd zo lief was. Zijn helderblauwe ogen achter die brillenglazen, spottend en zacht. Als de zee zo blauw. Ze was er vanaf de allereerste keer dat ze elkaar hadden gekust, vol in gedoken, om nooit meer boven te hoeven komen. Zijn zoete mond, zijn warme handen...

Er stond een glas water op het kastje naast haar bed. Voorzichtig reikte ze ernaar. Toen ze haar dorst gelest had, zonk ze terug in haar herinneringen.

Hij was gebleven, net zolang totdat de woorden kwamen. Al die tijd had hij geduldig naast haar op bed gelegen. Half in slaap, aangeschoten en doezelig had hij haar gekust en gestreeld. Hij had haar zijn rode engel genoemd, zijn liefje, en nog veel meer koosnaampjes had hij haar oor in geblazen.

Het kwam vaker voor, had hij troostend gezegd, als arts kende hij het verschijnsel. Bij acute stress raakten sommige mensen hun spraak kwijt. Het was niets bijzonders, het kwam vanzelf weer goed. Hij vroeg zich alleen niet af waar die acute stress vandaan kwam, dacht Fleur. Zozeer werd hij geabsorbeerd door zijn eigen gedachten.

Maar toen de eerste woorden eindelijk hortend en stotend haar mond verlieten, veranderde er meteen iets in zijn blik. Die helderblauwe ogen, eerder nog zo zacht en zo lief, staken als twee kille ijspegels dwars door haar heen. En zijn tedere, warme handen duwden haar ruw van zich af.

Hij schreeuwde en schold, hij tierde dat hij dit niet wilde. Haar niet, maar zeker dat kind niet. Het moest zo snel mogelijk worden weggehaald. Hij wist ook al bij wie. Een van zijn ziekenhuisvriendjes was daar heel goed in. Desnoods betaalde hij zelf de schade. Daarna stormde hij het huis uit.

In verbijstering liet hij haar achter. Weg laten halen? Schade? Op dat moment leek er iets in haar binnenste te breken. Haar hart bonkte zo hevig tegen haar middenrif dat het haar de adem benam. Daarna kon ze nog maar aan één ding denken: ik moet hem op andere gedachten brengen.

2

'Weer die man!' riep Britt terwijl ze naar de uitgang van het bureau hinkte. 'Rij jij?' vroeg ze aan Ronnie, die haar gedwee volgde. Hij zweeg. Hij begon al te wennen aan zijn chauffeursrol.

Er was een bericht binnengekomen van een vechtpartij bij de Noorderplassen. Iemand had geschreeuw gehoord en drie scooters zien wegrijden. Een Marokkaanse jongen zou in elkaar zijn geslagen. Ook was er een gezette man met halflang haar gesignaleerd. Een getuige had hem zien wegrennen.

'Het moet hem zijn,' zei Britt terwijl ze naast Ronnie in de auto stapte. 'Thijs Vleugels! Wedden?' zei ze. 'Maar wat had hij daar te zoeken? Zou hij iets met die scooterdiefstallen te maken hebben? Heb jij al gekeken of hij een strafblad heeft?'

Ronnie leek niets te horen. Hij zette zich schrap, plaatste een zwaailicht op het dak en scheurde zo snel mogelijk het politieterrein af.

'Nee,' zei hij kortaf terwijl hij de laatste rotonde van de uitgestrekte dreef op reed. 'Zat hij niet in het huis van zijn ex? Tenminste, dat vertelde hij toch? Als je wilt, kunnen we daar straks even een kijkje gaan nemen.'

Britt dacht even na. 'Woonde die Marokkaanse jongen niet in dezelfde straat als ons eerste slachtoffer?' Ze probeerde de plattegrond van Almere uit te vouwen. Maar door de snelheid waarmee de auto over de weg vloog, lukte dat met geen mogelijkheid.

'Zeker, net als die andere rotjochies,' knikte Ronnie.

'En Thijs Vleugels,' vulde Britt aan.

De zon brandde fel op de voorruit. Britt trok de zonneklep naar beneden. Haar oog viel op haar verfomfaaide haar. Het rode elastiekje dat haar staartje bij elkaar moest houden, hing halverwege. En hoewel ze met deze vaart onmogelijk iets aan haar kapsel kon doen, deed ze toch een poging. 'Oef, wanneer wordt het koeler?' klaagde ze toen ze de laatste plakkerige nekharen zo goed en zo kwaad als dat ging tussen het elastiekje terug had gefrommeld.

'Sorry?'

'Niets.'

Ze dacht weer aan Thijs Vleugels. Zat hij er niet wat armoedig bij in dat huis? Zou hij financiële problemen hebben? Toch leek hij haar geen type dat gestolen scooters doorverkocht. Wat deed hij ook alweer? Had hij dat niet verteld?

Ze blikte opzij naar Ronnie, wiens wangen eigenaardig glommen. Dunne straaltjes gel hadden een kleverig spoor langs zijn bakkebaarden getrokken.

'Misschien moet ik ook eens aan de haargel,' grapte ze. 'Dan blijft alles tenminste goed op zijn plek.'

Het flapte er spontaan uit. Ze beet op haar lip. Zelf was ze niet gediend van opmerkingen over haar uiterlijk. Hoe vaak had ze die niet moeten incasseren? Deed ze nu niet hetzelfde?

Ronnie reageerde niet op haar opmerking. Hij concentreerde zich op de ringweg. Hij mocht geen afslag missen. Door de hoge snelheid zou hij makkelijk te ver kunnen doorrijden.

Er is die Thijs, er zijn twee lijken, die scooterdieven, en ik zie er geen enkel verband tussen, dacht Britt toen ze weer een blik op de plattegrond probeerde te werpen. Bij die vrouw kon het nog om roofmoord gaan. Haar scooter was weg, haar geld ook. Maar hoe zat het bij dat slachtoffer in het bootje? Waar woonde hij ook alweer?

Ronnie gaf een ruk aan het stuur. De kaart vloog van Britts

schoot. In een reflex greep ze zich vast aan de lus naast haar hoofd. Voordat de auto met een rotgang op de afslag afstoof, trapte Ronnie het gaspedaal nog even tot de bodem in.

Als een ervaren skiër op de lange latten haalde hij nog snel even rechts een auto in, maakte een slalom en gleed vervolgens met piepende banden de helling af. Vlak voor een groepje zwemmers kwam de auto tot stilstand. Mensen keken verschrikt op.

Ronnie sprong uit de auto en stormde op het groepje af.

'Hé, wacht op mij,' riep Britt. Maar Ronnie was al weg. Toen hij bij het slachtoffer aankwam, boog hij zich over hem heen. De jongen – bont en blauw geslagen en onder het bloed – fluisterde iets in Ronnies oor. Britt zag hoe Ronnie knikte en daarna in haar richting keek. Iemand schoof een zuurstofmasker op het gezicht van de jongen en twee mannen in groen-gele pakken legden hem daarop in een ambulance. Met zwaailicht en loeiende sirene werd hij afgevoerd.

Britt speurde de omgeving af. Uiteraard was er nergens een spoor van Thijs Vleugels. En toch meende ze uit de beschrijving op te maken dat hij het geweest moest zijn.

Ronnie sprak met een paar zwemmers. Druk gebarend wezen ze naar de plek waar het gevecht had plaatsgevonden. Britt kwam aarzelend naderbij. Ze had inmiddels haar collega's van de FO opgepiept. Het was zaak om zo snel mogelijk dat groepje zwemmers hier weg te krijgen. De verse sporen van een worsteling waren nog duidelijk zichtbaar.

Terwijl ze op het groepje afliep, werd haar oog naar iets glinsterends op de grond getrokken. Half verborgen onder de struiken lag een voorwerp te schitteren in de zon. Toen ze zich bukte, ontdekte ze dat het om een sleutelhanger ging. Er hing een klein sleuteltje aan. Hoewel de omgeving kurkdroog was, leek het net alsof de hanger in het water had gelegen. Het opschrift van het label was doorgelopen.

Britt raapte een takje van de grond. Voorzichtig tilde ze het sleuteltje ermee op. Ze las een getal. 10, 70, 100? Het kon van alles zijn. Ze liet de sleutelhanger in een plastic zakje glijden, vouwde het dicht en stopte het in haar zak. Misschien is het niets, dacht ze, maar haar nieuwsgierigheid was geprikkeld. Waar zou dit sleuteltje op passen? En wie was de eigenaar?

3

... straks als die hele klotetoestand voorbij is. Ik beloof je, de scheiding zal niet lang meer op zich laten wachten. Je bent mijn lekkerste en geilste poppetje...

Gonnies betraande ogen lazen de woorden, die niet bij haar echtgenoot leken te horen. Terwijl haar hersens protesteerden, klikte haar trillende hand door op de muis. Ze opende nog meer mailtjes. Steeds verder terug in de tijd. Hoe verder terug, hoe pijnlijker de tekst.

Hij noemde haar en de kinderen slechts lastige bijkomstigheden nu hij de vrouw van zijn dromen was tegengekomen. Nog nooit was hij zo verliefd geweest. Zijn liefje gaf hem het gevoel opnieuw geboren te zijn... Bla, bla, bla, dacht Gonnie walgend.

Naarmate ze verder las en de misselijkmakende woorden haar steeds machtelozer en ongelukkiger maakten, simpelweg omdat ze er toch niets meer aan kon veranderen, zocht haar brein naar een verklaring. Midden in haar gepeins hoorde ze de deurbel. Tot tweemaal toe drukte iemand langdurig op de bel. Opendoen was geen optie. Niemand wou ze hier toelaten. Geen mens mocht weten wat zich hier in dit huis had afgespeeld. Wat haar man in deze kamer over haar en haar kinderen had geschreven. Nooit!

'Ga weg!' riep ze tegen het beeldscherm. 'Ga weg!' krijste ze met de muis op het bureaublad rammend. Hoe kon ze zo stom zijn geweest? Dat ze nooit iets vermoed had. Hoe lang hadden die twee al... Onder haar neus. Wist Ans dit? Zou die op de hoogte zijn geweest? Had ze daarom avances gemaakt?

Weer de bel. Tegelijk nu met de telefoon. Automatisch greep haar hand naar het rinkelende toestel. Een onbekend nummer lichtte op. 'Gonnie Bakker,' zei ze schor.

'Mevrouw Vermeer, kunt u opendoen, ik sta voor uw deur.'

Gonnie herkende de stem van de blonde rechercheur. Ga weg, dacht ze opnieuw. Niet nu. Ik heb alles al gezegd.

'Kunt u opendoen?' herhaalde de stem dwingend maar vriendelijk.

'Waarom?'

'Omdat we u graag nog wat vragen willen stellen.'

We? Was ze niet alleen? Met hoeveel stonden ze daar?

'Ik heb niets meer te zeggen.'

'We zouden graag even bij u rondkijken, het is in het belang van het onderzoek. U wilt toch ook graag weten wie uw man vermoord heeft?'

Hoorde ze nu sarcasme? 'Laat me met rust!'

'Mevrouw Vermeer, we hebben een huiszoekingsbevel. Uw huis is mogelijk de plaats delict. Over een klein halfuurtje komen mijn collega's van de technische dienst. Ze kunnen uw deur forceren en u dwingen het huis te verlaten.'

'Ga weg! Wat denkt u hier te vinden, we zijn geen misdadigers.'

'Alstublieft, doet u open. Het hoeft niet lang te duren.' Britt probeerde nog steeds met kalmte in haar stem de vrouw te overreden.

Als verlamd staarde Gonnie naar het beeldscherm, dat weer in de slaapstand sprong. Duizenden sterretjes namen een duizelingwekkende vlucht door een imaginair heelal. Ze slokten al die waardeloze mailtjes van Joop op en namen ze mee naar zijn Melkweg.

Als ze dit lezen, wat dan? Ze moest eerst alles deleten. Nu!

Maar toen ze opnieuw de dwingende stem in haar oor hoorde, besloot ze dat de hele wereld mocht weten met wat voor overspelige rotzak ze al die jaren getrouwd was geweest. Ze mochten weten dat haar echtgenoot van plan was geweest haar te verlaten voor een kind van amper twintig. Niet híj was het slachtoffer, maar zíj!

'Ik kom eraan,' zei ze hees en ze verbrak de verbinding.

Ze zette het toestel terug in de standaard, rolde de stoel achteruit en liep emotieloos naar het raam. Daar trok ze de blinden omhoog. Het zonlicht scheen fel door de vuile ramen naar binnen. Als een robot daalde ze de trap af. Zonder iets te zeggen opende ze de voordeur. Een verbouwereerd kijkende Britt stapte naar binnen. Ronnie volgde zwijgend.

'Ga uw gang,' zei Gonnie en zonder de twee aan te kijken draaide ze zich om. Als een zombie sjokte ze achter de hond aan naar de tuin.

Britt gebaarde vlug naar Ronnie dat hij zijn mond moest houden. 'Jij gaat naar boven, ik kijk hier rond,' zei ze kortaf. 'Laten we het snel doen. Je weet het: we zijn op zoek naar zijn mobiel.'

Ronnie salueerde en vloog de trap op. Britt speurde de woonkamer af. Alles zag er keurig en overzichtelijk uit. Geen enkel spoor van een overval, nergens bloedvlekken of omvergeworpen meubels door een vechtpartij. Niet één opengerukte la of kastdeur, geen van de muur getrokken flatscreen. Ook het rode lampje van de cd-speler brandde stand-by, alsof de bewoonster zojuist nog een muziekje had beluisterd. Het was vreemd: nergens was een spoor van braak. Alle ramen en deuren waren intact.

Als de man al hier vermoord was, hoe was de dader dan naar binnen gekomen, vroeg Britt zich af. Had hij hem zelf binnengelaten? Ging het om een bekende? Of was hij direct overmeesterd?

4

Het was een zwoele zomernacht. De stille straten die naar zijn huis leidden, de verlaten bruggetjes over het water, het zachte licht van de straatlantaarns, alles in de atmosfeer had haar kunnen doen kalmeren. Haar doen omdraaien. Hem negeren. Fleur deed het niet. Ze liep door. Mechanisch voerden haar voeten haar naar zijn adres. Sneller en sneller. Als in een roes werd ze meegezogen, steeds verder weg van haar eigen wijk, net zolang totdat ze zijn huis bereikte.

Toen ze aanbelde, deed hij niet open. Ze zag een streep licht tussen de kier van de gordijnen door vallen, hij was thuis. Natuurlijk was hij thuis, waar zou hij anders moeten zijn op dit tijdstip? Hij wist dat zij voor de deur stond. Wie anders? Toch liet hij haar staan.

Haar zenuwen fokten haar op. Ze moest hem spreken. Huilend en gillend riep ze zijn naam. Tot bloedens toe sloeg ze met haar vuisten tegen de deur.

'Hou je gemak!' klonk het opeens. De deur ging open. Daar stond hij, in zijn pyjamabroek, minachtend keek hij op haar neer.

Haar hele lichaam schokte. Haar handen gloeiden en de tranen bleven maar stromen. Klein en afgewezen voelde ze zich. De stilte leek een eeuwigheid te duren, en ze durfde zich nauwelijks te bewegen, alsof ze voor altijd op die stoep zou moeten blijven staan. De minuten leken uren, en al die tijd stond hij daar maar, afwachtend in die deuropening. Streng, als een vader die zijn dochter opwachtte nadat ze veel te laat thuis was gekomen van een feestje. Zeker nu die vader wist dat ze zich zwanger had laten maken viel er aan zijn toorn niet te ontkomen. Dom wicht, zag je hem denken.

Wat moest ze doen? Hoe kon ze de klok terugdraaien? Zeggen dat het niet waar was? Dat ze zich vergist had, dat er geen kind in haar buik groeide, maar dat zich daar hoogstwaarschijnlijk een onschuldig griepje had genesteld? Morgen zou het wel over zijn. Hij hoefde niet bang te zijn voor zijn goede naam. Hij hoefde niet te vrezen dat zijn vrouw erachter kwam, net zo min als zijn drie zonen, alles zou gewoon bij het oude blijven. Ze wilde hem zelfs wel een tijdje met rust laten als hij dat prettiger vond. Alles wat hij aan haar vroeg zou ze voor hem doen. Als hij maar beloofde haar niet te laten zitten, haar niet in de steek te laten: dat kon ze niet aan. Liever was ze dood.

Plotseling deed hij een stap naar voren. Hij legde zijn arm om haar schokkende schouders en duwde haar voor zich uit naar binnen.

Zijn aanraking maakte haar zo mogelijk nog weker, het liefst had ze zich tegen hem aan gegooid, zijn ontblote borstkas omarmd en haar natte, warme gezicht door hem laten kussen. Vlak voor de bank liet hij haar los en dwong haar te gaan zitten. Hij zou een glas water voor haar gaan halen.

De hond snurkte luid in zijn mand. De siamezen waar ze zo slecht voor gezorgd had – simpelweg omdat het de katten van zijn vrouw waren, ze wist het; ook dat was geen leuk trekje van haar geweest, ook dat zou ze over willen doen als hij haar maar de kans gaf – sprongen meteen van hun plek toen ze ernaast ging zitten. Haar ogen volgden de dieren, die onrustig op zoek gingen naar een nieuwe slaapplaats.

Waarom was ze in alles zo dom geweest? Waarom had haar intelligentie op het gebied van de liefde haar zo in de steek gelaten? Wanneer ging het fout en lette ze niet goed op, werd ze overmoedig?

Een natte haarlok plakte aan haar wang. Haar neus zat vol snot, ze had geen zakdoek. Ze zag er niet uit, ze voelde zich belachelijk. Klein en zielig en onvolwassen. Geen wonder dat hij zo geërgerd was. Ze had hem al die tijd laten geloven met een volwassen vrouw te maken te hebben en nu was ze door de mand gevallen. Een meisje, een kind, een dom en onnozel schaap was ze.

Toen hij binnenkwam met het glas water, voelde ze zijn afkeurende blik. Wederom voelde ze zich beschaamd. Ze had niets te eisen van deze man. Daar stond hij dan, met in zijn ene hand een glas water en in de andere een whisky. Hij zag er moe en aangeschoten uit. Ze voelde hoe zijn afstandelijke, dronken ogen op haar bleven rusten. Een pedant lachje speelde rond zijn mond toen hij een flinke teug uit het volle glas nam. Hij gooide zijn hoofd in zijn nek om het sterke vocht door zijn keel te voelen glijden. Alles in zijn houding straalde zo veel arrogantie en godvergeten macht uit dat ze zich steeds kleiner en miserabeler begon te voelen.

Dit was zijn huis, hier woonde zijn gezin, zijn zonen en zijn vrouw. Het akelige besef daar nooit deel van te zullen uitmaken, nam opeens van haar bezit. Dat angstige, niet te stuiten gevoel was terug. Het drukte tegen haar schedel en bonsde door haar hoofd. Het sleurde haar mee als een stuurloos schip. Omhoog en omlaag. Doodsbang sloeg ze haar ogen naar hem op. Help me! smeekten ze, laat me niet alleen. Maar Joop ontweek haar blik en dronk zijn whisky. Op zijn gezicht was geen enkel spoor van compassie of medelijden te bespeuren. Integendeel. Hij liep naar de cd-speler. Een orkest begon te spelen, een man zong iets in het Frans, het klonk heel zomers.

5

Ronnie riep vanaf de overloop naar Britt. Ze hoorde hem niet. Ze was in de tuin. Een kort gesprek met de vrouw des huizes leek haar beter dan een verdere speurtocht door het huis. Daar had ze haar hulpje voor, dacht ze glimlachend.

'Kan ik even bij u komen zitten?' vroeg ze, terwijl ze aan de grote tuintafel tegenover de somber kijkende Gonnie plaatsnam.

Hoewel de schaduw van de parasol praktisch de hele zithoek besloeg, was het nog steeds drukkend warm. Vanaf het water klonk gespetter. Iemand nam een duik vanaf de wallenkant. Dezelfde wallenkant waar vanochtend de man van deze vrouw dood was aangetroffen. Wat moet er niet door haar heen gaan, vroeg Britt zich af toen ze de lege blik in de ogen van de vrouw tegenover haar probeerde te duiden.

'Je bent een mensenmens', had haar moeder vaak gezegd. En later hadden vriendinnen haar ook zo genoemd. Ze bedoelden dat ze zich goed kon inleven in anderen. Het ging vanzelf, haast onbewust. Soms had ze genoeg aan iemands gezichtsuitdrukking, zijn lichaamstaal of stemgeluid om te kunnen inschatten of hij de waarheid sprak. Misschien maakt die eigenschap me wel tot een goed rechercheur, had ze vaak gedacht. Haar rust en haar kalmte, waardoor mensen zich snel op hun gemak voelden, hadden een positieve uitwerking bij een ondervraging. Daar had ze die laatste chef nooit over gehoord.

'Ik heb niets meer te zeggen.' Gonnies stem klonk vermoeid.

'U hoeft ook niets te zeggen als u dat niet wilt. Niemand verdenkt u ergens van. We hebben uit een beschrijving van een terrasmedewerker in de stad kunnen opmaken dat u vanochtend inderdaad op de Grote Markt was,' loog Britt.

Het kwam spontaan in haar op. Het leek haar de beste manier om de vrouw op haar gemak te stellen. En het werkte. De vrouw keek verrast op. Ze ontspande zich en slaakte een diepe zucht.

'Natuurlijk heb ik mijn man niet vermoord,' zei ze terwijl ze over het gladde oppervlak van de tafel veegde. 'Hoewel ik er beslist een reden toe had.' Haar stem werd sarcastisch. Haar ogen richtten zich op de aanlegsteiger. Daar waar de boot had gelegen.

Britts hart maakte een sprongetje. Hoera, ze had beet, en veel sneller dan ze had verwacht. Ze deed alsof de opmerking van de vrouw haar niet raakte. Zwijgend opende ze haar tas om op zoek te gaan naar haar waterflesje. In plaats daarvan pakte ze haar breiwerk.

'Dat ontspant,' zei ze toen ze de verbaasde blik van Gonnie opving. Ze schoof de wol over de pen en pakte de andere breinaald.

'Hij heeft me bedrogen. Altijd al, maar dit keer onder mijn ogen. Met dat kind van die pot.'

Hoewel Britt er geen woord van begreep, knikte ze vriendelijk. Ze stak haar pen in de grote lus en sloeg de woldraad eromheen.

'Ik had haar nooit voor mijn katten moeten laten zorgen. Maar ik had niets door, was te druk met mijn werk. Ik twijfelde geen moment aan haar intenties. Laat staan aan die van hem. Ze moet het geweten hebben, ze moet geweten hebben dat die twee een verhouding hadden, daarom wilde ze mij daar natuurlijk...'

'Wie?' vroeg Britt zonder van haar breiwerk op te kijken.

'Die kutpot!' krijste Gonnie. Ze schrok van haar eigen uitval. Alsof ze uit een dagdroom ontwaakte, leek ze zich opeens te realiseren dat ze niet gezellig met een van haar vriendinnen zat te babbelen, maar met iemand van de politie. Alles wat ze zei, kon tegen haar gebruikt worden. Zwijgend wierp ze een blik over het water, legde demonstratief haar armen over elkaar en keek alsof ze besloten had niets meer te zeggen.

Balend legde Britt haar breiwerk neer. Aan de houding van de vrouw merkte ze dat ze haar kwijt was, het gesprek stokte. Wat kan ik doen om haar weer aan het praten te krijgen, vroeg ze zich af. De fletse uitdrukking op het gezicht van de vrouw was terug. Britt stond op en liep naar de houten vlonder aan het einde van de tuin. Hier was ook een zitje gemaakt. Beschut aan het water, tussen een groepje bamboeschuttingen, stonden twee houten deckchairs. Achter een van de schuttingen stond een schuurtje waarvan de deur halfopen stond. Een opgerolde tuinslang, gieters, potgrond, een riek, bezem en een schop stonden er als bij een etalage-uitstalling van een tuincentrum in uitgestald. Gedachteloos liet Britt haar blik over het tuingereedschap gaan. Wat heeft zich hier vanochtend afgespeeld, vroeg ze zich af terwijl ze vanaf de vlonder over het water tuurde.

Vanuit het huis klonk gestommel. 'Baas, baas!'

Britt keek achterom naar haar collega, die half hysterisch de tuin in liep. Wat nu weer, dacht ze.

'Ik heb iets ontdekt!' riep hij druk zwaaiend.

'Oké?' Nieuwsgierig volgde Britt de blik van Gonnie, die vol walging naar Ronnie keek.

Zou ze weten wat hij bedoelt, vroeg Britt zich af.

'Een kluis,' hijgde Ronnie.

'Een kluis. Ja, en?!' Britt begreep niet waar hij zich druk om maakte. Hadden de meeste gefortuneerde mensen niet een kluis in huis?

'Ik ben zo brutaal geweest het ding te openen, de sleutel lag er gewoon bovenop.' Half verontschuldigend, half in paniek blikte hij in de richting van Gonnie. Die haalde onverschillig haar schouders op, alsof ze nog nooit van een kluis gehoord had. Dat moedigde Ronnie aan om door te gaan.

Toen hij zijn naar voren gestoken hand opende, lag daar een vijftal usb-sticks in. Met zijn andere hand hield hij een sleutel omhoog. Britt veronderstelde dat het de sleutel van de kluis was. Maar toen ze beter keek, meende ze de sleutel te herkennen. De vorm ervan was identiek aan die van de sleutel die zij had gevonden. Ook zat er eenzelfde soort label aan. Zou hij uit mijn zak zijn gevallen, vroeg ze zich onmiddellijk af terwijl ze in haar zak tastte. Maar toen ze het plastic zakje met de sleutel daar nog voelde, haalde ze het tevoorschijn en vergeleek hem met die van Ronnie. Ze waren inderdaad gelijk. Er was één duidelijk verschil. Het cijfer op dit label was niet doorgelopen. Helder stond daar het getal 100 te lezen.

6

Thijs was razend. Was hij nog zonder kleerscheuren aan die toestand in het bos ontsnapt, toen hij de garage belde om te vragen hoe het met zijn auto stond, bleek er nog niets aan gedaan. 'Morgenochtend bent u de eerste,' zei die klootthommel van een monteur tegen hem.

Toen hij ter plekke om opheldering ging vragen, werd hij afgescheept met een rotsmoes. Er was een spoedklus tussendoor gekomen. Hij geloofde er niks van.

'Fuck, fuck, fuck,' vloekte hij, alsof zijn klus géén urgentie had. Daar gingen zijn plannen om zo snel mogelijk naar België te vertrekken. Wat kon hij doen? Hij kon die auto daar onmogelijk achterlaten. Zijn ex kennende zou die meteen vragen gaan stellen. Een andere garage zoeken was ook geen optie, dat zou nog meer tijd kosten. Bovendien was het vakantietijd, veel bedrijven werkten op halve kracht.

'Hoe laat?' gromde hij. Zenuwachtig depte hij de transpiratie van zijn voorhoofd. De monteur – die ondertussen een binnenkomend telefoontje aannam en de aandacht van zijn jonge collega probeerde vast te houden door te wijzen naar de kassa, waar een vrouw stond te wachten – schudde zijn hoofd.

'Op z'n vroegst morgen rond een uur of vier, halfvijf,' mompelde de man kortaf nadat hij het met smeer besmeurde telefoontoestel teruglegde. 'Spuiten is een behoorlijke klus, vergis u niet.'

Thijs blikte ongelovig naar het gezicht met de indianenstrepen. Als een apache, klaar voor de strijd, keken de zwartomrande ogen van het mannetje Thijs hondsbrutaal aan. Alles in die blik zei hem dat hij niet van plan was om ook maar een millimeter toe te geven.

Thijs' bloed begon te koken. Zijn handen jeukten. Hij zou deze dwerg naar zijn strot kunnen vliegen. Hem bij zijn vette, vuile haren grijpen en meesleuren. Hij zou die kop onder een openstaande motorkap kunnen duwen om daarna de klep heel hard te laten dichtvallen, als niet plotseling zijn mobiel was afgegaan.

Nijdig graaide hij naar zijn toestel. 'Vleugels!' sprak hij kort.

Een vriendelijk klinkende vrouw noemde haar naam. Die naam verstond hij niet, maar haar stem herkende hij uit duizenden. Het was die judogriet. Hoe komt ze in godsnaam aan mijn nummer, dacht hij nerveus en hij spoedde zich naar de uitgang van de garage. Die nieuwsgierige lui hier hoefden niet te weten dat hij met iemand van de politie sprak.

'We zijn op weg naar de Parkwijk. We zouden daar graag nog even een praatje met u willen maken. Woonde u daar niet tijdelijk?' vroeg de stem opgewekt alsof ze hem uitnodigde voor een verjaarspartijtje.

'Nee! Ik heb geen tijd.'

'Er is weer een moord gepleegd. Niet zo ver bij de Parkwijk vandaan. We willen u een paar vragen stellen over de vermoedelijke daders. Misschien kent...'

'Wat heb ik daarmee te maken?!' Thijs' stem sloeg over. Nog een moord, ging het door hem heen. Goddomme! Dat was toeval, dat kon niet anders.

'Wellicht hebt u de daders vanmiddag nog gezien?' ging de vriendelijke stem in Thijs' oor door.

'Vanmiddag? Wat bedoel je? Ik heb niemand gezien. Ik heb alleen mijn auto weggebracht. Ik bedoel... ik heb alleen met iemand van de garage gesproken.'

'Weet u dat zeker? We hebben begrepen dat u...'

'Tuurlijk weet ik dat zeker! Ik sta hier toch, als je me niet gelooft dan...'

Shit, dat is niet handig, dacht Thijs. De auto was nog niet gerepareerd. Ze mochten de Fiat niet zo aantreffen. Ze zouden nog meer van die achterlijke vragen gaan stellen. En als ze met die garageman gingen praten dan... Zijn hersens werkten snel. Beter was het om de boel te ontzenuwen en dat judogrietje haar zin te geven. Laat ze maar naar het hofje komen, dacht hij, daar zullen ze niets meer aantreffen wat verdacht is. Alles was vernietigd.

'Kunt u mij het adres van de garage geven?' vroeg de stem..

'Nee! Ik bedoel, dat gaat niet, ik... eh, ik ben al op weg naar huis. Ze gaan hier zo dicht.' Dat was tenminste waar. Hij zag hoe de monteurs met moeite hun smeerhanden bij een gore gootsteen probeerden schoon te poetsen. Niemand lette nog op Thijs.

'Oké, kunt u me dan het adres geven van uw ex?'

Weer die vriendelijke, rustige stem. Hij haatte die griet. Hij haatte alle wijven. Zijn lijf trilde van woede. Hij zat klem. Vluchten had geen zin. Zijn signalement hadden ze natuurlijk allang doorgegeven. Zomaar de benen nemen ging niet meer. Hij zou zich nog verdachter maken. Dan was écht alles verloren. Met een geweldige trap schopte hij tegen een stapel autobanden. Snauwend gaf hij haar het adres aan het hofje.

7

Fleur onderging het gekakel van Ans als een verplicht bezoekje aan het concertgebouw. De overdreven hoge uitschieters in haar stemgeluid, afgewisseld door een paar brommerige bassen, leken nog het meest op een modern muziekstuk waar Fleur geen verstand van had. Zij hield meer van zoete klanken. Zoals ze die de laatste keer had gehoord. Vlak voordat ze haar ogen voorgoed zou sluiten. Het omfloerste, warme stemgeluid van de alt die de parende slakken begeleidde, had haar leven moeten uitluiden. Ze had het zo goed gepland. De pillen, de drank… Waarom moest Ans toch ineens thuiskomen? Ze had nog minstens drie dagen zullen wegblijven.

De parkeergarage onder het ziekenhuis was zo goed als leeg. Ans draaide haar auto behendig naar de slagboom. Ze leek heel opgewekt. Fleur had haar in lange tijd niet zo ontspannen gezien. Ze vroeg zich af of het gespeeld was, want toen Ans zich moeizaam uit het raampje moest worstelen om het parkeerkaartje in de automaat te drukken, hoorde Fleur haar zacht vloeken.

Even daarvoor was ze de ziekenhuiskamer binnengestormd. Op een manier zoals alleen Ans dat kon. Ongecontroleerd, gehaast en struikelend over haar eigen voeten. Ze had een grote weekendtas bij zich. Nonchalant had ze het ding geopend en er schoon ondergoed, een lange zomerse broek en een vrolijk gebloemd bloesje uit gehaald.

Fleur zou deze kleren zelf nooit uitgekozen hebben. Ze hield niet van lange broeken, zeker niet nu, bij deze temperaturen.

Liever droeg ze een rokje met een hemdje of een T-shirt. In ieder geval geen strak zittend bloesje. Ze kon zich niet eens meer herinneren wanneer ze deze kleren voor het laatst had gedragen.

Onhandig had Ans de kleren voor haar opgehouden. Toen Fleur het bloesje van Ans aannam, had ze gezien dat er een traan over Ans' wang biggelde. Zwijgend en ongemakkelijk – ze kleedde zich nooit in het bijzijn van Ans om – had Fleur het flodderige ziekenhuishemd voor haar eigen kleren verwisseld.

Toen ze zich had omgekleed en laten uitchecken, viel het haar ook op dat Ans – zeker voor haar doen – netjes gekleed ging. Opgedirkt in haar grijze, wijde pantalon met bijpassend grijswit gestreept colbertje zag ze eruit alsof ze naar de opera ging.

'Nou, waar zullen we eens heen gaan?' vroeg Ans zo opgewekt mogelijk toen ze de auto omhoog naar buiten reed. Alweer meende Fleur aan de scherpe klank in Ans' stem te horen dat ze niet echt opgewekt was. Eerder ongeduldig. Misschien wel boos.

Fleur wist niet of Ans een antwoord van haar verwachtte. Ze kreeg de indruk dat Ans de vraag meer in het algemeen stelde, opdat er geen pijnlijke stiltes zouden vallen.

Zodra de auto de koele parkeergarage uit reed, blies er een warme föhnwind door de openstaande raampjes naar binnen. In een poging de verblindende zon tegen te houden, trok Fleur de zonneklep omlaag. Prompt zag ze twee holle ogen in een bleek, vermagerd gezicht met een gemillimeterd kapsel. Geschokt bij het zien van haar spiegelbeeld klapte ze de klep snel terug.

Ans scheen haar schrik te bemerken. 'Ik stel voor dat we eerst even naar een goeie kapper gaan,' zei ze vlug alsof ze vermoedde waar Fleur zo van schrok. 'Dan kunnen we daarna misschien ergens een klein hapje gaan eten of een terrasje pakken. Wat jij?'

Fleur zou niet weten wat een kapper met de ravage op haar hoofd aan moest. Ze had er weinig fiducie in. Met die paar resterende plukken viel weinig anders te doen dan ze domweg ook af te knippen. En een terrasje zag ze al helemaal niet zitten, liever dook ze meteen haar bed in. Toch voelde ze zich veel te moe en te zwak om te protesteren.

Ans voegde de daad bij het woord. In plaats van de richting van de Filmwijk te kiezen reed ze naar de stad. Toen ze voor een zebra moest wachten, keek ze even bezorgd opzij. Maar Fleur reageerde niet. Met een lege blik staarde ze naar twee overstekende scootmobielen die als ruimtewagentjes hun vette aliens naar het ziekenhuis reden. Ze voelde de bezorgdheid van Ans op zich afstralen. Ans had tot nog toe helemaal niets over de zelfmoordpoging en de aanleiding daartoe gevraagd. Zou ze een vermoeden hebben, vroeg Fleur zich af. Ze zal in ieder geval van de zwangerschap hebben gehoord. Ans moest vernomen hebben dat toen Fleurs maag was leeggepompt de vrucht in haar buik ook was afgedreven. Wat zou ze toen gedacht hebben? Zou ze geschokt zijn geweest? Zou ze het haar vergeven? Tot nog toe reageerde ze gelukkig heel anders dan de arts die haar behandeld had. 'Zuurstofgebrek,' was zijn korte commentaar geweest en hij had haar met een vreemde, afstandelijke blik aangekeken. Verwijtend was die blik geweest. Alsof hij er van baalde dat zij nog in leven was.

Ze had zich meteen afgevraagd of hij dat vriendje was geweest waar Joop het over had gehad. Vast, dacht ze verbitterd. Ze waren tenslotte collega's. Zou hij geweten hebben dat Joop de vader... Joop! Een warme gloed verwarmde haar gezicht. Blozend moest ze terugdenken aan dat laatste bezoek bij hem thuis.

De warme hand van Ans gleed over de hare. Veelbetekenend keek ze Fleur aan. 'Het komt allemaal goed,' zei ze.

8

Ze hadden haar verzocht wat spullen in te pakken en een hotel te regelen. De vertrouwde omgeving bleek opeens niet meer een woonhuis, maar een plaats delict, zoals werd gezegd. Van het ene op het andere moment moest ze haar biezen pakken. De siamezen gingen naar een buurvrouw, de hond mocht met haar mee. Het zou maar één nachtje duren. Hooguit. Maar het kon ook iets meer tijd in beslag nemen, zeker na de vondst die ze in de kamer van haar echtgenoot hadden gedaan.

Gonnie had zich onmiddellijk afgevraagd wat daar gevonden was. Zodra die druktemaker zijn vondst aan zijn 'baas', zoals hij haar noemde, had overhandigd, werd de sfeer opeens heel grimmig.

Samen waren ze naar boven vertrokken. Nee, zij mocht niet mee, het was in haar eigen belang, misschien kon ze iets te drinken halen. Iets kouds. Met veel ijs graag, riep die brutale knaap vanaf de trap.

Daarna hoorde Gonnie ze op gedempte toon met elkaar praten, gehaast en dwingend klonk het, als bij korte commando's. Waarbij de vrouw die praatjesmaker overstemde. Gonnie hoorde ook een portofoon. Toen ze stiekem naar de trap liep om iets meer van het gesprek te kunnen opvangen, sloeg er meteen een deur dicht. Vrijwel direct daarna kwamen ze met de pc van Joop naar beneden gestommeld.

De verhitte gezichten van de twee spraken boekdelen. Blijkbaar hadden ze een schokkende ontdekking gedaan. Weer vroeg

Gonnie zich af wat er boven tafel was gekomen. Als het om wat pornosites ging, konden ze toch niet zo reageren? Er moest meer aan de hand zijn. Vol ongeduld werd haar gevraagd waarom ze haar spullen nog niet gepakt had. Zelfs de vrouw, die tot dan toe heel aardig tegen Gonnie geweest was, werd opeens onvriendelijk.

Gonnie wilde zeggen dat haar spullen boven stonden. Ze had zich willen verdedigen en willen vragen waarom ze de pc van haar man meenamen. Kon dat zomaar?

Tegelijkertijd was ze zo verbijsterd over wat zich allemaal afspeelde dat ze zich gewillig liet verdrijven naar een onpersoonlijke hotelkamer. Liever niet naar vrienden, nee, ze stond erop, ook toen de jonge vrouw aandrong dat het soms beter was om je verhaal ergens kwijt te kunnen. Welk verhaal, had Gonnie gedacht. Ze wist maar al te goed hoe mensen hun verhaal kwijt moesten. Ze had er dagelijks mee te maken. Praten, praten en nog eens praten, zeuren over partners, bazen, geld, kinderen, ouders, het hele scala aan alledaagse ergernissen kwam in haar spreekkamer voorbij. Ze kende de antwoorden en de tips maar al te goed uit de praktijk. Voor haar geen oeverloos geneuzel, ze probeerde het wel met enige introspectie.

Tja, hoe moest dat komende week, dacht ze opeens. Haar werk? Ze zou afspraken moeten cancelen, mensen moeten afbellen, mailen, collega's moeten inschakelen…

De jongens moesten weten waar ze naartoe ging. Ze zou ze meteen bellen. Waren ze al onderweg naar huis? Wat haar betrof bleven ze daar op dat zeilkamp. Joops lichaam was toch nog niet vrijgegeven. Misschien komende week, dan zou de patholoog-anatoom klaar zijn.

Haar benen voelden zwaar toen ze de trap op liep naar de slaapkamer. Ze hoefde niet lang na te denken over wat ze zou meenemen. Een paar toiletspullen en schoon ondergoed was al genoeg. Ze had haar koffertje nog niet eens uitgepakt, misschien…

Toen ze boven kwam, viel haar oog meteen op het rood-wit

gestreepte lint dat voor de deuropening van Joops kamer hing. Haar onuitgepakte rode koffertje stond eronder. Net over de drempel. Daar neergezet op het moment dat ze zijn kamer was binnengegaan. Toen had ze die mailtjes gelezen. Opnieuw voelde ze een pijnlijke steek van afkeer door haar lijf trekken. Hoe lang had hij al tegen haar en de jongens gelogen? Wanneer was deze affaire begonnen? Het moest vorig jaar geweest zijn. Hoe meer Gonnie de dingen probeerde te begrijpen, hoe meer ze de grip verloor. Wie heeft hem vermoord, en waarom, hamerde het door haar hoofd. Ze voelde zich dom en gebruikt.

Dat bracht haar op een idee. Ze hoefde de politie niet alles te vertellen. Ze was al meegaand genoeg geweest. Straks als ze haar spullen had gepakt en de hond in de auto had gezet, zou ze naar het hotel rijden. Ze zou keurig inchecken, zodat de politie geen argwaan kreeg. Ze zou een douche nemen, zich omkleden, misschien een hapje eten daar, wat tv kijken en niemand zou het raar vinden als ze vanavond nog even een ommetje ging maken. De avondlucht in. Haar gedachten ordenen terwijl ze de hond uitliet.

Haar man was vermoord, zoiets gaat je niet in je kouwe kleren zitten, dan kun je niet zomaar gaan slapen, dan moet je er even tussenuit. Bovendien was ze vrij om te gaan en te staan waar ze wilde. Ze had niets met de moord op haar man te maken, ze was in de stad, ze had een alibi.

9

'Wat denk jij, zou ze het van die kinderporno geweten hebben?' Britt keek naar Ronnie, die steeds behendiger door het verkeer raasde. Hij gaf geen antwoord. Gestrest keek hij naar een auto naast hem die wilde voorsorteren. Zenuwachtig tikte zijn hand tegen het stuur. 'Toe dan, sukkel, ga dan,' mopperde hij luid.

'Ze leek me geen type dat zoiets over haar kant zou laten gaan. Dat hij jarenlang affaires had, was bij haar bekend. Maar dat deze man het in de leeftijdsgroep van dertienjarigen of jonger zocht, nee, ik durf er gif op in te nemen dat ze dat niet wist.' Britt slaakte een diepe zucht en probeerde zichzelf met de kaart van Almere koelte toe te waaien. Haar maag knorde. Zou je hier ergens een snelle hap kunnen scoren, vroeg ze zich af. Een patatje zou al genoeg zijn.

'Nu we toch op weg zijn naar die Vleugelman, wat denk je van een korte stop voor een pizza?' riep Ronnie. 'Ik weet een...'

'Ron! Dat lijkt me super! Hoe raad je het zo dat ik ben uitgehongerd?!' riep Britt opgetogen.

'Ik weet toch wat de vrouwtjes willen,' snoof Ronnie. Hij lachte naar Britt. Even wisselden ze een vriendschappelijke blik, alsof ze elkaar al jaren kenden. Ronnie trapte het gaspedaal nog wat verder in. Britt zette zich schrap. Haar gedachten waren alweer bij de zaak.

'Van die kluis wist ze ook niets,' ging Britt verder. 'Laat staan van de inhoud.'

'Tja, sommige stellen leven nou eenmaal langs elkaar heen,

denk je niet?' Ronnie leek uit ervaring te spreken. Gewichtig haalde hij zijn neus op.

Britt reageerde niet. Ze groef in haar geheugen, ze kon zich niet herinneren ooit een man te hebben gekend die zich met dit soort dingen bezighield. Hoeveel weet je feitelijk echt van je partner, vroeg ze zich af. Als zij haar grote liefde ooit zou tegenkomen, dan wilde ze geen enkel geheim voor hem hebben. Dan zou ze alles met hem willen delen. Geen troebele toestanden. Open en eerlijk moest hij zijn.

'We zijn er.' Ronnie draaide de oude Corsa een parkeerplaatsje op. De pizzeria lag tussen een rij kleine doorzonwoningen. Als er niet een Italiaanse driekleur aan de gevel had gewapperd, dan zou je er nooit een eetgelegenheid verwachten. Toch zat het piepkleine restaurantje stampvol.

Britt had niet opgelet. Waar waren ze in godsnaam? Ze baalde dat ze zich zo had laten meeslepen door haar romantische gezwijmel. En toen ze haar stijve been boog om uit te stappen, kreeg ze meteen spijt dat ze had toegegeven aan Ronnies opwelling om naar een pizzeria te rijden. Deze buurt kende ze niet.

Bomen als reuzen markeerden een weg langs een dijk. Hoewel de huizen er nogal armoedig uitzagen, lagen ze in een bosrijke en groene omgeving. Waar had Ronnie haar nu weer mee naartoe gesleept? Hadden ze hier wel tijd voor? Nerveus blikte ze op haar horloge. Ze waren op weg naar die Vleugels. Door dat gedoe met die kinderporno en het loskoppelen van die computer waren ze al uitgelopen op hun schema. Ze kreeg spijt van haar impulsieve gedrag. Steunend hees ze zichzelf uit de auto.

'Kom je?' Ronnie huppelde laconiek voor Britt uit.

Ze begon al aan zijn beweeglijkheid te wennen, net als aan het woordje 'baas', dat blijkbaar niet uit zijn systeem was weg te denken.

'Welkom in Almere Haven, mijn geboorteplek, waar ze de lekkerste pizza's van heel Flevoland hebben!' Vol trots vervolgde hij: 'En waar kun je nou zo dicht voor een restaurant parkeren?' Met een overdreven diepe buiging opende hij de deur van de pizzeria. Britt hinkte langs hem heen.

In de lage deurpost werd Ronnie door een vriendelijk lachende vrouw verwelkomd. 'Mio Roony', riep ze enthousiast terwijl ze de slungelige spiermassa tegen haar volle boezem drukte. Ronnie zoende haar op beide wangen. Ongemakkelijk blikte Britt de pizzeria in. In de piepkleine keuken achter de bar heerste een ongekende bedrijvigheid. De geur van knoflook en versgebakken pizza's maakte Britts rammelende maag week. Misschien konden ze iets meenemen. Ze wilde zo snel mogelijk door naar de Parkwijk.

10

'Zo, en dan ga je me nu precies vertellen wat er allemaal gebeurd is!' Streng maar vol mededogen keek Ans naar Fleur, die tegenover haar zat in de tuin. Fleur nipte van haar verse muntthee, terwijl Ans het bij bier hield. Haar priemende varkensoogjes probeerden Fleurs blik vast te houden. Maar Fleur was te ver weg. Dromerig keek ze naar het bloeiende paradijsje aan haar voeten. Haar tuin. Nog even en de herfstwind blaast de zomer weg, dacht ze, over een paar maanden weet niemand meer hoe we gebukt gingen onder de zomerse hitte. Zijn we vergeten hoe we dagenlang ons heil zochten in de schaduw van de loofbomen. De bomen en heesters zullen hun blad verliezen, de grond zal dor en kaal zijn. Pas wanneer de eerste sneeuwklokjes hun kopjes boven de bevroren aarde uitsteken, kan de hele cyclus weer opnieuw beginnen.

Ans was met haar naar een kapsalon gereden. 'Je lijkt op Mia Farrow,' had Ans bewonderend gezegd toen ze een halfuurtje later weer buiten stonden. Vragend had Fleur haar aangekeken. Wie? 'Lang geleden, schat,' had Ans gegrinnikt, maar toen ze er 'Rosemary's baby' achteraan mompelde, was ze van haar eigen woorden geschrokken. En ook al begreep Fleur totaal niet waar Ans het over had, het woord 'baby' was momenteel nogal misplaatst.

Eenmaal terug in de auto had Fleur te kennen gegeven niet naar een terras of uit eten te willen. Ze wilde direct doorrijden naar huis. Ans stemde zwijgend in. Ze deed vreselijk haar best, vond Fleur. Maar toen ze thuiskwamen en Fleur zonder iets te zeggen meteen doorliep naar boven, stak Ans daar op haar manier een stokje voor. 'Of we gaan samen naar boven, of je vertelt me eerst wat er gebeurd is,' zei ze korzelig.

Fleur had voorzichtig te kennen gegeven dat ze naar boven wilde om zich te verkleden. Die bloedhete broek moest uit. Ze begreep uit de bezorgdheid van Ans dat die geen herhaling wilde van wat zich daar boven had afgespeeld. Besluiteloos had ze staan drentelen, net zolang totdat Ans haar hand vastpakte en zei: 'Kom op meid, dan gaan we samen.'

Aarzelend had Fleur zich laten meevoeren. Wat zou ze boven aantreffen? Haar bed, waarop ze nooit meer wakker had willen worden? De tv met het geeltje en die allesomvattende boodschap? De pillen, de drank, de schaar, het afgeknipte haar?

Misschien dat ze daarom wel even haar ogen sloot toen Ans de deur voor haar opende. Durfde ze te kijken? Trillend van angst voelde ze hoe een bundel zonlicht haar warm verwelkomde. Vol verbazing staarde ze naar de kamer, waar geen spoor meer te ontdekken viel van wat zich er had afgespeeld.

Op het bed lag een nieuw en fris dekbed. Op het nachtkastje stonden rozen in haar lievelingskleur. De tv was naar de hoek van de kamer verschoven. Het geeltje was verwijderd. Nergens viel nog een lokje haar te bespeuren en de houten vloer glom in het zonlicht.

Haar lip trilde, haar lichaam beefde toen de tranen begonnen te stromen. Snikkend wierp ze zich in Ans' armen, die nu moederlijk op haar rug klopte en zei dat het goed was, dat alles voorbij was en dat ze alle tijd van de wereld had om bij te komen, dat dit haar thuis was en dat ze niet bang hoefde te zijn.

Heel langzaam realiseerde Fleur zich dat haar kleine drama voorbij was. Dat ze nog in leven was en dat ze straks dat leven weer moest gaan oppakken. Ze moest het durven. Proberen te vergeten. Maar erover praten, nee, dat ging niet. Nog niet. Dat moest Ans maar accepteren.

Peinzend staarde ze nu naar de wuivende bloemenzee achter in de tuin. Helenium liet zich in vuur en vlam zetten door de ondergaande zon. Blozend verhieven de gouden hartjes zich boven het kattenkruid. En terwijl de wilde geranium een dansje maakte met een roze flox, liet Fleur haar oog vallen op de naastgelegen composthoop. Het leven en de dood, dacht ze, zo dicht bij elkaar en zo verweven. Dat mijn invloed zo groot kon zijn, ik had er geen weet van.

11

Terwijl Ronnie nog steeds druk in gesprek was met de eigenaresse van de pizzeria, haalde Britt haar rinkelende mobiel tevoorschijn. Een van de collega's van de meldkamer had haar al verschillende keren geprobeerd te bereiken, of ze haar porto niet had aanstaan? Toen Britt na een korte aarzeling aan de man vroeg welk nummer hij had opgepiept, bleek dat hij naar het toestel van een collega had gebeld. De vrouw was nota bene op vakantie! Britt ergerde zich groen en geel aan dit soort slordigheid. Het excuus van hoge werkdruk ging er bij haar niet in. Hoeveel uur was zij inmiddels in touw? Hoezo een compensatiedag? Laat staan dat ze thuisbleef voor een opengesneden been.

'Er heeft al twee keer iemand van een garage gebeld,' zei haar collega luid en met duidelijke tegenzin. 'Die gast wil dat we naar een Fiat komen kijken. De plek rond het gaspedaal en de zijkant van de bekleding zijn dusdanig met modder en bloed besmeurd dat de monteur het de moeite waard vond om dat te melden. Bovendien schijnt het dak onder de krassen te zitten. Die zijn zo diep, volgens die man dan,' zeurde haar collega, 'dat het lijkt alsof iemand zich er met een mes op heeft uitgeleefd.'

Britt hoorde hem steunen.

'Verder vertelde die kerel dat de eigenaar van die Fiat zich nogal vreemd gedroeg. Het zou om een zonderlinge figuur met haast gaan. Nogal een driftig type, zei die man. Wat denk jij? Moeten we daar nu heen gaan of kan het tot morgen wachten? Wat mij betreft is er niks...'

'Waar ligt die garage?' vroeg Britt gealarmeerd. Ze moest onmiddellijk aan haar gesprek met Thijs Vleugels denken. Had die ook niet in een garage gestaan? Het zal toch niet waar zijn dat hij... Zou het dan toch met die ruzie in het bos te maken hebben? Had die Marokkaanse jongen ook niet onder het bloed gezeten? Was het daar ook niet modderig geweest zo vlak bij het water? Opeens moest ze ook weer aan de sleutel denken die ze daar gevonden had. Het bleek om een identieke sleutel te gaan als degene die ze bij het laatste slachtoffer hadden gevonden. Had Thijs Vleugels dan toch iets met Joop Vermeer te maken? Zou het misschien om geld gaan? Had die Joop iets met de ex van Thijs gehad?

'Baas?' Ronnie pakte twee pizzadozen van de bar. Aan zijn kin kleefde een lange sliert kaas. Afwezig staarde Britt langs zijn olijke kop, die smakkend en stralend vroeg wie ze aan de lijn had. 'Ik vrees dat we eerst naar een garage moeten,' zei ze.

'Een garage? Hoezo? Denk je dat hij niet wil starten? Misschien is het de warmte. Ik heb wel eens gehoord dat wat extra koelwater kan helpen. Zullen we dan eerst maar hier die pizza opeten?' Ronnies lange armen draaiden zich al in de richting van twee barkrukken. Toen hij de dozen weer op de bar wilde zetten, hield Britt hem tegen.

'Met mijn auto is niets mis, maar wel met die van Thijs Vleugels. Vermoedelijk is zijn auto bij de vechtpartij aan het water betrokken geweest.'

'Hè?' Ronnies ogen rolden bijna uit hun kassen. 'Ga weg! Dat geloof ik niet!'

'Waarom niet?'

'Het is te gemakkelijk.'

'Het schijnt anders wel dat de plek rondom gas- en rempedaal flink onder de modder en het bloed zit. Hoe verklaar je dat dan?' Britt opende de deur voor Ronnie. Hevig transpirerend, met de warme pizzadozen op zijn onderarmen, liep hij voor haar uit naar de auto. Aan zijn loopje te zien vermoedde Britt dat hij ergens van baalde. Waarschijnlijk is het zijn sportschool die hij weer moet missen, veronderstelde ze.

'Herinner jij je nog die grote voetafdrukken en de schoenmaat van Thijs Vleugels?' ging Britt door.

Ronnie knikte. 'Oké,' antwoordde hij zuchtend, 'Misschien is er een verband, maar...'

'We kunnen dit niet zomaar laten liggen,' zei Britt, die Ronnies hongerige en geïrriteerde blik zag toen ze het portier voor hem opende. 'Als jij eerst wilt eten, dan rij ik wel,' opperde ze. 'Met mijn been gaat het de goeie kant op,' zei ze stoer. En zo behendig mogelijk nam ze plaats achter het stuur van de opgewarmde auto.

Puffend kroop Ronnie met de pizzadozen op zijn schoot naast haar.

'Vertel maar hoe ik moet rijden,' zei Britt kalm terwijl ze hem een bierviltje met het adres van de garage overhandigde. 'O, en eet smakelijk,' lachte ze toen ze Ronnie gretig een van de dozen zag openen. 'Bedankt,' mompelde hij nadat hij een flink stuk pizza naar binnen had laten glijden. Britt gaf vol gas. Hoe hongerig haar maag ook was en hoe pijnlijk haar been ook opspeelde, geen minuut langer wilde ze nog verspillen aan pizza's of lommerrijk gelegen restaurantjes.

12

'Ik lijk wel gek!' vloekte Thijs nerveus voor zich uit. 'Zit ik hier op die verdomde bitch en die achterlijke lul te wachten terwijl ik al halverwege Brabant had kunnen zitten.'

Woest banjerde hij op zijn uitpuilende koffer af, waar hij een groot deel van de bezittingen uit zijn huurhuis in had weten te proppen. Boeken, kleding, cd's, fotoalbums van de kinderen en niet te vergeten zijn *booze* en sigaren. Afgeladen vol stond zijn auto voor de deur, klaar om te vertrekken. Hij had een kringloopwinkel gebeld om de rest van de huisraad op te halen, maar die konden niet eerder dan over een week langskomen. Wat hem betrof konden ze de boom in. Graag of niet, vond hij. Ze zochten het maar uit met dat huurhuis en de paar rotmeubels die daar nog in stonden. Hij zou zijn ex bellen, mocht zij ook eens wat doen. Misschien kon ze nog wat met hun oude bankstel beginnen. Hadden ze daar niet ooit de liefde op bedreven?

Terwijl hij de riem van de koffer strak aantrok, liet hij zijn blik over de fraai ingerichte woonkamer van zijn ex gaan. Hij was zo coulant geweest om haar de hele boel te laten. Niet te veel stennis maken met de kinderen erbij, had hij gedacht, laat ik de eer aan mezelf houden, en hij had verwacht dat zijn inkomen weer snel genoeg op peil zou zijn om een nieuw leven met nieuwe spullen op te bouwen. Wat zijn nou spullen, had hij toen gedacht.

Maar nu het water hem aan de lippen stond, was ieder voorwerp dat moest worden aangeschaft een overpeinzing waard. Hij wreef over zijn stoppelbaard. Die krengen! Hij bleef vinden dat het aan die verdomde rotwijven lag. Een van hen moest hij in ieder geval nog spreken. Hij zou haar eens goed duidelijk maken dat hij de afgelopen tijd genoeg gelazer had gehad. En als ze een greintje fatsoen in dat magere lijf had, dan liet ze hem met rust. Dan zou ze haar bek houden over hun toevallige ontmoeting, dan had ze zijn Fiat daar nooit op dat tijdstip gezien.

Nu hij wist dat hij verdacht was, kon echt alles tegen hem werken. Eén opmerking van zo'n onbenullig mokkeltje en zijn hele carrière was naar de bliksem. Sterker nog: zijn hele leven! Zijn kinderen zouden hem nooit meer aankijken. Van het een kwam het ander, eenmaal op Google kreeg je je naam nooit meer gezuiverd. Probeer maar eens te ontkennen dat je op de plaats delict bent geweest als jouw voetafdrukken klip en klaar naast het slachtoffer hebben gestaan. Weer vloekte hij. Nerveus trok hij aan zijn trainingsbroek, hij was afgevallen. Een jaar geleden zou hij het nog prettig gevonden hebben om wat kilo's lichter door het leven te gaan, nu deed het hem niets meer. Hij dacht aan die twee smerissen die achter hem aan zaten.

Zijn schoenen mochten dan met de vuilnis mee zijn, hoe zat het met de auto? Nu hij er nog eens goed over nadacht: hij was nooit verder dan dat dak gekomen. Zou het kunnen dat er in de auto iets was achtergebleven? Dat bekraste dak was genoeg aanleiding voor hem geweest om dat blikken gevaarte zo snel mogelijk weg te moffelen. Bloednerveus ijsbeerde hij door de kamer. Wat nu?

Niemand van de politie zou zomaar de auto van zijn ex op voetafdrukken gaan onderzoeken als die vuurtoren hen niet op een idee bracht. Gespannen blikte hij op zijn horloge. Waar blijven die idioten? Waarom zou ik hier nog langer wachten? Ik ben hun niets verplicht, het is op vrijwillige basis dat ik ze hier ontvang. 'Hel!' vloekte hij stampend.

De auto stond klaar, de spullen waren gepakt, het leven over de grens lokte. Godallemachtig, waarom zou ik me door die kutgasten laten intimideren? Als ik met dat rooie kreng heb afgerekend kan ik weg. Wie houdt mij tegen? Door zijn plotselinge overmoed kon zelfs de auto van zijn ex hem geen zorgen meer baren.

Hij greep zijn autosleutels en verdween naar buiten. Voordat hij de auto onder de carport uit reed, blikte hij nog even paranoïde de straat in. Geen hond te zien. Eindelijk kon hij het burgerlijke hofje voorgoed achter zich laten.

13

De hotelkamer oogde zoals alle hotelkamers: clean, zakelijk en onpersoonlijk. Twee enorme bedden domineerden de bedompte kamer, waar alleen een airco voor enige verfrissing zorgde. Het uitzicht vanachter de grijze vitrages – een industrieterrein langs de A6 – was niet minder deprimerend.

Zodra Gonnie haar tas had neergezet, snelde ze naar de badkamer. Het kille licht boven de wastafel scheen genadeloos wit over haar van slaap verstoken gezicht. Toch gaven de donkere kringen onder haar ogen haar eerder iets clownesks dan iets vermoeids. Emotieloos staarde ze naar haar spiegelbeeld. De e-mailteksten doemden opnieuw voor haar ogen op. Onophoudelijk hamerden die confronterende woorden door haar hoofd. Altijd was er het vermoeden geweest van zijn ontrouw, altijd had ze gevoeld dat hij haar bedroog, maar nooit had ze het zo zwart-op-wit zien staan.

De benauwende atmosfeer van de kleine betegelde ruimte deed haar naar adem snakken, leek haar te willen opslokken en gaf haar het gevoel ieder moment te kunnen stikken. Waarom ben ik niet meteen de eerste de beste keer dat hij me bedroog bij hem weggegaan, vroeg ze zich af terwijl ze neerzeeg op de wc-bril. Waarom stak ik mijn kop in het zand, liet ik hem maar begaan? Waren het de kinderen, was het gemakzucht, of een stil verlangen dat het wel weer zou overwaaien? Maar deze keer? Dat meisje bij Ans? Een kind was het nog. Niet veel ouder dan haar oudste zoon.

Daar kon ze niet tegenop. Ze zou altijd aan het kortste eind trekken. Al trainde ze drie keer per dag op de sportschool, al smeerde en spoot ze zichzelf vol met antiverslappingsmiddelen, altijd zou ze de oudere vrouw blijven. De concurrentie aangaan was onbegonnen werk. Het meisje in Gonnie was verschrompeld, voor altijd dood.

Een traan biggelde over haar wang. Verward en ontredderd liet ze haar verdriet de vrije loop. 'Hoe moet ik verder?' snikte ze hardop. En meteen, haast professioneel – alsof ze met een cliënt in gesprek was – vroeg ze zich af: waarom huil ik zo? Omdat hij vermoord is? Of omdat hij me keer op keer heeft bedrogen? Ben ik verdrietig omdat ik opeens alleen achterblijf met onze drie zonen, of omdat ik het grootste deel van mijn leven heb gewijd aan een man die me niet waard was?

Achter de badkamerdeur klonk opeens een hoge, schrille blaf. Hondenpootjes krabden aan de deur. De oude hond wilde bij zijn bazin zijn. Met jankende kreetjes probeerde hij haar duidelijk te maken dat hij er ook nog was.

Gonnie stond op en opende de deur voor haar nieuwsgierige viervoeter. Kwispelend werd ze begroet. En toen ze het warme hondenlijf omhelsde en ze zijn natte neus tussen haar blote benen voelde drukken, realiseerde ze zich dat de buitenlucht de beste optie was tot nadenken. Weg uit dit donkere hol. Een stevige wandeling zou haar goeddoen. Ze kon dan meteen haar plan uitvoeren.

Ze opende de douchekraan, wierp haar plakkerige kleren op een bed en verzekerde de oude hond – zoals men dat zou doen bij een haastige minnaar die zijn schoongewassen liefje zo snel mogelijk wil beminnen – dat hij niet lang hoefde te wachten.

Even later liepen baas en hond in de vallende schemer het industrieterrein af. In de verte blonk de trillende skyline van Almere uitnodigend over het Weerwater.

Gonnie slaakte een zucht. Nog even en dan zouden de scholen

weer beginnen en het nieuwe badmintonseizoen starten. Dan deed de herfst zijn intrede en zou ze terugkijken op een zomervakantie zoals ze er nooit eerder een had beleefd. Moest ze in deze stad blijven wonen? In het huis waar haar man was vermoord? In hun befaamde Filmwijk, waar het zo heerlijk groen was, en toch stedelijk? Waar je tussen de namen van de vele filmhelden in Hollywood verkeerde, en waar haar vele kennissen en vrienden woonden.

Vrienden, dacht Gonnie. Automatisch liep ze in de richting van de straat waar Ans woonde. Hoe dichter ze de buurt naderde, hoe meer de geur van geroosterd vlees en de daarbij horende vrolijke stemmen haar omringden. Het klonk vertrouwd. Ze hield van de voorspelbaarheid van een burgerlijke omgeving. Vroeg naar bed, werken voor huis en haard, bekend zijn met de geluiden van de buurt en de bewoners. Dat alles bracht een zekere rust met zich mee. Ze had het altijd als zeer prettig ervaren.

Haar plan om daar met Ans af te rekenen gaf haar moed. Ze moet weten dat Joop dood is, ging het door haar heen, maar meer nog wenste ze het verbaasde gezicht te zien van dat roodharige kind. Hoe zal ze het vinden als ik haar vertel wat er met haar minnaar is gebeurd?

14

'Gemiddelde lengte, stevig postuur, brede heupen, halflang donker haar, donkere ogen, stoppelbaard en mogelijk gekleed in een blauw-groen T-shirt, driekwart broek en gezondheidssandelen,' zei Britt in haar portofoon.

Ze stond voor de deur in het hofje, waar niet werd opengedaan. De vogel was gevlogen.

'Hij doet zijn naam eer aan,' zei Ronnie opgewekt. 'Wat denk je, gaan we daar even een kijkje nemen?' Hij wees naar de oprit voor de garagedeur.

Ze hadden na hun bliksembezoekje aan de garage onmiddellijk de bekraste Fiat in beslag laten nemen. Onderzoek moest uitwijzen om wiens bloed het hier ging.

'Hm,' peinsde Britt nadat ze haar portofoon had uitgeschakeld. 'Ik denk dat wij beter nog even naar die Filmwijk kunnen gaan. Laat de FO hier maar gaan rondneuzen.'

'Maar baas, we komen net uit de Filmwijk, wat denk je nog meer in dat huis te vinden? Is het niet beter om het voor vandaag voor gezien te houden?' Ronnie rommelde in zijn broekzak om er een stuk kauwgom uit te halen. Toen hij Britts geërgerde blik zag, wees hij haar op de tijd. 'En, eh... heb je gezien hoe laat het is?'

'Ik weet het,' mompelde Britt. In gedachten verzonken ging ze op weg naar de auto. 'Je bent een rechercheur of je bent het niet, jongen, heeft iemand je ooit wijsgemaakt dat dit een baan van negen tot vijf is? Begin je er nu al genoeg van te krijgen?'

riep ze naar hem en terwijl ze zich omdraaide wierp ze hem de autosleutels toe.

'Hier, vangen!' zei ze. 'Jouw beurt om te rijden, dan kan ik eindelijk aan die koude pizza beginnen.'

Toen ze de doos van de achterbank pakte viel haar blik op de in beslag genomen pc. Ze fronste.

'Wat hebben die twee met elkaar te maken?' vroeg ze zich hardop af. Met een hongerige blik scheurde ze een stuk van de pizza en stak het in haar mond.

'Wie, baas?' Ronnie schoof de bestuurdersstoel wild achteruit om zijn lange benen onder het stuur te kunnen schuiven. Met tegenzin startte hij de auto.

'Mies van Rossum en onze pornoman,' zei Britt met volle mond. 'Die vrouw van hem vertelde mij dat haar man een verhouding had met een jong ding...'

'Niet zo verwonderlijk na wat wij op die stick zagen,' grijnsde Ronnie. Zijn helblauwe ogen begonnen opnieuw te twinkelen.

'... dat op haar beurt hun katten verzorgde tijdens hun vakantie,' ging Britt door.

'We weten dat die Mies ook voor hun katten had gezorgd. Waarom was ze daar opeens mee gestopt? En wat heeft Thijs Vleugels daarmee te maken? Wat zou het motief zijn geweest om hen beiden uit de weg te ruimen?'

'Zou het om dat jonge ding gaan?'

'Mogelijk.'

'Een crime passionnel, baas?'

'Wie weet.'

'Het zal niet de eerste keer zijn dat een geheime liefde aanleiding is voor een moordpartij,' zei Ronnie, alsof hij de theoretische kennis voor zijn politie-examen aan het herhalen was.

'Ik weet het niet,' peinsde Britt. 'Kijk, dat mannen bonje krijgen om een jonge vrouw, oké, maar wat heeft dat met die Mies te maken? Een onaantrekkelijke vrouw van middelbare leeftijd die voor katten zorgt. Zou het toeval zijn dat zij erbij betrokken is? Of werd zij toevallig het slachtoffer van die scooterdieven? Maar hoe moeten we dan die identieke doodssteken verklaren? Of heeft zij misschien iets gedaan wat aanleiding kon zijn voor beide moorden? Was zij misschien op de hoogte van de verhouding tussen die Joop en dat kind?' Britt likte een restje kaas van haar lippen.

'Maar natuurlijk, baas, dat is het!' riep Ronnie enthousiast. Hij trapte het gaspedaal stevig in en met een rotgang reed hij in de richting van Gonnie Vermeers huis.

'Hé, stop!!' gilde Britt en ze greep zich vast aan de deurpost. De halflege pizzadoos schoot tussen haar benen en belandde op de grond. De inhoud kleefde vast aan haar All Stars. 'Remmen!' gilde ze opnieuw. Ronnie schakelde even terug, maar was zo opgetogen over het antwoord dat door zijn hoofd spookte dat hij een scherpe bocht naar links nam.

'Zeg, luister je wel? Waar denk je heen te gaan?'

'Naar de Filmwijk, naar dat huis van Joop Vermeer, toch?'

'Wat zouden wij daar moeten doen? Denk na!' Britt voelde zich voor het eerst echt de baas over Ronnie. De manier waarop ze tegen hem sprak paste niet bij haar doorgaans kalme handelwijze.

'Ik wil naar het adres van die vriendin van Vermeers vrouw. Als het goed is, moet zij haar alibi bevestigen, nietwaar?'

'Oké, oké, je hebt gelijk,' sputterde Ronnie, die zich opeens een stuk minder zeker van zijn zaak voelde. Hij remde af, toetste het opgegeven adres op het navigatiesysteem in en reed de auto terug naar de dreef.

Britt slaakte een diepe zucht. Ze tastte naar haar voeten. 'Maar als je net wilde zeggen dat het hier vermoedelijk om chantage gaat, dan ben ik dat helemaal met je eens,' zei ze kalm terwijl ze de lege pizzadoos tussen haar voeten vandaan haalde.

15

'Joop?!' brulde Ans tegen Fleur. Haar ogen waren als schoteltjes, haar mond viel open van verbazing. 'Die etterbak van een klootviool?' riep ze hysterisch. Ze had haar professionele distantie precies drie uur en twintig minuten weten vol te houden. Langer zat er niet in. Niet nu Fleur de naam van de vader van het ongeboren kind had genoemd.

De giftig gloeiende ogen van Ans hadden zich tot spleetjes vernauwd. Haar trillende woede manifesteerde zich in het vet rondom haar buik en borsten. Hoewel Fleur schrok van de onverwacht heftige reactie van Ans, moest ze voor het eerst sinds dagen ook weer glimlachen. Het dikke ongeleide projectiel dat voor haar ogen ronddanste, werkte op haar lachspieren.

Met het uitspreken van zijn naam kreeg Fleur sinds dagen weer lucht. Ze durfde weer diep adem te halen en voelde zich lichter dan ooit. Nu ze haar geheim had prijsgegeven ontstond er ruimte. Ja, zelfs die vernederende afwijzing van hem leek, nu ze haar langgekoesterde geheim met Ans had gedeeld, heel ver weg. Opgelucht blies ze de lucht uit haar longen. Dat dit zó zwaar op me gedrukt heeft, dacht ze nu. Zo zwaar dat ik niet meer verder wilde leven.

'Weet je wel met wat voor soort kerel jij je hebt ingelaten?' Ans was naar de keuken gelopen en had een nieuw biertje opengetrokken. Nerveus banjerde ze voor de ogen van Fleur heen en weer. De kalmerende roes van de alcohol scheen het enige wat haar nog net niet uit elkaar deed ploffen.

'Het is een verkrachter!' zei ze en ze keek daarbij zo aangeslagen dat het leek alsof ze ooit zelf door hem te grazen was genomen.

Weer moest Fleur inwendig lachen, ze kende de voorkeuren van Joop. Geen haar op zijn hoofd zou erover gepiekerd hebben om met Ans de koffer in te duiken. Vrouwen zoals zij, met een maatje meer, werden over het algemeen door hem verafschuwd. Hij hield nog net niet van graatmager, maar hoe minder vet er aan de botten kleefde, hoe sexyer Joop het vond. Fleur kon het weten. Menigmaal had hij zijn liefde voor haar ranke lijfje laten blijken. Wanneer zijn hete adem dan langs haar hals gleed en de greep van zijn vingers op haar smalle heupen toenam, had hij zich bewonderend uitgelaten over haar iele verschijning.

'God, wat ben ik blij dat die zwangerschap van de baan is,' mompelde Ans. Wederom alsof het haar eigen ongewenste zwangerschap betrof, ratelde ze maar door over hetgeen Fleur was overkomen.

'Dat dit soort mannen nog getrouwd is, en dat er vrouwen zijn die zo gek zijn om bij dit soort verachtelijke figuren te blijven!'

Ze doelde op Gonnie, wist Fleur. Over haar sprak hij altijd met een zekere afstand. Het was iemand die goed voor hem en de kinderen was geweest. Vooral dat laatste, wat hem betrof. Vanaf het moment dat hun eerste zoon ter wereld kwam, leek haar belangstelling uitsluitend nog haar borelingen te gelden. Opeens was de ooit zo spannende, erotische relatie die hij met haar had gehad, veranderd in een verbintenis met een moederdier. Kinderen zijn de dood in de pot, had hij gezegd. Daarom had hij haar natuurlijk ook afgewezen, dacht ze nu. Omdat zij een kind van hem verwachtte.

'Wat zal Gonnie zeggen als ze hierachter komt?' peinsde Ans verder. 'Zou ze het weten dat jij en hij...? Vast niet, anders...'

'Ze weet niets,' antwoordde Fleur kort. Ze werd dit gesprek zat.

'Dat laten we dan zo. Het gaat haar geen bal aan. Onze korte vakantie was ook al geen succes.' Ans nam een teug uit het bierflesje. 'Maar dankzij die shittoestand daar...' Ze schrok toen ze zag hoe Fleur haar onderzoekend opnam.

'Welke shittoestand?' vroeg Fleur.

'Ik ben blij dat ik eerder naar huis ben gekomen,' zei Ans vlug. Ze realiseerde zich dat als ze een dag later was thuisgekomen, Fleur niet meer geleefd zou hebben. 'Zullen we het onderwerp maar laten rusten?' vroeg ze.

Fleur knikte vaag. Ze was moe, ze wilde niet meer aan Joop noch aan Gonnie denken. Ze wilde rust, naar bed, slapen en het nadenken uitstellen tot een ander moment. Ze had nog veel te overdenken en als ze er nu aan zou toegeven, dan zou ze zomaar opnieuw in paniek kunnen raken. De downers die ze voorgeschreven had gekregen, hielpen goed. Ze voelde zich duf maar stabiel. Ze verkeerde in een aangename roes.

Blijkbaar had Ans die roes nog niet bereikt. Hoewel ze had aangekondigd het onderwerp te laten rusten, bleef ze toch nog een tijdje doorratelen over al het leed dat door mannen als Joop werd aangericht. Wild gebarend en zenuwachtig beschuldigend wipte ze voor de ogen van Fleur heen en weer. Zo nu en dan riep ze een vrouwennaam. Namen waar Fleur nooit eerder van had gehoord. Volgens Ans ging het om vrouwen die allemaal met geweld te maken hadden gehad. Geweld van types als Joop. Menig keer had ze die stakkers op haar spreekuur gehad. Midden onder de klaagzang ging de bel. Meteen viel ze stil.

'Wie kan dat zijn?' vroeg ze aan Fleur, alsof die bezoek verwachtte. Maar Fleur kon niets anders doen dan flets voor zich uit staren. Ze had geen energie om wat dan ook te zeggen. Weer klonk de bel.

Meestal was Fleur degene die het bezoek binnenliet. Ook dat was een onuitgesproken regel geworden. Zodra de bel ging, wilde Ans dat zij opendeed. Vreemd eigenlijk, mijmerde Fleur, bepaalde vanzelfsprekendheden zaten zo diep geworteld dat zelfs nu ze half stoned was van de pillen er toch nog automatisch een reactie teweeg werd gebracht. Opstaan, naar de deur lopen en opendoen. Ik kook, tuinier, doe het grootste deel van het huishouden en ben tevens de butler van mevrouw.

'Ik doe niet open!' riep Ans stampvoetend. Maar toen de gong voor de derde keer door de gang galmde, leek haar dat toch te bewegen om naar de voordeur te sjokken.

Fleur keek haar nieuwsgierig na. Ze kon niet zien wie er voor de deur stond, maar alles in de lichaamstaal van Ans verried een zekere verbazing toen ze opendeed. Aarzelend deed ze een stap achteruit. Wie zou daar zijn, vroeg Fleur zich gespannen af. Ans klonk uiterst verbaasd. 'Jij hier?' Daarna viel er een stilte. Nog nieuwsgieriger spitste Fleur haar oren.

'Kom binnen,' zei Ans schor. 'Hoewel we niet echt in de stem...'

16

Thijs blikte in zijn spiegel. Een schim had zich langs zijn auto verplaatst. Het was een vrouw, ze had een hond bij zich. Vlug liet hij zich zakken. Als ze weg was, zou hij uitstappen. Hij moest kalm blijven, niet te gehaast op zijn doel afgaan. Misschien moest hij het wel helemaal afblazen en meteen doorrijden naar België, dacht hij weifelend. Hoe eerder hij daar was, hoe beter. Hoewel?

Als hij dat deed, dan zou hij toegeven aan zijn vluchtneiging. En dat was nou juist niet de bedoeling. Hij behoorde niet te vluchten, hij ging vrijwillig naar zijn huis over de grens.

Alles wat hem tot nog toe was overkomen, had met zijn financiën en die klotescheiding te maken. Hij zou zich tijdelijk terugtrekken uit deze buiten zijn schuld om ontstane situatie. Als hij alles kon overdoen, deed hij dat meteen. En toch: het viel niet meer terug te draaien, ze was dood en alle sporen zouden naar hem leiden.

De enige manier om met een zuiver geweten en een schone lei daar in België een doorstart te maken, was nadat hij die vuurtoren aan de tand zou hebben gevoeld. Als hij haar had laten vertellen wat ze had gezien of beter gezegd: niet had gezien. Zij was zijn enige houvast en alibi.

Langzaam kwam hij overeind. Opnieuw blikte hij in zijn spiegel. Niets te zien. De vrouw was opgelost. Zijn ogen speurden langs de stille straat met de uniforme legohuizen. De paar bewoners die al thuis waren, hielden zich vermoedelijk aan de tuinzijde van hun huis op. De vrouw met de hond was de hoek omgeslagen.

Nogmaals aarzelde hij. Wat zou hij daar aantreffen als hij aanbelde? Hoe zou dat kind reageren en, erger nog, hoe zouden haar huisgenoten hem ontvangen? Met hoeveel gasten kreeg hij daar te maken?

Hij had er vanaf dat moment langs de vaart al zo vaak over gebrainstormd. Nu stond hij hier. Hij was hier niet voor niets naartoe gekomen. Wat belette hem? Toen hij hier vorige keer op de stoep stond, was hij er ook al vandoor gegaan.

Kom op, man, waar wacht je op? gonsde het door zijn hoofd. Wat kan je gebeuren na wat je allemaal hebt meegemaakt? Dit wordt je laatste afrekening. Straks ben je vrij. Weg van hier, weg van die kutwijven. Je kunt het!

Behoedzaam opende hij het portier. Schuw keek hij opzij. Een lok haar die voor zijn gezicht viel schoof hij vlug achter zijn oor. Zo geruisloos mogelijk sloot hij het portier en stapte uit. Alles was stil. Als een dief in de nacht keek hij nog eenmaal om. Daarna spurtte hij weg.

Bij de hoek van de straat hield hij even in. Onderzoekend tuurde hij over de straatweg. Nog steeds niemand te zien. Geen auto's, geen fietsers. Aan de overkant van de weg lag haar huis. Weer leken zijn voeten te aarzelen. Net toen hij een stap op de straatweg zette, klonk er achter hem een schelle lach.

'Goddomme,' vloekte hij en snel dook hij achter een haag. Zijn hart bonkte wild in zijn lijf. Wat nu? Angstzweet liep langs zijn kop. Niemand mocht hem hier zien. Trillend als een geslagen hond hurkte hij tussen het groen. Zijn ogen tuurden langs de takken. Was het dat judogrietje? 'Waarom was u niet thuis toen wij bij u aanbelden?' Hij hoorde het haar al vragen.

Weer een lach. Heel dichtbij nu. Een deur sloeg dicht. Vrolijke stemmen. Een startende motor, een auto reed weg. Daarna weer stilte. Zo snel mogelijk schuifelde Thijs weg uit zijn benarde positie. Zonder om te kijken stak hij de straatweg over.

Het paadje dat naar de woning liep, baadde in een zee van licht. Een felle lamp naast de voordeur verlichtte de entree. De hal van het huis was ook verlicht, twee schaduwen bewogen achter het matglas van de deur.

Zou er net iemand zijn thuisgekomen, vroeg Thijs zich gespannen af. Wat zou hij zeggen? Hoe stelde hij zich voor? Als wat? De man van de witte Fiat? Of...?

Het licht bij de voordeur floepte uit. De schemer schonk hem moed om door te lopen. 'Doe niet zo schijterig, klootzak,' siste hij tegen zichzelf en terwijl hij zijn vuisten balde, liep hij met vaste tred over het paadje. Halverwege sprong de lamp aan. Verblind knipperde Thijs met zijn ogen. Nog slechts één stap was hij van de bel verwijderd. Hij kon nog terug.

17

'Dood?!'

Fleur spitste haar oren. Voor de tweede keer hoorde ze Ans 'dood' roepen. Wie had ze zojuist binnengelaten? Het was een vrouw, hoorde Fleur, maar wie? Haar stem kwam Fleur bekend voor. Wat kwam ze doen?

'Vermoord!' riep de stem. Fleur meende stellig die stem eerder gehoord te hebben. Ze kon hem alleen niet zo snel thuisbrengen. Was het hier geweest? Was het een van Ans' vriendinnen? Vast, dat moest het zijn.

Het kon aan de pillen liggen, die haar suf maakten, maar ook omdat de deur naar de hal door Ans was dichtgetrokken, dat Fleur het gesprek niet langer kon volgen. Zou Ans de bezoekster meteen weer naar buiten laten?

Hoewel Fleur heel benieuwd was naar het bezoek en ze het liefst meteen uit haar stoel omhoog had willen komen, lukte het haar niet om op te staan. Iets leek haar tegen te houden. Alsof een onzichtbare hand haar tegen de stoel drukte. En naarmate de vrouwenstemmen achter de deur schriller en woester klonken en de verwijtende toon waarmee dat gepaard ging duidelijker hoorbaar werd, bekroop Fleur het beklemmende gevoel dat het wel eens met haar te maken kon hebben. En alsof diezelfde onzichtbare hand nu ook heel langzaam maar trefzeker haar keel dichtkneep, benam haar dat de adem.

Angstig staarde ze naar de deur. Nerveus tastte ze naar haar glas thee. Het had daar al die tijd naast haar op het tafeltje gestaan. Nu leek het opeens verdwenen. Ze vroeg zich af of die downers wel oké waren. Begon ze te hallucineren? Stonden daar achter die deur echt twee vrouwen te ruziën? Waarom kon ze niet meer bewegen? Koortsachtig zocht ze naar een antwoord. Waar bleef Ans? Waarom bleef ze daar in de hal? Wat deed ze daar? Als er écht een vrouw was – en opnieuw twijfelde Fleur aan haar waarnemingsvermogen – waarom kwam die vrouw dan niet de kamer binnen?

'Hoe durf je?!' De brullende stem van Ans. Een klap tegen de deur. Viel daar iemand? Ik moet erheen, dacht Fleur, maar er was nog steeds die onzichtbare hand die haar tegenhield. Ze zat klem. Doodsbang en bewegingsloos staarde ze naar de deur.

'Laat me los!' krijste de overslaande stem naar Ans.

'Nee, je gaat weg!'

'Ik moet haar zien!'

De deurklink ging naar beneden. Een doffe dreun volgde. En nog een, en weer een.

Fleur greep zich vast aan haar stoel. Laat me opstaan, smeekte ze trillend van de zenuwen. Ze hoorde nu ook een hond blaffen. Een kort paniekerig geblaf kwam uit de hal. Plotseling zwaaide de deur open. Een amechtig hijgende hond sukkelde de woonkamer binnen. Gevolgd door de vrouw van Joop. Fleur herkende haar meteen.

Hoewel ze haar hier maar een paar keer gesproken had, was dit onmiskenbaar de vrouw over wie Joop zo vaak geklaagd had. De moeder van zijn zonen. Het te oud geworden vrouwmens van wie hij wilde scheiden. Zodat hij met haar, zijn liefje, een nieuw leven kon beginnen...

Toen ze Fleur ontdekte, stoof ze op haar af. 'Jij!' gilde ze buiten zinnen.

Fleur, die nog steeds als versteend in haar stoel zat, zette zich schrap. Apathisch wachtte ze op het verschrikkelijke moment dat ging komen. Het moment waarop ze door deze vrouw zou worden verscheurd.

Toen Gonnie haar nagels in Fleurs trillende lijf wilde zetten, sprong Ans tussenbeide. Woedend greep ze de doorgedraaide vrouw vast, pakte haar bij de schouders en schudde haar door elkaar.

'Stoppen!' gilde ze en ze sleurde Gonnie aan haar haren bij Fleur vandaan. 'Stoppen!' herhaalde ze woest toen Gonnie wild om zich heen begon te slaan.

Fleur moest toezien hoe Ans net zo lang aan het opstandige lichaam van Gonnie rukte en trok totdat die huilend in elkaar zakte. Hijgend wierp ze een blik op de bevende Fleur. Als Ans zich niet op haar gestort had, zou Fleur niet geweten hebben hoe ze deze furie zou hebben overleefd. Doodsbang keek ze naar de twee vrouwen voor haar.

'Blijf!' commandeerde Ans toen Gonnie onder de handen van haar belaagster probeerde uit te komen. Gonnie gromde iets, maar deed uiteindelijk wat Ans haar opdroeg. Terwijl Ans haar slachtoffer tussen haar dikke dijen geklemd hield, drukte ze Gonnies knokige schouders naar beneden.

'Zo,' hijgde ze. 'Als je bent uitgeraasd, dan ga je ons heel rustig vertellen wat er precies is gebeurd. Zo niet, dan zet ik je er alsnog uit. Begrepen?' En heel langzaam liet ze de greep op Gonnies schouders verslappen.

Fleur zag Gonnies lichaam schokken. Ze zag hoe het verhitte hoofd van de vrouw die haar had aangevallen, vooroverviel. En alsof het laatste spatje energie voorgoed uit haar wegsijpelde, blies Gonnie de lucht uit haar longen. Ook Ans hijgde luid. En net toen Fleur dacht dat de rust even was weergekeerd, klonk opnieuw de deurbel.

18

Voor de derde keer drukte Thijs op de bel. Langer en vastberadener hield zijn vinger het knopje ingedrukt. Nu hij al zijn moed had verzameld, was hij vastbesloten om zich niet te laten verjagen. Vanuit het huis had kabaal geklonken. Hij meende vrouwenstemmen te hebben gehoord. Dat had hem gesterkt. Voor vrouwen was hij niet bang. Misschien dat hij daarom zo vastberaden was om niet te wijken.

Opnieuw hoorde hij gestommel en lawaai. Achter het matglas ging een lamp aan. Thijs kon niet zien of het een man of een vrouw betrof, maar een forse figuur liep op de deur af. Toen de deur werd geopend, ging er een vreemd gevoel van spijt door hem heen. Datzelfde dikke wijf dat hij hier eerder had gezien, stond voor hem. Eerder was hij voor haar op de vlucht geslagen, nu kreeg hij dezelfde aandrang om in het niets op te lossen.

Haar uitstraling beloofde niet veel goeds. Uit haar zwarte hemdjurk staken twee vette, glimmende armen die naar vers zweet roken. In haar korte nek zaten rode striemen, alsof iemand zojuist geprobeerd had haar te kelen. En in het schijnsel van de buitenlamp lichtten haar bloeddoorlopen ogen zo griezelig op dat Thijs even het gevoel kreeg niet met een vrouw maar met een gladiator te maken te hebben. Nog stijf van de adrenaline nam ze Thijs argwanend op.

'Ja?!' baste ze. Dreigend en zwaar als een opkomende donderbui helde ze voorover naar Thijs, die automatisch een stap achteruit deed. Hij wilde zich niet laten intimideren. Vrouwen

– zeg maar gerust wijven – van dit slag hadden hem nooit kunnen bekoren. Ze riepen een enorme afkeer en een onverklaarbare haat in hem op.

'Ik kom voor uw dochter,' beet hij haar toe. En ook al leken die twee zo op het eerste gezicht geen snars op elkaar, hij ging er gemakshalve maar van uit dat het rooie mokkel haar dochter was.

'Mijn dochter?' Verbazing tekende zich af op de bezwete kop tegenover hem. De priemende, rode ogen van de vrouw keken hem vragend aan. Terwijl ze met haar tong zenuwachtig over haar natte bovenlip likte, probeerde ze Thijs in te schatten.

'Een jonge, slanke vrouw met rood haar? Zij woont hier toch ook?'

'Wat moet je van d'r?'

Nu kwam het erop aan. Wat ging hij zeggen? Tegenover dit gevaarte was het opletten geblazen, het moest in één keer raak zijn. Hij had er lang over nagedacht, hij wist wat hem te doen stond. Zeg het dan, man, ging het door hem heen.

'Het gaat om een moord. Kortgeleden is er een lijk gevonden. Hier vlakbij... Misschien kende u haar. Ze heette Mies van Rossum.'

Ans' ogen vernauwden zich tot spleetjes. Ze nam Thijs op, een valse grijns verscheen rond haar mond. 'En wat heb ik daarmee te maken?' De scherpe woorden vlogen Thijs recht in het gezicht. Hij kon de adem erachter ruiken. Een gore grondlucht als van een dichtgeslibd doucheputje vergezelde het snerpende stemgeluid. Opnieuw deinsde hij achteruit.

'U niet, uw dochter,' zei hij snel.

Het grote lichaam voor hem ademde zwaar, leek even te aarzelen en net toen ze de knop vastgreep om de deur in zijn gezicht dicht te smijten, klonk er gestommel vanuit de woonkamer. Een ijle vrouwenstem vroeg wie daar was. Thijs zag het vette wijf naar hem staren, ze antwoordde niet. Hij maakte van de situatie gebruik door zijn voet over de drempel te zetten. Nu was het de vrouw die een stap achteruit deed. Toen de deur achter haar openging en ze zich omdraaide naar degene die daar stond, ving Thijs nog net een glimp op van een gemillimeterd rood kapsel.

19

'Deze man zegt dat ie voor jou komt.' Zuchtend draaide Ans zich om naar Fleur, bij wie het laatste beetje kleur spontaan uit haar wangen leek weg te trekken. Ontsnapt aan de dwingende druk van de onzichtbare hand, had ze haar stoel eindelijk kunnen verlaten. De stemmen in de hal hadden haar nieuwsgierigheid geprikkeld. Met wie was Ans nu weer aan het bekvechten? Ondanks haar dufheid wilde ze een eind maken aan deze ruzieachtige sfeer.

Toen ze van Ans naar Thijs keek, herkende ze hem onmiddellijk aan zijn silhouet. Ook al had ze zijn gelaatstrekken nooit kunnen aanschouwen, het halflange haar, de ronde vorm van zijn rug en schouders met de korte nek daarboven deden haar meteen aan de man langs de vaart denken. Dit was onmiskenbaar de *creep* die haar toen bijna had geschept. Wat doet hij hier, vroeg ze zich koortsachtig af.

'Ken je hem?' vroeg Ans wantrouwend. Ze fronste haar wenkbrauwen bij Fleurs reactie. Of is dit een overbodige vraag, zag Fleur haar denken.

Fleur bevroor. Ze was niet in staat zich te verroeren. Een tintelend gevoel kroop vanuit haar enkels langzaam omhoog langs haar kuiten en deed haar knieën knikken. Ze wilde haar hoofd schudden, iets ontkennends zeggen en zo onverschillig mogelijk haar schouders ophalen, maar iedere poging tot handelen mislukte. Als verlamd staarde ze naar Thijs.

'Kortgeleden hebben we elkaar hier in de buurt getroffen,' zei

Thijs vlug, in een poging Ans voor te zijn, die aanstalten maakte om de voordeur te sluiten en opnieuw haar wenkbrauwen misprijzend optrok.

'Klopt dat?' vroeg Ans met een cynische ondertoon in haar stem.

Fleur kon nog steeds geen stom woord uitbrengen. Het enige wat ze kon, was staren. De werking van de downers in combinatie met het overweldigende bezoekje van Gonnie had haar dan misschien compleet lamgeslagen, het bezoek van deze man sloeg echt alles. Wat kon ze doen?

'Hé, wat is hier allemaal aan de hand?' riep een stem achter Fleur. Het volgende moment blikte Gonnie de hal in. Toen Fleur niet snel genoeg opzij stapte, duwde ze haar ruw aan de kant. Dat deed Fleur uit haar trance ontwaken. Zonder nog op Ans of Gonnie te letten zette ze een paar ferme stappen naar voren. Vlak voor Thijs bleef ze staan. Die was duidelijk van zijn à propos vanwege het aantal vrouwen dat opeens tegenover hem stond.

'Wat wilt u van mij?' Fleurs stem klonk breekbaar zacht. Haar kleine hartvormige mond had zich geopend en de stilte doorbroken. Als een jong vogeltje dat op voedsel wacht, wachtte ze op een antwoord van de vormloze man voor haar.

Thijs leek geïntimideerd. Zoekend naar de juiste woorden sloeg hij zijn blik neer. 'Het gaat om die keer dat ik daar met de auto reed,' begon hij aarzelend. 'Ik had haast, zie je. Maar het is niet wat jij denkt...'

'Wat zou ik dan moeten denken?' vroeg Fleur zacht.

Thijs' gezicht begon te gloeien. De kwetsbaarheid van dit fragiele meisje met de vreemde lichte ogen in dat bleke sproetengezicht drong als een beet van een mug door zijn huid naar binnen. Prikte dwars door zijn ziel en raakte hem midden in zijn hart. Misschien ligt het aan haar schoonheid, dacht hij. Het was lang geleden dat hij een zo onwaarschijnlijk mooie vrouw van dichtbij had gezien.

'Mocht je iets gevraagd worden, dan heb ik er niets mee te maken,' zei hij snel.

'Waar gaat dit in godsnaam over?!' Ans probeerde zich tussen Fleur en Thijs te wurmen. Ze was de situatie meer dan zat. Niet alleen de warmte van al die verhitte lichamen in deze kleine ruimte benam haar zo langzamerhand de adem, maar meer nog haar groeiende angst om de grip op de situatie kwijt te raken.

Laat iedereen alsjeblieft oprotten, dacht ze, en mij en Fleur met rust laten. Ik wil dit niet. Ik heb geen zin in jaloerse echtgenotes die komen vertellen dat hun man vermoord is. En ook ben ik niet geïnteresseerd in vreemde kerels die over een andere moord beginnen. Wat hebben wij in godsnaam met al die moorden te maken? Geen moer! Laat mijn kind met rust, wilde ze zeggen. Ze heeft het al moeilijk genoeg. Maar een knagend gevoel nam bezit van haar onderbuik. Maakte haar onzeker, deed haar weifelen.

'Kunnen we misschien binnen verder praten?' vroeg Thijs aan de wazig kijkende Fleur, terwijl hij in de richting van de woonkamer wees. 'Heus, het is in ons beider belang...'

Er klonk het geronk van een naderende auto. Zenuwachtig keek Thijs achterom. Wie parkeerde daar zo vlak voor het huis? Hij focuste op de bestuurder. Nee, niet weer. Niet nu. Thijs kon zijn ogen niet geloven, het waren dat judogrietje en haar gespierde cowboy.

20

'Nee maar, kijk eens wie we daar hebben? Meneer Vleugels, wat een toeval! Laten wij nou net bij u vandaan komen. We vroegen ons al af waarom u was vertrokken.' Vol zelfvertrouwen hinkte Britt over het paadje naar de voordeur. Vrolijk babbelend gaf ze Ronnie een seintje de man van achteren te benaderen. Dit toeval was wel erg groot, vond ze. Ze mocht geen kans laten liggen, voor je het wist schoot die kerel er weer vandoor. Wat deed hij overigens op dit adres? Kende hij die vriendin van Joop of diens vrouw? Of beiden? Zou er dan toch een verband tussen beide zaken zijn?

Vanuit haar ooghoek zag ze hoe Ronnie haar inhaalde en met grote stappen op Thijs afliep. Duidelijk geïmponeerd door deze overval begon die zich onmiddellijk te verzetten.

'Ik ben hier klaar, laat me erdoor!' zei hij en hij maakte aanstalten zich om te draaien. Daar leek Ronnie op te wachten. Hij had zich vlak achter Thijs geposteerd. Zijn hand gleed langs zijn wapenstok en deed een greep naar zijn boeien. Nee, dacht Britt, nu geen geintjes, hoe leid ik hem af?

'Zeg, Ron, vertel jij meneer Vleugels even wat zijn rechten zijn?' riep ze terwijl ze zo snel mogelijk de voordeur probeerde te bereiken.

Twee verbaasde gezichten staarden vanuit de hal naar Britt en Ronnie. 'Recherche!' zei Britt en ze liet haar penning zien.

Ans staarde verbaasd naar de drie figuren op haar stoep. 'Hoezo?' vroeg ze terwijl ze zich naar Fleur wendde.

Die stond nog steeds als een wassen beeld voor Thijs. Ze dacht dat ze flauw zou vallen. Ze voelde het bloed uit haar gezicht wegtrekken. Het tintelende gevoel en gesuis in haar oren nam hand over hand toe. Ze had dit eerder meegemaakt. Ooit had Ans een surpriseparty voor haar georganiseerd, ze kon zich niet zo gauw meer de aanleiding herinneren, maar het vreemde, wollige gevoel dat bij die schrik hoorde, was precies hetzelfde geweest als nu. Alsof iemand een touw om je nek slingerde en dat steeds strakker aantrok, net zolang totdat je zou stikken. Er was geen weg terug. Heel langzaam zou ze sterven.

'We onderzoeken een moord, of liever gezegd: twee moorden,' zei Britt, enigszins buiten adem van het hinken. Ze stond nu vlak naast Thijs en keek naar Ans, die haar geïnteresseerd opnam. Toen Britt langs haar heen keek, viel haar oog meteen op een spichtige jonge vrouw die tussen Ans en Thijs in stond. Ze had ultrakort haar en zag bijzonder bleek. Maar dat kon ook door het witte licht van de buitenlamp komen, dacht Britt. Zou dit het meisje zijn om wie alles draait, vroeg Britt zich af en ze moest direct aan de pornoman denken.

'Hé, blijf met je vuile tengels van me af!' riep Thijs toen Ronnie hem een por in zijn rug gaf.

'Al goed, al goed,' antwoordde die schaapachtig terwijl hij zijn armen in de lucht hief en met een grijns naar Britt keek. Voor de tweede keer greep ze in door hem te gebieden meneer Vleugels met rust te laten.

'Mag ik u verzoeken dit gesprek binnen voort te zetten?' vroeg Britt. Ze had om zich heen gekeken en gezien dat er bij het naastgelegen huis een raam openging. Iemand stak zijn hoofd naar buiten om maar niets te hoeven missen. En ook al sputterde Ans nog een beetje tegen, toen Britt aangaf niet te zullen vertrekken, draaide ze haar grote lijf om. Mopperend legde ze haar arm om Fleurs bevende schouder en leidde haar in de richting van de woonkamer.

Thijs werd door Ronnie verzocht te volgen. Morrend deed hij wat er van hem werd verwacht. Britt, die als laatste de hal in liep, trok de voordeur achter zich dicht. Toen ze over de drempel van de woonkamer stapte, zag ze dat er nog iemand in huis was. Het was de vrouw van de pornoman. Wie anders, dacht ze, en ze moest in zichzelf grinniken. Het lijkt wel een klucht, ging het door haar heen. Maar toen ze het groepje eens goed in zich opnam, keek hier niemand vrolijk. Integendeel, aan de gezichten te zien konden ze elkaars bloed wel drinken. Zwijgend wachtten ze af wat er komen ging.

Tot Britts verbazing nam Ronnie het woord. 'Ik wijs jullie erop dat jullie het recht hebben om te zwijgen, maar dat we jullie ook in hechtenis kunnen nemen,' sprak hij op kordate toon. Niemand reageerde.

'In het ergste geval betekent dat driemaal vierentwintig uur opsluiting voor verhoor,' ging hij verder en zelfverzekerd keek hij de kamer rond. Nog steeds kwam er geen enkele reactie. Ronnie zocht Britts blik. Van een afstandje sloeg ze het groepje gade. Ga door, zei de blik. Aangemoedigd vervolgde Ronnie met wat hij uit de boekjes kende.

'Daarom lijkt het me verstandig om ons nu direct te vertellen wat dit voor besloten bijeenkomst is...' Verder kwam hij niet. Ans schoot op hem af. Spinnijdig nam ze hem van top tot teen op. Haar brede lichaam, dat zich haast tegen het zijne drukte, ging woest op en neer. Briesend stak ze haar neus naar voren. 'Niemand gaat mij in mijn eigen huis vertellen wat ik wel en niet mag doen!' gromde ze. 'Begrepen?'

21

Als twee kemphanen stonden ze tegenover elkaar. Ronnies ingehouden woede spatte van zijn bezwete biceps. Hij hield zich in, want als zijn professie het hem niet verbood, dan had hij het liefst die volgevreten, stinkende kwal een kopje kleiner gemaakt.

Britt werd dit machogedrag een beetje zat, maar omdat ieders aandacht momenteel op die twee gericht was, kon ze mooi van de gelegenheid gebruikmaken om naar de openstaande tuindeuren te schuifelen. Niemand lette nog op haar toen ze het groepje vanaf deze plek in de kamer bestudeerde.

Ze vermoedde dat de vrouw van de pornoman verhaal was komen halen bij haar dikke vriendin. Haar hond lag te snurken onder de tafel. Blijkbaar heeft die Joop een verhouding gehad met dat rattenkopmeisje, dacht Britt. Aan hun verhitte gezichten te zien waren beide vriendinnen daar tot voor kort niet van op de hoogte. De stemming tussen de drie vrouwen was om te snijden. Vooral de vriendinnen zagen er hels en bezweet uit. En toen Britt ze nog eens extra goed opnam, moest ze constateren dat hier nog niet zo lang geleden een ordinaire vechtpartij had plaatsgevonden. Over de bovenarmen van de dikke vrouw liepen een paar vurige krassen. Iemand had daar nog maar kortgeleden haar nagels in gezet. Ook de vrouw van de pornoman zag er gehavend uit. Op haar hoofd ontbrak een flinke pluk haar. Maar wat doet die Vleugels hier, vroeg Britt zich af. Overal waar kattenoppassen of scooters verdwenen, aanvaringen of gewelddadige ruzies waren, dook deze man plotseling op. Bij deze drie vrouwen zag ze nog wel een verband met de zaak van die dode pornoman, maar wat had die Vleugels daarmee te maken? En opnieuw vroeg ze zich af wat het met Mies van Rossum van doen had.

'Zij was het!' Gonnies heldere stem verbrak opeens de grimmige stilte. Ze wees naar Fleur, die verschrikt opkeek. Ze had zich in de leunstoel naast de open haard laten vallen. Ze was uitgeput. Terwijl haar lichaam koortsachtig warm aanvoelde, liepen de koude rillingen langs haar rug. Waar heeft dat mens het over, vroeg Fleur zich af. Ze wilde niet dat haar verhouding met Joop haar opeens verdacht maakte. Ineengedoken wachtte ze af. Flets staarde ze van de beschuldigende Gonnie naar Ans, die nog steeds in vechthouding tegenover de even driftige jonge rechercheur stond.

Britt merkte dat er niemand reageerde op de beschuldiging van Gonnie. Iedereen zweeg. De drukkende warmte was daar ook debet aan, vermoedde ze. Moe, dorstig en aangeslagen als ze waren, had blijkbaar niemand van het groepje nog de puf om iets te zeggen.

'Waarom lopen we niet even de tuin in?' flapte Britt er tot haar eigen stomme verbazing uit, en meteen realiseerde ze zich dat dat niet slim was. Buiten was het al aardig donker. Hoewel de avondlucht voor enige verkoeling kon zorgen en het verhitte gezelschap aan het praten zou kunnen krijgen, had ze gezien dat er zo goed als geen verlichting in de tuin was. Iedere uitdrukking op het gezicht van een mogelijke dader zou haar ontgaan.

'Goed plan, baas,' riep Ronnie. Hij negeerde Ans en stapte om haar heen. Hij kuchte luid en met een zelfvoldane grijns liep hij naar buiten.

Britt baalde. Waarom gaat die stommeling als eerste naar buiten? Laat hij mij hier achter met dit opgefokte stelletje. Wat als...? En nog voordat ze Ronnie kon terugroepen, viel haar oog op Thijs Vleugels, wiens ogen nerveus heen en weer schoten. Weg, weg van hier, zeiden zijn donkere, gespannen ogen.

Ook de vrouw van de pornoman scheen het opeens zat te worden. Niemand had iets met haar opmerking gedaan. Niemand die een vraag stelde. Laat maar, leek ze te denken toen ze zich naar haar hond bukte. Bemoedigend klopte ze hem op de rug en ze trok hem aan zijn halsband overeind. Toen ze zich wilde omdraaien om naar de deur te lopen, sprong Thijs als een bezetene op haar af. Hardhandig gaf hij haar een duw, hij schopte naar de blaffende hond en greep naar de deurknop.

'Lopen jij,' snauwde hij tegen Gonnie. En als een schild duwde hij haar voor zich uit naar de hal. Toen Gonnie begon te piepen, staarde Ans verbaasd naar Britt.

Doe jij niets, zag Britt haar denken. Maar Britt bleef uiterst kalm. Ze had het goed ingeschat. Voor de zekerheid had ze de voordeur op slot gedraaid en de sleutel bij zich gestoken.

'Meneer Vleugels, waar gaat u heen?' riep ze Thijs achterna.

Stilte.

'Ik vrees dat u zonder deze sleutel de voordeur niet openkrijgt,' riep ze.

Thijs antwoordde niet. Hij keek om en staarde woedend naar de omhooggehouden sleutel.

22

Praktisch iedereen van het groepje scheen zich erbij te hebben neergelegd voorlopig nog niet van deze rechercheurs te zijn verlost. Ans liep knorrend en mokkend door de kamer te ijsberen.

Op bevel van Britt was Thijs op een van de royale banken in de zithoek neergeploft. Zo kon ze hem goed in de gaten houden. Maar ook al stond zijn gezicht nog steeds op onweer, zijn lichaam vertoonde geen enkel teken meer van verzet. Als een plumpudding zat hij erbij. Vet en piekerig hing zijn haar voor zijn ogen. Hij deed geen enkele moeite het weg te schuiven.

Gonnie, die even aangeslagen was en zich zo ver mogelijk uit de buurt van Fleur had verschanst, nam hem nieuwsgierig op. Uit haar frons viel op te maken dat ze zich afvroeg wie die enge man was die haar zo wreed had beetgepakt. Waar heb ik dit in godsnaam aan te danken, leek ze te denken.

Ans ging op verzoek van Britt iets te drinken halen. 'De warmte maakt ons loom en moe. Als we hier zo snel mogelijk een eind aan willen maken, zullen we wakker moeten blijven,' had Britt gezegd en ze had de tuindeuren zo ver mogelijk geopend.

Vanuit het halfduister zag ze Ronnie aan komen lopen. Het incident was aan hem voorbijgegaan. Zelfverzekerd liep hij op Britt af. Vragend keek ze hem aan. Had hij weer iets ontdekt? Zijn ogen lichtten even op toen hij in het voorbijgaan snel iets in haar oor fluisterde. Ze knikte. Ze wilde zich niet door hem van de wijs laten brengen. Integendeel, ze rechtte haar rug en richtte zich tot de groep.

'Goed, nu we weer allemaal bij elkaar zijn en blijkbaar allemaal een reden hebben om hier te zijn, wil ik graag van jullie weten hoe jullie elkaar kennen.' Bewust vroeg ze niet naar de reden van de beschuldiging aan het adres van het meisje. Bang dat het gesprek dan onmiddellijk weer zou vastlopen.

'Mag ik met u beginnen, meneer Vleugels? Waarom bent u hier?' Zonder hem aan te kijken, richtte Britt haar blik op de anderen. Gonnie keek nog steeds ontzet en nieuwsgierig naar de vreemde, brute man tegenover haar.

'Omdat ik het niet gedaan heb,' gromde Thijs binnensmonds.

'Wat niet?'

'Ik heb dat kattenwijf niet vermoord!' riep hij.

Britt zag bij de anderen geschoktheid, verbazing en afkeer. Ze zag hoe de dikke vrouw fronste. Boven haar varkensneus verscheen een diepe, zorgelijke lijn. Het zou met haar ergernis over deze man in driekwart broek te maken kunnen hebben, dacht Britt, maar het kon ook zijn dat ze ergens aan herinnerd werd. De raadselachtige blik waarmee ze nu naar het meisje staarde kon Britt niet duiden.

Op het gezicht van de vrouw van de pornoman stond voornamelijk verslagenheid te lezen. Alsof ze voorlopig niet meer in staat was te reageren, de moed had opgegeven, en vooral niet wenste betrokken te raken in een verhaal over de moord op een kattenwijf. Is mijn eigen man ook niet vermoord, is dat niet erg genoeg, zei de hopeloze uitdrukking in haar ogen.

De enige die nog steeds even onbewogen in haar stoel naast de open haard zat, was de jonge vrouw. Apathisch staarde ze naar Thijs. Ze kent hem, dacht Britt opeens. Die twee kennen elkaar.

'We zullen hier niet op de details ingaan, meneer Vleugels, maar alles wijst erop dat u wel op de plaats delict bent geweest. Uw auto, of moet ik zeggen de auto van uw vrouw, wordt momenteel op DNA-sporen onderzocht door onze technische recherche.'

'Ik heb het niet gedaan,' mompelde Thijs opnieuw. Zijn stem had iets treurigs.

'Wat kwam u hier eigenlijk doen? Kent u een van deze mensen?' Britt ging gestaag door met haar ondervraging, onderwijl kijkend naar de reactie van de jonge vrouw.

'Het ging om haar,' mompelde Thijs. Hij wees in de richting van de open haard. 'Zij was daar ook.'

'Waar?'

'Langs de vaart.'

'Ik begrijp u niet.' Britt keek van Thijs naar de jonge vrouw. Zenuwachtig probeerde die aan haar korte haar te trekken. Toen dat niet lukte, begon ze eroverheen te strijken.

'Ik moest erlangs,' snauwde Thijs. 'Het was al gebeurd toen ik daar aankwam.'

'Kun jij me uitleggen wat hij bedoelt?' vroeg Britt belangstellend aan Fleur.

Zonder Britt aan te kijken haalde Fleur haar schouders op en schudde haar gekortwiekte hoofd. Zwijgend staarde ze naar de stapel houtblokken naast de open haard.

'Ik zeg je, dat rooie kreng was daar ook!' riep Thijs driftig. 'Toen had ze d'r haar nog. Rood, felrood was het!' schreeuwde hij.

'Waar bazel je over, man?!' Ans was nu opgestaan. Witheet liep ze op Thijs af.

'Ik ben het meer dan zat dat jij mijn pupil zit te beschuldigen van van alles en nog wat. Wat moet je toch van haar?'

Britt keek naar de dikke vrouw, die dreigend voor Thijs ging staan. Lekker type, dacht ze. Hoe krijg ik dat mens kalm?

'Als je nog één opmerking over haar maakt, sla ik je op je smoel. Begrepen?'

'Mevrouw... Mevrouw?! Mag ik uw naam?' suste Britt in een poging Ans tot bedaren te brengen.

'Nee, dat mag je niet!' brulde Ans nog feller. En nu draaide ze zich om naar Britt.

'Jullie komen hier zomaar met z'n allen binnenvallen, beschuldigend en gillend. Wij weten van niets. Hebben hier niets mee te maken! Als je op zoek bent naar deze kerel, neem hem dan mee! En laat mij en Fleur met rust. Zij heeft het momenteel al moeilijk genoeg.'

Britt zag dat de vrouw haar kookpunt had bereikt. Nog even en we moeten haar inrekenen, dacht ze.

'Het is genoeg! Afgelopen! Ik wil dat jullie gaan. Nu!' Ans stampte driftig in het rond. 'De sleutel!' commandeerde ze naar Britt. 'Geef die sleutel terug!'

'Oké. We gaan al. Kalmeert u een beetje alstublieft.' Britt gaf Ronnie snel het sein de meldkamer te bellen. 'Op dit moment komen we misschien niet verder, maar reken er maar op dat we terug zullen komen. We zijn hier nog niet klaar mee. Het gaat om een moordonderzoek, realiseert u zich dat wel? We weten dat uw pupil, of waarvoor zij ook mag doorgaan, een verhouding heeft gehad met de man van mevrouw Vermeer, en zoals u waarschijnlijk weet, is hij ook door een misdrijf om het leven gekomen. Veel toeval, niet?'

'Fleur heeft daar niets mee te maken!' herhaalde Ans buiten zinnen.

'We zullen zien,' zei Britt kalm en ze draaide zich nu naar Gonnie. 'Mevrouw Vermeer, waarschijnlijk zullen we morgen nog een beroep op u doen, we zitten nog met een paar vragen. Zullen we zeggen om halftien bij u in het hotel?'

Gonnie reageerde niet. Ze streelde de hond, die zich had uitgestrekt voor haar voeten. Zijn snorharen trilden en zijn voorpootjes schokten af en toe. Hij lag in een diepe slaap.

'Mooi,' ging Britt verder. 'Meneer Vleugels, u zullen we op verdenking van de moord op mevrouw Van Rossum mee moeten nemen naar het bureau. Ik draag u zo over aan mijn collega's, die hier over enkele minuten zullen zijn. Hebt u nog vragen?'

Thijs zweeg. Hij was kapot. Hij dacht aan zijn volgeladen

auto, die hier om de hoek van de straat geparkeerd stond. Hij had al lang en breed in België kunnen zitten. Als ze mijn spullen er maar niet uit roven, dacht hij ontredderd, dan heb ik echt niks meer.

23

Niet veel later reed Britt de stille Verzetswijk in. Vlak voor het donkere flatje van Ronnie parkeerde ze de auto.

'Zo, nou weet je ook waar ik woon!' Trots wees hij op een met klimop overwoekerde muur, waarachter zijn huis schuilging.

Britt knikte glimlachend. Ze keek op het klokje van het dashboard. Het was laat en ze was bekaf. Toch wilde ze eerst nog langs het bureau om de in beslag genomen pc af te geven. De parkeergarage onder haar huis mocht dan alleen door medeflatbewoners gebruikt worden, dit bewijsmateriaal was te belangrijk om daar onbeheerd achter te laten.

'Wat denk je, drinken we nog een drupje?' Ronnies tanden lichtten op in het schijnsel van de lantaarnpaal.

'Ben je gek? Heb je gezien hoe laat het is?' Britt zag zijn teleurgestelde blik. 'Word jij dan nooit moe?' verzuchtte ze.

Toen hij bleef aandringen werd ze resoluut.

'Nee, Ron, ik snak naar mijn eigen veilige flatje en bedje,' zei ze kordaat en meteen merkte ze hoe Ronnie bij deze woorden verstarde. Alsof hij zich plotseling iets akeligs herinnerde. Zijn blik werd ernstig. Hij focuste op haar wapen.

'Zorg dat je heel blijft, baas,' sprak hij. En zijn stem kreeg iets bezorgds. Toen stapte hij uit.

Wat is het toch een rare snuiter, dacht Britt terwijl ze hem 'Tot morgen!' nariep.

Britt zocht haar weg in het donker. De vele verkeersdrempels vermijdend, probeerde ze de woonwijk uit te komen. Dat was niet eenvoudig. Tot twee keer toe reed ze een verkeerde straat in, kwam op een doodlopende weg terecht, reed ongewild een stukje over de busbaan en belandde uiteindelijk – nadat ze voor zichzelf had toegegeven er in Almere zonder TomTom niet uit te komen – dankzij het navigatiesysteem op de goeie dreef richting het bureau.

Nu was ze bijna thuis. Een collega van de meldkamer had de pc uit haar auto getild. 'Ga jij maar vlug door,' had hij vaderlijk gezegd. Hij had haar op het tijdstip gewezen, haar trekkende been en het feit dat zo veel gesjouw niet bij dames paste. Dit keer had Britt de machotaal als een zegen ervaren. Dankbaar had ze naar hem gezwaaid toen ze het hek van het bureau uit reed.

De kleine parkeergarage onder de flat bleek aardig vol. Britt zocht naar een vrij plekje. Ze merkte al snel dat je hier door de weinige verlichting zonder koplampen nauwelijks een hand voor ogen zag. Op goed geluk draaide ze de auto naar de dichtstbijzijnde vrije plek. Tot haar vreugde lag hij in de buurt van de lift.

'Dat zit tenminste mee,' verzuchtte ze hardop. Ze moest toegeven dat ze na deze lange dag aan het eind van haar Latijn was.

Wat zou het nu heerlijk zijn als er een aardige man met een lekker glaasje witte wijn daar boven op me zou wachten, dacht ze. Want toen ze de lampen van de auto doofde en alleen een knipperende tl-buis de route naar de lift bescheen, bekroop haar een akelig gevoel van eenzaamheid.

'Stel je niet aan,' mompelde ze in zichzelf. En snel sloot ze het portier af, hing haar tas om haar schouder en haastte zich naar de lift. Maar toen ze op het knopje drukte, hoorde ze niet het vertrouwde zoemende geluid dat bij een naderende lift hoorde.

'Ah, nee, shit! Niet weer, hè!' vloekte ze luid. Zenuwachtig drukte ze keer op keer op het dooie knopje. Harder en harder. Net zolang tot ze moest toegeven dat er echt geen enkele beweging in het mechanische gevaarte zou komen.

Wanhopig keek ze naar het naastgelegen trappenhuis, waarvan

de deur op een kier stond. Ieder moment kon ze in huilen uitbarsten, zo moe was ze. Toch zat er niets anders op dan te gaan lopen. Straks ben je boven en ben je dit vergeten, sprak ze zichzelf moed in.

Ze opende de deur en terwijl haar hand naar de lichtschakelaar zocht, werd ze een zoete, parfumachtige geur gewaar. In diezelfde luchtstroom meende ze iets te horen bewegen. Toen het licht aanfloepte stapte ze aarzelend naar binnen. Meteen viel de deur met een klap achter haar dicht. Twee seconden later werd het weer donker. Opnieuw tastte ze naar de lichtknop.

Nog voordat haar hand de schakelaar had gevonden, hoorde ze iets met een vaart door de lucht suizen. Het kwam recht op haar af. Ze slaakte een gil. Ze moest het ontwijken, maar voordat ze zich kon bukken, raakte het haar midden in haar gezicht. Ze wankelde en sloeg tegen de grond. Iemand drukte iets tegen haar neus. De sterke geur bedwelmde haar. Ze kneep haar ogen samen. Automatisch gleed haar hand naar haar pistool. Maar voordat ze haar wapen voelde, belandde er iets zwaars op haar benen. Een pijngolf joeg door haar zere been. Ze wilde gillen, maar er kwam geen geluid. Haar ogen voelden zwaar, loodzwaar.

'Hoer, jij was gewaarschuwd!' hoorde ze vlak boven haar hoofd. In een flits schoot de anonieme brief met de opgeplakte letters door haar hoofd. Er werd iets kouds tegen haar keel gedrukt. Haar adem stokte. Haar hoofd was zwaar en moe. Ze wist wat ze moest doen, ze was ervoor opgeleid. Ze kon het! Opnieuw deed ze een greep naar haar wapen. Ze had beet. Ze trok, richtte en schoot.

24

Uiteindelijk had Fleur aan het spervuur van de twee vrouwen weten te ontsnappen. Ze had het aangedurfd om alleen naar boven te gaan en de rust van haar eigen kamer op te zoeken. Nu ze op bed lag, liet ze de gebeurtenissen van de avond nog eenmaal de revue passeren.

Nadat de politie was vertrokken, had Ans Gonnie ter verantwoording geroepen. Hoe ze het in haar hoofd haalde om in het bijzijn van de recherche dat soort achterlijke beschuldigingen te uiten naar Fleur? Wat moesten die lui wel niet denken?

Gonnie had geroepen dat iedereen mocht weten met wat voor soort onderkruipsel zij samenleefde. Had ze niet koelbloedig een relatie met een getrouwde man in stand gehouden? Had ze zich één minuut afgevraagd hoe zijn gezin daaronder zou lijden?

Ans had vreselijk moeten lachen. Waar Gonnie die hypocriete nonsens vandaan haalde. Ging ze het nu ineens opnemen voor die overspelige gluiperd? Ze wist toch met wat voor een bedrieger ze getrouwd was. Werd ze nu hij dood was opeens week?

Gonnie was gaan blozen. Hierdoor had Ans zich nog meer aangemoedigd gevoeld. Alle opgebouwde stress van de avond werd Gonnie voor de voeten geworpen.

En al die tijd vroeg Fleur zich af of er niet iets anders tussen die twee gaande was. Zij mocht dan misschien het onderwerp van hun gebekvecht zijn, toen Fleur hen daar zo gadesloeg, kreeg ze het gevoel dat er veel meer speelde.

De doodsteek kwam toen Ans over Fleurs zwangerschap begon. Bij die laatste aanval was Gonnie lijkbleek in elkaar gezakt. Machteloos had ze vanaf de bank naar Ans zitten staren.

Voor Fleur was dat het moment geweest om te vertrekken. Het was genoeg. Ze wilde niet opnieuw in angst en gepieker vervallen. Zij moest doorgaan. Ook straks als dit vreselijke hoofdstuk was afgesloten. Straks als het nieuwe studiejaar begon en zich nieuwe kansen zouden aandienen. Nieuwe vrienden, vriendinnen. Minnaars.

Ze hoefde niet bang te zijn. Zelfs die zelfverkozen dood, die op dat moment de enige uitweg had geleken, was ze te boven gekomen. Ze moest dankbaar zijn dat het zo gelopen was. Dat ze zonder zijn kind verder kon.

Bovendien verheugde het haar dat de vreemde man van de witte auto was opgepakt. Al die commotie over de moord op dat vreselijke mens. Terwijl Fleur daar alleen maar had gefietst. Het was puur toeval. Niets anders. Ze was bij de siamezen geweest.

Niemand hoefde te weten welke rol dat mens had gespeeld in de relatie tussen haar en Joop. Niemand die ook maar het minste vermoeden kon hebben dat zij toen bij haar thuis was geweest. Geen enkel spoor dat naar haar zou leiden.

Zelfs de jonge vrouw met het blonde staartje hoefde niks te weten. Fleur voelde weer hoe de indringende groene ogen zich op haar hadden gericht. Alsof ze dwars door Fleur probeerde heen te kijken. Dat had haar doen huiveren. Snel had ze zich weten te herstellen. De vrouw was maar iets ouder dan zijzelf. Ze zou haar niets kunnen maken. Net als de man die ze bij zich had. Wat een gluiperd. Was zijn blik niet voornamelijk op haar borsten gericht?

Ze glimlachte. Het was voorbij. Ze sloot haar ogen. Een zucht van dankbaarheid ontsnapte uit haar kleine mond.

Haar bed voelde zacht, de kamer was fris en gelucht. Dat ze hier zo kortgeleden nog had willen sterven. Twee vrouwenstemmen dwarrelden door het open raam naar binnen. Een deur sloeg dicht. Een hond blafte. Vredig viel Fleur in slaap.

25

Warm en nat voelde het tussen haar benen. Ze had dorst. Haar naam bonkte door haar hoofd: 'Britt... Britt?'

Was het vader? Ze had hem lang niet gezien. Was ze ziek? Had ze koorts? Meestal was hij degene die haar voorhoofd depte. Dan veegde hij de doorwoelde, natte blonde haren uit haar gezicht en kuste hij haar teder op haar wang. Dan fluisterde hij dat ze alleen beter zou worden als ze iets zou drinken en dan hield hij een koel glas water tegen haar lippen.

Ze snakte naar het water. Ze wilde drinken, beter worden en naar haar vader lachen, maar het lukte niet. Haar lippen zaten op slot.

Weer die stem: 'Britt?'

Armen onder haar rug. Iemand probeerde haar op te tillen. Pakte haar benen, au, een pijnscheut. Er kwam geen geluid uit haar keel. Wel was er dat bonkende gevoel boven haar ogen.

Ze ging omhoog. Werd ergens op gelegd, in geschoven. Een oven? Nee, wilde ze zeggen, het is te warm, niet in een oven. Haar oren suisden. Het was de koorts, ze wist het nu zeker. Ze hoefde haar ogen niet te openen. Vader was er. Ze herkende hem aan zijn vertrouwde mannengeur. Een beetje zweetachtig en toch zoet. Ze voelde nu zijn adem langs haar wang strelen. Hij zou haar kussen en geruststellen: morgen zou ze zich een stuk beter voelen.

'Ja, oké! Het gaat goed zo. Als jullie haar meenemen, dan rij ik erachteraan.' Ronnie had Britt zojuist overgedragen aan een ambulancebroeder. Het zweet stond op zijn rug. Een halfuur eerder was hij als een gek naar Britts flat gefietst.

Nadat ze voor zijn deur afscheid hadden genomen en Britt was doorgereden naar het bureau, had hij opeens een vreemde ingeving gekregen.

Bij het incident met de scooterjongens had de gewonde jongen iets in zijn oor gefluisterd. Halfdood had hij tegen Ronnie gemompeld dat ze het op Britt gemunt hadden. Toen had hij daar geen aandacht aan geschonken, maar later was hij nog niet zo zeker van de onschuld van die opmerking. Blijkbaar wisten die jongens dat ze bij de politie werkte. En waarschijnlijk wisten ze ook waar ze woonde. Zouden ze haar daadwerkelijk iets aandoen? Haar proberen uit te schakelen? Net zoals ze dat bij de jongen geprobeerd hadden?

Wat een ongekende mazzel dat hij meteen bij haar flat naar binnen had gekund. Dat de buitendeur niet in het slot was gevallen, maar met een deurklem was opengezet. Vermoedelijk hadden de daders gehoopt snel te kunnen ontsnappen.

Hij was nog maar net binnen of hij hoorde schoten. Ze kwamen uit het trappenhuis. Toen hij de deur naar het trappenhuis opengooide en een van de overvallers in blinde paniek naar boven zag komen, kon hij hem meteen in de boeien slaan. De kleine, donkere jongen met dreadlocks bood geen enkel verzet. De doodsangst in zijn ogen had Ronnie gealarmeerd, daar beneden was iets verschrikkelijks gebeurd. Ronnie had zijn zaklamp gegrepen en met bonzend hart was hij de trap afgedaald.

Britts onderlijf en benen dreven in het bloed. Ze bewoog niet. Net als de figuur die over haar heen lag. Een lange gestalte van wie het hoofd onder een zwarte capuchon schuilging. Toen Ronnie zijn schijnsel over de twee figuren liet gaan, zag hij felrode strepen in Britts hals. De huid leek zojuist getatoeëerd. De strepen lagen als een halsketting om haar nek. Naast haar hoofd lag een mes.

Bevend waren zijn vingers op zoek gegaan naar leven. Toen hij een uiterst voorzichtig klopje bij haar slaap ontdekte, sloeg zijn hart over.

Nerveus had hij met zijn lamp de sporen van bloed gevolgd. Was deze plas bloed van Britt of van degene die op haar lag? Lang hoefde hij niet te peinzen. Terwijl hij een naderende sirene hoorde, klonken er boven hem voetstappen en stemmen. Hij meende die van een collega te herkennen. 'Hierheen!' riep hij en weldra werd zijn kleine schijnsel door een grote lamp versterkt. Deuren vlogen open en een fikse windvlaag tochtte over hem en Britt heen.

'Ze leeft nog,' zei hij schor tegen de collega die zich over het lichaam van de persoon over Britts benen ontfermde.

'Mooi,' antwoordde de geüniformeerde man terwijl hij de persoon omdraaide. 'Maar dat kun je van hem niet meer zeggen!'

Hij legde de dode op zijn rug. Een groot gapend gat in zijn jack werd zichtbaar. Een witte pluk van voering floepte eruit. De stof eromheen was geschroeid. En toen de collega met dezelfde behendigheid de capuchon van het slappe hoofd trok, kwam er een jongensachtig gezicht met krullen tevoorschijn. Niet ouder dan vijftien, hooguit zestien, schatte Ronnie hem. Geschrokken staarde hij van de jongen naar Britts hand, waarvan de vingers nog om de Walther P5 lagen. Hij slikte. Dit was niet best, wist hij.

26

Britt moest rust houden. Een hersenschudding, twee gekneusde ribben en een oude opengereten wond op haar kuit hielden haar aan haar ziekenhuisbed gekluisterd; bovendien maakte een voorlopige schorsing haar het werken onmogelijk. Nadat zij en het slachtoffer waren afgevoerd, werd er onmiddellijk een onderzoek ingesteld naar de oorzaak van de schietpartij met dodelijke afloop. Ging het om noodweer of om een inschattingsfout? De jongen was ongewapend. Er was wel een mes gevonden, maar dat bleek bij de andere aanvaller te horen.

Met veel tamtam stond Ronnie de volgende middag voor haar kamerdeur. Het verplegend personeel moest toezien hoe hij zonder blikken of blozen naar binnen stapte. Opmerkingen over de patiënt met rust laten sloeg hij in de wind. Zelfverzekerd stormde hij op Britts bed af. Opgewonden begon hij te vertellen.

De scooterdieven waren gepakt en Thijs Vleugels was ondervraagd. Hij had toegegeven dat hij Mies van Rossum had achtervolgd. De voetafdrukken naast haar waren van hem, de sporen in de auto betroffen haar bloed.

'We hebben onze dader, baas!' riep hij monter terwijl hij zijn kuifje inspecteerde in de spiegel boven de wastafel. 'Het bewijs is geleverd! Het motief? De man zit aan de grond. Hij is zijn baan kwijt, leeft daardoor noodgedwongen in een achterstandswijk en nog niet zo lang geleden heeft zijn echtgenote hem ingeruild voor een aantrekkelijker exemplaar. Zijn buurvrouw werd de druppel. Ze maakte hem horendol met haar katten.'

Triomfantelijk staarde Ronnie naar Britt, die met gesloten ogen tegen het witte ziekenhuiskussen lag. Ze ademde rustig. Met haar fijne gelaatstrekken zag ze er heel lieflijk uit. Als hij toegaf aan zijn gevoel zou hij haar zo kunnen kussen.

Alsof Britt zijn gedachten had gelezen, opende ze plotseling haar ogen. Ernstig keek ze hem aan. 'En het moordwapen dan? En onze pornoman? Is hij ook gedood door die Vleugels?'

Ronnie trok verbaasd met zijn mond. Daar had hij nog geen antwoord op.

'Hmm,' peinsde hij. 'Wellicht is daar iets anders mee aan de hand. Je kunt gelijk hebben. Dat zullen we nog moeten uitzoeken. En, o, ja, wat ik nog vergeten was te vertellen...'

'Wat?' Britt hees zich moeizaam omhoog, nieuwsgierig keek ze hem aan.

'Je weet toch dat ik gisteren bij ons gezellige damesclubje even de tuin in liep? Weet je nog dat ik iets in je oor fluisterde over een interessante vondst? Die smartphone van onze pornoman lag daar!' Ronnie zag dat Britt niet meteen onder de indruk was, dus vervolgde hij snel: 'We weten natuurlijk dat hij een verhouding had met dat lekkere ding...'

Britt fronste haar wenkbrauwen.

'Toegegeven, ik ben een man en ze ziet er goed uit,' ging Ronnie door. 'Maar waarom lag zijn telefoon dáár, en niet bij hem thuis, waar hij voor het laatst gezien en vermoord is? Zo'n ding laat je toch niet ergens slingeren?!'

'Ik wist het!' Met een pijnlijk gezicht schoot Britt opeens rechtop in haar bed. 'Heb je op dat haar van dat "lekkere ding" gelet?' vroeg ze.

Ronnie trok verbaasd zijn wenkbrauwen op. 'Hm, nogal kort, baas. Persoonlijk hou ik meer van vrouwen met wat langer haar, zoals dat van jou.'

'De kleur, Ron! Had jij geen rode lok in het huis van die Mies gevonden?'

'Stik!' knalde Ronnie eruit.

Britt wees op de deur en daarna op haar hoofd. 'Rustig!' verzuchtte ze streng. Peinzend liet ze zich terugvallen in haar kussen.

'Als je het mij vraagt, heeft die Thijs Vleugels haar echt die middag in de buurt van onze dode Mies gezien. Waarom zou hij dat verzinnen? Had hij geen gemakkelijker alibi kunnen bedenken voor zichzelf? Ik krijg sterk de indruk dat hij niet de dader is. Dat hij niets met die pornoman, zijn maîtresse, zijn vrouw of die pot te maken heeft gehad. Hij was gewoon op de verkeerde tijd op de verkeerde plek. En alles wees in zijn richting,' mijmerde Britt.

Ronnie slaakte een diepe zucht. 'Tja, wat nu?' En hij liet zich vlak naast Britt op het bed vallen. Zijn geprononceerde billen raakten even Britts gebutste lichaam. Geschrokken trok ze haar pijnlijke benen op. Wat doet ie nu, ging het door haar heen toen ze zijn warme mannenlijf zo dichtbij voelde. Even bezorgde het haar een aangename rilling. Het deed haar blozen.

'Ik wil dat je zo snel mogelijk dat meisje ondervraagt,' herstelde ze zich.

Onbeweeglijk bleef Ronnie zitten. Zonder haar aan te kijken stamelde hij: 'Tja, hier heb ik het ook nog niet over gehad, maar...' Zijn gezicht betrok. Zijn blik bleef op Britts handen rusten. 'Ze willen dat ik mijn stage bij iemand anders voortzet...' zei hij zacht.

Britt kneep haar ogen dicht. Ook dat nog, dacht ze en ze voelde hoe de pijn in haar hoofd toenam. Weer probeerde ze haar gedachten te ordenen.

'Ik moet hier zo snel mogelijk vandaan.'

'Is dat wel verstandig, baas?' Bezorgd keek Ronnie haar aan.

'Absoluut! Denk je dat je me vanavond kunt komen ophalen?'

Ronnie begon te stralen.'Uiteraard! Graag zelfs,' zei hij enthousiast. 'Wil je bij mij op krachten komen, ik kan...'

'Geen sprake van, ik wil naar mijn eigen flat,' onderbrak Britt hem vlug om hem een beetje in te tomen. 'Als jij straks de gegevens van het lab naar mijn iPhone kunt doorsturen, dan zou ik al heel blij zijn. Vingerafdrukken die bij ons laatste slachtoffer zijn gevonden, bloedsporen, speeksel, misschien een plukje rood haar?' Er verscheen een wrang lachje rond haar mond. 'Alles wil ik weten!'

Weifelend keek Ronnie haar aan.

'Heus, ik zal verder weinig anders kunnen doen. Maar beloof me dat je eerst met ons rode rattenkopje gaat babbelen. Waarom zet je niet al je mannelijke charmes in? Nou? Je kunt het zo goed.' Ze probeerde naar hem te lachen, maar het drukkende en kloppende gevoel dat nu in alle hevigheid door haar hoofd raasde, maakte dat onmogelijk. 'Ga nu maar,' zei ze zacht en voordat ze haar ogen sloot, fluisterde ze: 'Ron? We zijn heet, bloedheet!'

27

De verhoorkamer was ruim en kaal. Een streepje zonlicht viel door de halfgesloten luxaflex. In de spiegelwand achter de tafel lichtte het verblindend fel op. Onophoudelijk rinkelde er een telefoon achter de deur. Voetstappen achter diezelfde deur wisselden elkaar in hoog tempo af. Hard, zacht, hard, zacht.

Fleur keek op haar horloge. Nog geen halfnegen. Ze was de laatste weken, misschien wel maanden, nooit meer zo vroeg haar bed uit geweest. In de zomermaanden, als er geen colleges waren en Ans verlof had, stonden zij vaak niet eerder dan een uur of negen op. Misschien dat Ans daarom wel zo tekeer was gegaan vanochtend.

'Wat is dit voor ongein?' had ze beneden aan de deur gegild. 'Zijn jullie gek geworden? Heb je gezien hoe vroeg het is? Wat denken jullie wel, we zijn geen terroristen!'

Nieuwsgierig geworden door al dat kabaal, was Fleur in haar nachthemdje de trap af geslopen. In de deuropening stond dezelfde lange, gespierde machoman van eergisteravond. Zijn ruitjeshemd had hij verwisseld voor een strak, donkerblauw T-shirtje. Zijn opstaande haar zag er overdreven gemodelleerd uit, en zijn gladgeschoren kaken bewogen nerveus kauwend op en neer. Terwijl hij met zijn ene hand zijn politiepenning in zijn kontzak terugstopte, ging zijn andere in de richting van zijn geslacht. Toen hij Fleurs onverwachte blik opving, schrok hij en snel deed hij alsof hij naar zijn riem tastte.

'Het gaat om een interview,' zei hij zenuwachtig.

Hoewel op nog geen twee stappen bij hem vandaan een agent in uniform stond te wachten, kon je zo zien dat hij niet gewend was dit soort klussen alleen te klaren. Fleur vroeg zich af waarom die jonge vrouw er niet bij was. Had zij vorige keer niet meteen de leiding op zich genomen?

'Een interview?' riep Ans. 'Me reet!' En briesend had ze op het punt gestaan de deur dicht te smijten. 'Ik weiger haar mee te geven aan een kerel van jouw slag!'

Fleur had inwendig moeten lachen. Vooral toen de machoman begon te stotteren en zich ergens in verslikte. Een spontane hoestbui volgde. Met een rood aangelopen hoofd richtte hij zich toen maar direct tot haar.

Ans negerend had ze toegestemd om mee te gaan. Ze moest zich wel even omkleden. Ze wilde best een paar vragen beantwoorden, had ze gezegd. En ja, ze voelde zich er écht wel toe in staat, had ze Ans verzekerd, die maar volhield dat dit belachelijk was en dat ze zelf niet mee kon omdat ze die ochtend een afspraak had. 'Geen enkel probleem', had Fleur gezegd. En dat meende ze. Voor het eerst sinds Joops dood voelde ze zich een stuk beter. Het kon natuurlijk aan die pillen liggen dat ze zo rustig was, maar het kon ook het besef zijn dat ze weinig te vrezen had.

Onder hevig protest van Ans was ze kort daarop in de politieauto gestapt.

Nu zat ze hier toch algauw een halfuur te wachten. Uit een rooster in het plafond blies een koele windvlaag langs haar blote armen. Als ze van tevoren had geweten dat het hier zo fris was, had ze een sweater meegenomen. Ze probeerde het kippenvel van haar huid te verdrijven door zich warm te wrijven.

De machoman had gezegd even koffie te gaan halen. Maar Fleur begon zich zo langzamerhand af te vragen of die nog gezet moest worden. Ze was benieuwd wat hij haar zou gaan vragen. Het kon niet veel zijn, dacht ze. Hooguit iets over haar verhouding met Joop. Zou ze vertellen van de zwangerschap? Haar zelfmoordpoging? De chantage? Misschien moest ze het simpel houden, wat ging het hem tenslotte aan?

'Zo, daar ben ik dan eindelijk.' Een van de twee deuren zwaaide open. Met grote stappen kwam Ronnie de kamer binnen. Hij morste koffie uit de veel te volle bekers. Achter hem liep een vrouwelijke collega in uniform. Ze sloot de deur en ging er zwijgend naast staan.

'We hebben besloten dat ik het gesprek alleen ga doen,' zei Ronnie. Hij zette de bekers koffie op tafel. 'Ben je het daar mee eens?' De stoel tegenover Fleur schoof hij met veel kabaal naar achteren.

Fleur knikte. Ze vroeg zich af of ze een keus had.

'Zoals je waarschijnlijk weet, kun je er een advocaat bij krijgen, maar bij een oriënterend gesprek zoals dit is dat niet noodzakelijk,' ging Ronnie verder.

Hij was bloednerveus. Zijn ademhaling ging snel. Terwijl hij Fleurs blik ontweek en in de richting van de spiegelwand keek, tikte hij zenuwachtig met zijn pen op tafel, alsof hij het ritme van een drumsolo probeerde bij te houden. Het ging er nu om spannen. Sinds gistermiddag was er over deze dame aan zijn tafel een berg informatie bij gekomen. Ze was niet alleen de minnares van het laatste slachtoffer geweest, zij bleek ook degene die het huis van Mies had doorgeploegd.

Het waren dezelfde haren als die bij het laatste slachtoffer waren aangetroffen. En wat misschien de doorslag zou kunnen geven: er was een strafblad boven tafel gekomen. Goed, ze was toen nog minderjarig geweest, en het stond als een noodlottig ongeval genoteerd, maar toch: ze had wel ooit haar ouders doodgeschoten.

Ronnie haalde een kleine taperecorder uit zijn zak en legde die tussen hen in op tafel. 'Bezwaar als ik ons gesprekje opneem?' vroeg hij zo nonchalant mogelijk.

Zonder haar antwoord af te wachten zette hij het ding op scherp.

Fleur staarde naar het dreigende, zwarte apparaatje op tafel. Nu niet angstig worden, dacht ze. Dat is niet in je voordeel. Je kunt het. Trek je niets aan van deze trillende zenuwlijder. Hoe oud zal ie zijn? Ze schatte hem jonger dan zijzelf.

Ze gaf een kort knikje.

'Goed, dan wil ik je nu eerst vragen wat je in het huis van Mies van Rossum had te zoeken.'

'Sorry?!' Fleurs mond viel open van verbazing. Hoe kan hij dat weten, dacht ze geschrokken. Gespannen volgde ze zijn doordringende blik, die nu brutaal haar decolleté in gleed. Had die vreemde kerel met die Fiat haar daar ook gezien? Wat moest ze zeggen?

'We hebben zowel bij Mies van Rossum als bij de heer Vermeer haren van je gevonden. Ontkennen heeft dus geen zin,' zei Ronnie, die zich steeds zekerder begon te voelen nu hij de persoon tegenover hem wit zag wegtrekken.

'Werd de heer Vermeer soms door haar gechanteerd?' ging hij verder toen Fleur niet antwoordde.

'We hebben de opnames gevonden. Hij had er een kluis vol van. Ook hebben we zijn bankrekeningen nagetrokken; er werden met zekere regelmaat grote bedragen opgenomen. Enig idee waar dat geld naartoe is gesluisd?'

Fleur begon te trillen. Opnames? Van haar en Joop? Waar had dat stomme kattenwijf die foto's dan neergelegd? En waarom had zij dan niets kunnen vinden toen ze dat huis binnenstebuiten keerde?

'Nogmaals, je bent niet tot antwoorden verplicht, maar ik raad je toch sterk aan iets te zeggen. We kunnen je hier de komende dagen gewoon vasthouden op verdenking van moord op beide slachtoffers.'

Zo, dat was eruit. Ronnie voelde zijn ego met de minuut groeien.

De drumsolo met zijn pen was ten einde en zijn ademhaling had weer een normaal ritme aangenomen. En hoewel hij besefte hoog spel te spelen – niets wees erop dat deze vrouw de moorden had gepleegd, het moordwapen was nog steeds niet gevonden en nergens was een aanwijzing dat zij op het tijdstip van de moorden bij de slachtoffers in de buurt was geweest – hij voelde dat hij beethad. De beker met lauwe koffie zette hij aan zijn mond. 'Nou?' vroeg hij, terwijl hij een slok nam. In de stellige overtuiging dat de toeziende collega hem na dit verhoor meteen zou bevorderen tot rechercheur, blikte hij stoer naar de spiegelwand.

Fleur volgde zijn blik. 'Er lag niets,' zei ze hees. Haar keel slibde dicht. Haar hart begon sneller te kloppen. Niet toegeven aan die verdomde angst, probeerde ze zichzelf moed in te praten.

'Wat zocht je dan?' Ronnie klonk opeens vriendelijk en betrokken. Hij had zich voorgenomen Britts methode van ondervragen over te nemen. Dat scheen te werken. Peinzend keek hij Fleur aan.

Het was een lekker wijf, vond Ron. Onder die laag sproeten ging vast een zacht, blank huidje schuil. Ze had een paar stevige borsten waar iedere man geil van zou worden, en als ze die kapper niet zo achterlijk zijn gang had laten gaan, zou ze wel eens een prachtige kop met haar kunnen hebben.

'Foto's, en misschien ook wel dat geld. Het was tenslotte zijn geld, ze had er geen recht op!' Fleur slikte even, de brok in haar keel werd groter. 'Maar in de eerste plaats onze foto's,' fluisterde ze. Haar stem liet het afweten. Tranen brandden achter haar oogleden. Ze dacht weer terug aan die tijd. Die vreselijke spanning van het afgelopen jaar, waarin hij telkens meer moest betalen. Radeloos had hij soms voor haar gestaan. Hoe meer geld hij kwijtraakte, hoe verder hun gezamenlijke toekomst uit het zicht verdween.

'Júllie foto's?' Ronnie begreep er niets van. Had die geile klojo samen met haar pornokiekjes gemaakt van die kids?

'Deed jij daar dan aan mee?!' vroeg hij verontwaardigd en in zijn stem klonk oprechte afkeer.

Fleur wist niet wat ze moest zeggen. Ze wilde dat dit zou stoppen, haar zenuwen zouden het begeven als dit nog langer doorging. Ze voelde hoe de angst haar keel dichtkneep. Waar heeft die kerel het over, dacht ze.

'Jij wist dat de heer Vermeer met kinderporno bezig was? Dat hij meisjes via msn en de webcam verleidde zich uit te kleden om dingen te doen die het daglicht niet konden verdragen? De jongste was nog geen elf!'

Ronnie stond op. Woedend beende hij door de kamer.

'Wond dat je soms op? Hadden jullie daarom een "relatie"? Wie van jullie was er het best in om die arme stakkers erin te luizen? Ik vermoed dat jij dat was, met dat engelachtige smoeltje van je.'

Ronnies bloed kookte nu hij weer aan de beelden terugdacht. Bang omdat hun ouders of de school erachter zouden komen, gingen die meisjes steeds een stapje verder.

'Toen wij dit gisteren aan zijn vrouw vertelden, reageerde ze zeer geschokt. En terecht! Blijkbaar wist zij niet wat jij écht met haar man uitvrat, ze dacht nog dat jullie een voorbijgaande...'

'Stop!' gilde Fleur. Ze had haar handen tegen haar oren gedrukt. Snikkend klapte ze met haar hoofd voorover op tafel. En alsof ze een epileptische aanval kreeg, schokte en trilde haar hele lichaam.

Achter Ronnie vloog een deur open. Een collega-rechercheur kwam naar binnen gerend. Streng maande hij de ontsteld kijkende Ronnie het gesprek af te breken. De agente die bij de deur had gestaan probeerde Fleur te kalmeren door haar water aan te bieden. Zacht probeerde ze haar bij de schouders omhoog te tillen. Maar Fleurs lichaam lag in een stuip. Terwijl er gorgelende geluiden uit haar keel ontsnapten, bonsden haar handen wild naast haar hoofd op tafel.

'Bel een arts,' riep de rechercheur toen Fleurs lichaam steeds heviger begon te schudden en ze met het schuim op haar lippen overgaf. Nog voordat de arts arriveerde, viel ze flauw. Bewegingsloos lag ze in haar eigen braaksel.

28

'Met Britt van Dijk.'

'Briet?'

'Hallo?' Britt draaide zich op haar linkerzij, de kant die geen pijn deed. Een zacht geruis klonk door haar mobiel. Had ze weer eens geen bereik? Moeizaam kwam ze overeind. Net toen ze haar benen over de bedrand wilde slingeren, hoorde ze een bekende stem.

'Briet, met Ania, iek heb goed nieuws voor jou.'

'Ania! Wat fijn, laat horen!?'

Britt had na een slapeloze nacht van breien, piekeren en puzzelen vanochtend in alle vroegte haar Poolse collega gebeld. Ze had haar uitgelegd dat ze hulp nodig had met haar onderzoek. Aangezien Britt zelf op non-actief was gesteld en Ronnie vandaag op een andere klus was gezet, schakelde ze de altijd behulpzame Ania in. Britts laatste strohalm.

Het was beslist heel belangrijk, had ze haar weifelende collega verzekerd. Heus, niemand van de afdeling hoeft het te weten, je gaat gewoon bij die vrouw langs. Je legt uit waar het voor is en dan breng je het daarna naar het forensisch lab. Ik moet wel zo snel mogelijk een antwoord hebben. Kun je daarvoor zorgen, had Britt vriendelijk doch dringend gevraagd.

Ania, die niet zeker wist of ze dit wel mocht doen – tenslotte had ze nog geen vast contract en ze zette haar baantje liever niet op het spel – liet zich uiteindelijk overhalen door Britt. Het argument dat Britt thuis zat en geen kant op kon, had het politiehart van deze betrokken Poolse geraakt. Ze gad het kraag voor de leukste vrouw op gaar afdeling over, zoals ze enthousiast zei.

Britt probeerde nu de woordenstroom van Ania te volgen. Zoals ze haar had opgedragen, was ze in haar lunchpauze naar het adres van Gonnie gefietst, die de avond daarvoor weer naar haar woning was teruggekeerd.

Ania had Gonnie verteld dat de recherche nog iets wilde checken. Het ging om wat tuingereedschap, of ze dat misschien even mocht lenen. De vrouw had volgens Ania verstrooid gereageerd, maar haar wel de tuin in geleid. De riek stond precies op de plek die Britt had aangegeven. Ania had hem zorgvuldig in een vuilniszak gewikkeld en daarna naar het lab gebracht. De uitslag was nu bekend. Het was veel officiëler gegaan dan Ania had verwacht. Zelfs de hoofdinspecteur was nu op de hoogte van de vondst.

Britt gniffelde bij die laatste woorden. Haar vermoeden was dus juist geweest en haar ingeving van vannacht niet voor niets. Ze hadden het moordwapen gevonden.

Beide slachtoffers bleken met dezelfde riek vermoord. Vijf steken vlak naast elkaar. Strak op een rij. Geen vreemde precisie, maar een logisch gevolg als je iemand met een dergelijk voorwerp doorboort, dacht Britt toen ze zich het vijftandige voorwerp weer herinnerde. Al die tijd had ze zich afgevraagd waarmee de moordenaar zijn slachtoffers had gespietst. Een ijsboor, een priem? Ja, tijdens het breien had ze zelfs nog even aan een breinaald gedacht. Maar waarom zo dicht op elkaar, had ze zich telkens afgevraagd. Tussen iedere steek zat precies vijfenhalve centimeter.

Plotseling had ze aan die middag in de tuin bij Gonnie moeten denken. Haar oog was toen op de riek gevallen. Tot vannacht een ogenschijnlijk onschuldig voorwerp.

Het ding bleek vol opgedroogde bloedsporen en huidvezels te zitten. Van beide slachtoffers, vertelde Ania. Maar wat nog veel belangrijker was voor Britt: tussen al dat bloed en die vezels had ook een minuscuul plukje haar gezeten.

'Laat me de kleur raden,' zei Britt.

29

Toen Ans halverwege de ochtend vernam dat Fleur in hechtenis was genomen, stoof ze onmiddellijk vanuit haar afspraak door naar het hoofdbureau. Vloekend had ze de man achter de balie om opheldering gevraagd. Haar kind was onschuldig, had ze geroepen, hoe haalden ze het in hun hoofd haar zomaar op te sluiten? Uiteindelijk lukte het twee uit de kluiten gewassen agentes om Ans tot bedaren te brengen.

'Of u gaat weg of u gedraagt zich,' hadden ze tegen haar gezegd. Dat was gisteren.

Nu keek ze naar een slapende Fleur. Een arts had haar iets kalmerends gegeven. Haar van nature bleke gezicht was pukkelig en vaal. De rode gloed die haar haar doorgaans liet vlammen, was dof en uitgeblust. Verdrietig staarde Ans naar het smalle meisjeslichaam dat bewegingsloos onder een laken lag.

De kale cel waarin ze Fleur hadden opgesloten, was iets waar misdadigers thuishoorden, vond ze, niet haar Fleurtje. Voorzichtig tilde ze een van de smalle handen van het laken. Zoals de rouwranden onder de nagels deden vermoeden, waren dit de handen van iemand die doorgaans nobel tuinwerk verrichtte; die bloemen plukte en wroette in de grond. Dezelfde handen die nu zogenaamd twee mensen hadden vermoord. Ans kon het niet geloven.

Ze had een doorwaakte nacht achter de rug. Machteloos en bezorgd was ze gistermiddag huiswaarts gekeerd. Ze moest haar Fleurtje zo snel mogelijk daar vandaan halen. Een bevriende advocate die ze hierover belde, had haar gerustgesteld. De politie mocht iemand zes uur insluiten en daarna nog achtenveertig uur in hechtenis houden, maar uiteindelijk zouden ze haar toch wegens gebrek aan bewijs moeten vrijlaten.

Enigszins gerustgesteld besloot Ans het hier niet bij te laten. Ze zou bewijzen dat Fleur onschuldig was. De advocate raadde Ans aan zelf met Fleur te gaan praten. Zoek samen naar een alibi, vraag haar waar ze op het tijdstip van de moord precies was. Misschien heeft iemand haar gezien. Getuigenverklaringen zijn het beste, had haar vriendin gezegd.

Ans had meteen aan die kerel die plompverloren bij hen op de stoep stond moeten denken. Hij was toch getuige geweest? Was hij bovendien niet de hoofdverdachte? Waarom hielden ze haar Fleur dan vast? Wat heeft zich toch allemaal onder mijn ogen afgespeeld zonder dat ik dat in de gaten had, vroeg Ans zich voor de zoveelste keer af. Volgens de politie was er voldoende bewijsmateriaal dat tegen Fleur pleitte. Daar liet men het bij.

Het belangrijkste was dat Fleur zou gaan praten. Tot nog toe had ze gezwegen. Het zou niet in haar voordeel zijn als ze dat volhield, had men Ans verzekerd. Maar Ans wist dat het zwijgen van Fleur met stress te maken had. Overtuigd van Fleurs onschuld meende ze dat zij haar wel aan het praten zou krijgen, als men haar dan maar met Fleur alleen liet. Men had toegestemd, mits het gesprek door de recherche te volgen was.

Ans was murw en ging akkoord. Beter dit dan dat haar kleintje nog een nacht in die cel moest blijven. Vervolgens was het wachten op het moment dat Fleur haar ogen zou openen. Toen dat moment aanbrak, glimlachte Fleur bij het zien van Ans.

'Dag, schat,' zei Ans opgetogen en veel te luid. Ze dacht aan de microfoon die hier ergens verstopt zat. Ze hoopte dat alles goed hoorbaar was, zodat Fleurs onschuld straks luid en duidelijk zou zijn vastgelegd. O, kon ze haar kleintje maar waarschuwen. Vertel de waarheid en je onschuld zal bewezen worden, dacht ze. Ze zouden dan meteen naar huis terug kunnen, het misverstand zou uit de wereld zijn en dit alles zou slechts een zwarte bladzijde in hun zomerboek zijn, niks anders.

'We zijn alleen,' ging Ans aarzelend maar geruststellend door. 'Ik maak me zorgen, Fleur, ik weet dat je al dat vreselijks waar ze je van beschuldigen niet gedaan hebt, maar kun je me dat ook bevestigen? Zwijgen heeft in dit geval zo weinig zin. Kun je me uitleggen wat er allemaal aan die zelfmoordpoging vooraf is gegaan?'

Fleur tuurde de schemerige ruimte in. Vlak en kleurloos staarden haar ogen langs Ans en bleven op de kale muur tegenover het bed rusten.

'Ik weet dat je van die zak... eh... man hield en dat je zijn kind droeg, het spijt me dat ik dat niet goed had ingeschat. Ik had je kunnen helpen. Ook toen jullie gechanteerd werden door die Mies. Gonnie vertelde me dat. Ze was woedend, het was allemaal jouw schuld, zei ze. Ook daarin had ik je kunnen bijstaan; we hadden die Mies gewoon kunnen aangeven. En het kan me geen moer schelen waar dat geld is gebleven, Gonnie heeft geld zat. Maar, Fleur, leg me alsjeblieft uit waarom ze nu opeens beweert dat die riek van hen onder het bloed van die Mies zat? Dat de politie haar daarover vragen had gesteld. Heeft Joop haar soms vermoord? En wie heeft hem dan...? Heeft Gonnie dat gedaan? Ik vertrouw haar niet, zie je. Ze kan het makkelijk gedaan hebben, ik had haar afgezet in de stad...'

'Het was niet de bedoeling,' fluisterde Fleur.

'Wat was niet de bedoeling?' herhaalde Ans luid.

'Ik was op weg naar de siamezen, toen ik even een kijkje ging nemen.'

Verbaasd staarde Ans naar Fleur. Waar had ze het over?

'Maar ik vond niets,' zei Fleur opeens fel. 'Ik kon het niet geloven, het maakte me razend. Ze moest het geld en die foto's ergens hebben...'

Ans besefte dat ze dit gesprek niet wilde voortzetten. Zenuwachtig pakte ze Fleurs gezicht, ze aaide over haar wang en wilde zeggen dat ze beter kon stoppen, maar Fleur leek in trance, ze lette niet langer op Ans.

'Dus toen ik daarna bij hem aankwam om voor die stomme katten te zorgen en zijn bootje daar zag liggen, besloot ik naar haar toe te varen.'

'Schat, misschien moet je even...' fluisterde Ans.

'Hij had het bootje pas. We waren een paar keer naar een strandje gevaren. En dan zag ik haar daar ook altijd liggen. Hij had het niet eens door. Hij had alleen maar oog voor mij, hij zei dat hij van me hield, en ik geloofde hem.' Fleurs stem stierf weg. Haar ogen werden glazig.

Angstig keek Ans op Fleur neer. Terwijl haar hart tegen haar volle boezem bonkte, knepen haar klamme, vlezige vingers nerveus in die van Fleur. Ze moest haar waarschuwen. 'Fleur?'

'Ik wilde haar alleen maar vragen waarom ze het deed, meer niet.' Fleur had haar hoofd naar Ans toe gedraaid. Haar grote, betraande ogen keken kinderlijk gespannen. Ze beefde.

'Ik weet het, schat, je hoeft niet verder te...'

'Ik wilde dat ze zou ophouden. Dat ze hem, ons, met rust liet. Ik wist niet eens of ze daar zou zijn. Het was mooi weer – een boottochtje was sowieso fijn – ik had mijn fiets meegenomen voor de terugtocht, zodat ik niet te lang zou wegblijven, de volgende dag zou ik de boot weer ophalen. Het deed me aan mijn uitstapjes met hem denken, ik miste hem zo. Ik miste hem zo vreselijk...' Een snik ontsnapte uit Fleurs mond. Weer probeerde Ans haar te sussen. Te beschermen. Teder sloeg ze haar arm om haar heen. Ga niet door, wilde ze roepen.

'Ik zag haar meteen, ze was naakt. Zo te zien was ze net uit het water gestapt. Ze was nog nat. Ze lag daar languit op haar buik, haar rug glom.' Fleur wachtte even. Ans gebaarde haar te zwijgen.

'Toen ik naast haar ging staan, schrok ze even,' ging Fleur stoïcijns door. 'Maar ze bleef gewoon liggen. Zonder zich om te draaien grijnsde ze naar me, alsof ze totaal niet verrast was me daar te zien. Daardoor kon ik geen woord meer uitbrengen.'

Bleek en aangeslagen staarde Ans naar de mond van Fleur, waar deze woorden niet bij leken te passen. Niet bij dit intelligente kind. Het was niet waar wat ze zei. Ze wilde dat haar schat ophield. Maar achter Fleurs ogen leek die hele horrorfilm zich opnieuw af te spelen.

'Het ging vanzelf,' mompelde ze. 'Ik hoefde bijna geen kracht te zetten. Nog minder dan wanneer ik doorgaans in de mest steek. Gek, hè?' Vragend keek ze naar Ans. Maar die had haar hoofd al laten hangen.

'Zo gemakkelijk als de riek door het vlees prikte,' ging Fleur door. 'Dat verbaasde me. Toen ze haar hoofd oprichtte, werd ik even bang. Ze piepte en haar rug trok zich spastisch samen, daarom drukte ik de riek steeds dieper in het vlees. Ik wachtte net zolang totdat het voorbij was.'

Hou op, wilde Ans gillen. Doe me dit niet aan. Laat dit alles een nachtmerrie zijn en maak me nu wakker. Wezenloos staarde ze naar het bleke gezicht, dat apathisch doorsprak.

'Misschien dat ik het daarom de tweede keer niet meer eng vond. Ik wist hoe snel het kon gaan. Sneller dan wanneer ik de composthoop bewerk. Het kost nauwelijks kracht, zeker als iemand half verdoofd is door de drank.' Fleur klonk haast opgetogen. 'Wist je dat?' Weer keek ze vragend naar Ans, die nu trillend en vol ongeloof haar hoofd schudde. Door haar tranen heen zag ze de deur opengaan. Twee agenten stapten op Ans af. Een van hen pakte haar bij haar schokkende schouders. 'Wilt u alstublieft meegaan, mevrouw? We weten genoeg,' zei hij.

30

Zo goed en zo kwaad als het ging haastte Britt zich naar de trein. Ze had haar ouders gebeld en gevraagd of ze de rest van de zomer in Zaltbommel mocht doorbrengen. Het was vanwege haar gezondheid, had ze gezegd, ze moest eerst weer helemaal de oude worden. Dat ze was geschorst en dat haar carrière bij de politie op de tocht stond, hield ze voor zich. Haar moeder reageerde enthousiast op het bericht. Eindelijk kon ze haar dochter weer eens verwennen.

Het was druk op het station. Nerveus blikte Britt op haar horloge. Als haar been niet zo trok, was ze gaan rennen, nu schuifelde ze als een bejaarde met haar kruk door de warme stationshal. Vlak voor de ingang naar het perron viel haar oog op een vrouw bij de lockers. Geschokt hield ze in. Ze knipperde met haar ogen om te zien of het waar was. Niemand minder dan Mies van Rossum opende een van de kluisjes. Britt keek nog eens goed. Was zij het echt?! Dat was onmogelijk!

Dezelfde gelaatstrekken, dezelfde lengte, een ietwat kromme rug en dezelfde korte beentjes.

Het enige wat afweek was haar haarkleur. Dit haar was grijzend. Hier en daar scheen er een lichtbruine lok door.

Dit kan niet, dacht Britt. Gespannen keek ze om zich heen. Ik heb me te veel laten meeslepen door die laatste zaak. Die was nu opgelost. Het meisje met het rode haar had bekend, Thijs Vleugels ging vrijuit en Ronnie had een nieuwe 'baas'. Hij had Britt een fijn verblijf gewenst bij haar ouders en gevraagd of hij daar een keer mocht langskomen. 'Tuurlijk', had ze gezegd en hem beloofd dat ze het rustig aan zou doen. Als twee vrienden hadden ze van elkaar afscheid genomen.

Britt zag dat de vrouw een aantal bruine enveloppen uit de locker haalde. Een voor een schoof ze die in haar tas. En alsof daarmee ineens het kwartje viel bij Britt, moest ze aan de gevonden sleuteltjes denken. Ze had geen kans meer gehad om daar achteraan te gaan. Als die nou eens hier...? Moest ze een collega bellen? Haar chef alarmeren, die haar op non-actief had gesteld? Ronnie?

Boven haar hoofd denderde haar trein het station binnen. Voor haar lag de roltrap. Ze was al laat en haar moeder zou haar in Zaltbommel opwachten met de auto. Ze voelde de breinaalden in haar tas pijnlijk tegen haar blote arm prikken. 'Doorlopen,' zei ze tegen zichzelf toen ze de roltrap op stapte. Boven aan de roltrap keek ze nog snel even om. De vrouw was weg. Zie je wel, ik heb het me verbeeld, dacht ze opgelucht. En toen ze de trein in stapte en een plaatsje bij het raam had weten te veroveren, pakte ze snel haar breiwerk. Ik kan altijd nog een webwinkel voor mijn breisels beginnen, dacht ze glimlachend. En met een tevreden zucht liet ze Almere voorlopig achter zich.

31

'Wil mevrouw Sjaan van Rossum uit Amsterdam voor de vlucht KL0785 met bestemming Curaçao zich zo snel mogelijk naar gate F07 begeven?'

Sjaan moest opschieten. Haar favoriete parfum en een likeurtje als slaapmutsje had ze al afgerekend, nu nog een paar sloffen Marlboro en dan kon ze weg.

'Herhaling: wil passagier Sjaan van Rossum...' klonk het opnieuw uit de luidsprekers.

'Ja, ja,' riep Sjaan. 'Ik kom al!' Met een verhit hoofd, een arm vol taxfreeshoptassen en haar spiksplinternieuwe koffertje aan handbagage dat ze achter zich aan sleepte, rende ze als een dwaas over de loopband. Twee minuten later stapte ze hijgend in de Boeing 747.

Toen ze eenmaal goed en wel zat en de herfstwolken en slagregens voor haar raampje langzaam plaatsmaakten voor ijzige blauwe luchten, kon ze zich eindelijk overgeven aan de paradijselijke omgeving die haar straks stond te wachten.

Ze had het goed voor elkaar. Wie had dat twee maanden geleden kunnen denken? Toen ze daar bij dat bloedhete uitvaartcentrum stond om Mies te cremeren.

Het was allemaal behoorlijk snel gegaan.

Nadat ze het vreselijke bericht over Mies' dood had vernomen, was zij degene geweest die de uitvaart moest regelen. Als enig overgebleven naaste familielid had ze daar tussen een handjevol kennissen – voornamelijk kattenbezitters en oude klanten van

Mies – gestaan. Meteen na afloop van de condoleance waren er twee mannen van de zedenpolitie op haar afgestapt. Of ze hen even te woord wilde staan. Of ze wist dat haar zus vermoord was in verband met een afpersingszaak. Het ging om kinderporno. Sjaans mond was opengevallen van verbazing. Háár zus die aan afpersing had gedaan? Haar bloedeigen zus die iets met kinderporno te maken had? Geen denken aan, had ze gezegd.

Een van de mannen had haar op haar hart gedrukt dat ze alleen onder politiebewaking het huis van haar zus mocht leeghalen. Alles wat ze daar zou vinden in verband met de zaak, zou ze moeten afstaan. Haar zus moest dat geld ergens verborgen hebben, had hij gezegd. En hij had Sjaan aangekeken alsof ze glashard stond te liegen. Wist ze hier écht niets van?

Ze had oprecht haar hoofd geschud. En nadat ze later het huis van Mies had leeggehaald, was er natuurlijk nergens iets van afpersgeld gevonden. Daarna hadden ze haar gelukkig met rust gelaten.

Eenmaal thuis in de beschutting van haar eigen bovenwoning, dacht ze weer terug aan de bubbeltjesenveloppe die Mies haar de laatste keer had gegeven. Sjaan was ernaar op zoek gegaan en toen ze hem eindelijk had teruggevonden, snapte ze er aanvankelijk niets van. Het enige wat er in de enveloppe zat, was een sleuteltje. Op het label dat eraan hing stond: 99 en STATION ALMERE, meer niet. Haar nieuwsgierigheid begon te knagen. Stel je voor… had ze gedacht toen ze naar het sleuteltje voor haar op tafel keek, en opnieuw was ze naar Almere gereisd.

Daar had ze even moeten slikken. Het bijbehorende kluisje had tot de nok toe vol met bruine enveloppen gelegen. En al die enveloppen zaten op hun beurt weer vol met geld. Meteen had Sjaan aan die tuten moeten denken. Zou haar zus dan toch…? Maar nee, dat wilde er bij Sjaan niet in. Ze kende haar zus. Daar was Mies een tikkeltje te dom voor.

Tussen al dat geld had ze ook een fotootje gevonden. Het betrof een vrijstaand huis. *Mijn zomerzonde* stond eronder. Het huis stond te koop in Almere. Blijkbaar heeft Mies daar al die jaren voor gespaard, dacht Sjaan. De schat, van al dat zwart verdiende kattengeld wilde ze natuurlijk dat huis kopen. Daarom vroeg ze of ik bij haar wilde intrekken. Ach, wat een goeierd, wie had dat verwacht?

En terwijl ze een traan had weggepinkt, had ze nog even getwijfeld. Moest ze als dank dan ook maar in Almere gaan wonen? Maar nee, die gedachte verdween weer snel naar de achtergrond. Deze stad hoorde dan misschien bij de smaak van Mies, Sjaan hield niet van die nieuwbouw. Daarover waren de meningen van de zussen uiteen blijven lopen.

Toen Sjaan met haar buit naar huis was gegaan wist ze vrijwel meteen wat ze er mee ging doen. Curaçao zou het worden! Het was een droom van haar en Harry. Altijd al geweest. Ze hadden er zo vaak over gesproken en er zo graag samen naartoe gewild. Maar altijd was er de zaak. Als hij niet van de ladder was gevallen, dan...

Sjaan zag zichzelf al op zo'n prachtig wit strand liggen. Voor het eerst weer eens van top tot teen bruinverbrand. Het vooruitzicht daar te kunnen zwemmen en zonnen terwijl ze hier aan een Elfstedentocht dachten, deed haar trillen van geluk.

Bovendien spraken ze daar ook nog eens haar moerstaal. Het scheen zelfs dat de koningin er een huisje had. Waar wachtte ze nog op? Harry zou het haar zo gunnen. Ja, hoe steviger het idee postvatte, hoe blijer ze werd.

Haar driekamerwoning verhuurde ze aan een paar studentes, haar zomergarderobe kreeg een flinke boost, ze verfde haar grijze lokken koperbruin en binnen een week had ze haar villa aan zee geboekt. Voor hoe lang? Ze had geen idee. Hier was er niemand die op haar wachtte.

'Mevrouw, wilt u misschien een hoofdkussentje? Voor als u wilt slapen?' Sjaan keek in de vriendelijke ogen van een KLM-stewardess. Ja, graag, ze wilde wel even slapen. Straks als ze wakker werd begon haar nieuwe leven.

Lees ook:

JET VAN VUUREN

Misstap

Soms kun je maar beter niet weten wat je buren doen

Den Haag wordt tijdens een hittegolf opgeschrikt door een aantal moorden. Jonge vrouwen zijn het slachtoffer geworden van een seriemoordenaar die volgens de politie zeer waarschijnlijk een psychopaat is. Al snel blijkt dat deze vrouwen allemaal op Tinder zaten en vermoedelijk kort na hun date met de dader in de duinen bij Scheveningen door hem zijn gedumpt. In de pers duikt een schokkend detail op: bij alle vrouwen zijn beide handen verwijderd.

Britt van Dijk, die in de buurt van Den Haag is komen wonen, probeert haar vriendin Anja, die rechercheur bij de politie is, te helpen bij het opsporen van de dader. Tijdens het onderzoek van Anja wijst alles erop dat er vreemde dingen gebeuren in de zo keurige wijk Benoordenhout, dingen waar ook Britt mee te maken krijgt, als zij bij haar onderzoek naar een van de bewoners zelf in de val loopt. Wordt zij het volgende slachtoffer van de krankzinnige moordenaar?

'Jet van Vuuren houdt je als lezer vast vanaf de eerste pagina.'
– Vrouwenthrillers.nl

Volg Jet van Vuuren op Twitter: @jetvanvuuren, ontmoet haar op Facebook of op haar website www.jetvanvuuren.nl.